国家出版基金項目
NATIONAL PUBLICATION FOUNDATION

沈德潛全集

⑮

（清）沈德潛 編著

賀嚴 整理

鳳凰出版社

國朝詩別裁集卷二十六

長洲沈德潛歸愚纂評　男　種松校字

江陰翁　照霽堂　長洲周　準欽萊同輯

李　崧

字静山，江南無錫人。布衣。著有《芥軒詩集》。○芥軒天真未漓，視天下無不善人。人有機械者，對芥軒亦無所施，生平在春風和藹中也。居鶖湖之浣香園，妻子、奴婢，蕭然自得。晚歲盲於目，詩成，每令童孫書之。

沈莊樗古隸歌

銀光横陳瀉寒玉，力排龍虎斷鼇足。兵甲銷磨古戰場，折戟沉沙遺銹鏃。是誰作此古隸書，莊樗先生出凡俗。先生耆年髩蕭騷，手樵碑版情偏豪。蒼崖古廟及破冢，每過其處常周遭。一點一畫無假借，心摹手追不輕下。青霄紛紛亂粟雨，魍魎呼號鬼神詫。秦有程邈漢蔡邕，鍾繇梁鵠稱神工。有唐鼎足韓擇木、蔡有鄰、李潮，兼擅數子推元宗。《封禪碑》直追漢人。國初顧苓與鄭簠，大江以南稱兩雄。苓也謹嚴筆屈鐵，簠也流宕徒橫從。先生奮起更超越，網羅今古無遺蹤。贈予長箋并短幅，大如盆盎細如粟。玉軸牙籤座上陳，周鼎商彝眩人目。海陽程旭吾及門，善寫丹青頗得名。一見法書狂叫絶，臨摹面壁搜杳冥。苦心經營忘晝夜，形枯神瘁戕其生。嗚呼，造物毓才稟元氣，君之精力雄健誰能争？此芥軒贈先大夫作，中間品評恰如分量，結意從横恣肆，不得以尋常方幅繩之。

贈戴南枝

熱血難消白髮新，滄桑閲歷幾番塵。獨書甲子依彭澤，老向乾坤哭富春。畫裏無人元隱士，井中有史宋遺民。一竿何處堪垂釣，流水桃花護舊津。中二聯比以陶淵明、謝皋羽、倪雲林、鄭所南，連引四人，而不見堆垛，筆妙故也。南枝，山陰人，傭書葬徐昭法高士。讀此詩，可以想象其爲人。

宴溪亭翫牡丹感舊歌者

去年清宴此花前，一串歌珠粒粒圓。今日花前追往事，空留白髮照嬋娟。

周龍藻

字漢荀，江南吴江人。◯漢荀爲忠毅公後，學使者試士，輒冠其曹，名著大江南北間。以歲貢士終，藝林惋惜之。詩稿甚夥，所鐫惟《樂府》三卷，諸體俱未遇目，故所收亦止在三卷中。

大牆上蒿行

牆上蒿，自誇託根高。根高苦不固，萎落隨風飄。牆上蒿，自喜擢秀早。秀早苦不長，離披抱霜槁。蒿生蒿死曾足計，但恨踞盤難得地。明堂選柱少成材，等閒齊把蕭藝棄。伏波慕良臣，肯逐井蛙住。亞父好奇策，終被重瞳誤。丈夫未遇魚水知，且辦隆中高卧處。眼前富貴輕秋毫，摶扶豈必假羽毛。紛紛依榜何其勞，君不見墻上蒿。見居高位而不能有爲，不如棲隱蓬盧，待時而出也。元辭含意未申，此以議論傾吐之。

結襪子

豪門積黄金，欲以求士死。君看士有心，豈在飾珠履。慷慨夷門翁，死生一言耳。言簡意足。

隴頭水

隴坂遥遥九折長，驅車欲渡心蒼茫，忽聞有水喧道傍。人言此水聲聲別，盡是征夫眼中血。萬古千秋共嗚咽。嗚咽聲，流未已。轆轤聲，行不止。夜半吹寒笳，邊風四面起。悲莫悲，隴頭水。

後怨歌行

藕絲斷，不再連。銅鏡破，不再圓。即看金屋人如舊，昨日恩情今日捐。情多情少安足計，只道色衰恩始替。驚心最是落花風，偏在温存旖旎中。妾恨不爲珠娘樓，窈娘井，骨碎君前猶耿耿。求凰曲化《白頭唫》，撥盡紅爐灰已冷。當初離鄉來，滿望登玉階。玉階非不登，轉瞬沉草萊。乃知苦樂真相倚，纔隔衾裯同萬里。升沉反覆變須臾，縱有容華難久恃。『雨落不上天，水覆難再收』，只道得色衰愛弛，此即從温存旖旎中，見已伏絲斷鏡破之根，比青蓮意翻進一層，令人思梁、孟之合，以德不以色者爲可久也。

妾薄命

秋月淒清秋露下，燈花落盡銀河瀉。舉頭悵望女牛星，翻羨嫦娥長不嫁。

周在延

字龍客，河南祥符人，櫟園侍郎幼子。

送吴冠五至歷城

白雲縹緲唱驪歌，朔雁迎帆渡大河。自昔吴公天下少，至今名士濟南多。探奇莫負勞山約，觀禮應先闕里過。齊魯當年故友在，煩君問訊近如何。三語送冠五，美其治之第一也。四語至歷城，嘉其地之多賢也。詩能典切，便不膚浮。

許世孝

字念皇，江南常熟人，副使瑶之子。

二月半

平分花事是今晨，半入深春半早春。楊柳不堪藏燕子，淡黄愁殺翠樓人。

錢良擇

字玉友，江南常熟人。著有《撫雲集》。◯玉友隨大吏出使海外，又同朝貴使塞外絶域。爲詩感激豪宕，不主故常。而所選唐詩，又兢兢規格，如出二人，議論不可一律拘也。

觀小妓娟娟舞劒作

蛾眉有英雄，晚妝脂粉薄。短髩白衣裳，窄袖錦纏縛。背人緊湘裠，端捧蓮花鍔。請爲當筵舞，佐此良宵樂。取筆漬硯池，授客使分捉。舞急各蘸灑，客漫應曰諾。小立寂無言，左右試展拓。微卓鑾韡尖，撒手忽然作。初如雙玉龍，盤空鬭拏攫。漸如曳匹練，旋繞紛交錯。須臾不見人，一片寒光爍。直上鶩猿騰，橫來輕燕掠。膽落迂儒愁，傾心壯士怍。羸童縮而遯，姦人戰欲瘧。墨灑密雨叢，筆敗硯池涸。罷舞視其身，點墨不能著。嫣然泥人懷，腰肢瘦如削。兒時見湯丈式九舞劒，謂矢不能入，衆以鳴鏑試之，連斷三矢。此蘸墨灑之，不能著點，同一神伎也。自初舞及罷舞，如見其人。妙在是美人，不是壯夫，此作者極用意處。

關山道中

于役方知行路難，兼程莽莽過重關。鳥隨落葉下枯樹，人帶夕陽穿亂山。廢耒江淮愁木酪，荷殳秦楚盻刀環。季鷹豈有封侯骨，甘棄蓴鱸去不還。

寄内

六分春色四分過，夢斷家山近若何。九陌鶯花情緒少，十年夫婦別離多。無方賢俊皆簪筆，有道乾坤漸止戈。只有恨人歸未得，鏡奩閒殺舊青螺。三、四語天然入妙，情到最真，不煩鏤琢。

得劒村寄懷詩次韵答之

亦知信美非我土，誰説狂夫不憶家。昨夜客窓風雪裏，夢歸山館種梅花。憶家成夢，夢歸種梅，於不著緊要處寫情，語淺情深，得古風人之旨。

姚飛熊

字非漁，廣東禎州人。

哭亡婦龔孺人

長御瑶琴撫七絲，誰知絃斷即今時。文園早死應無憾，尚得文君作誄辭。以先死爲無憾，情何深也。然爲夫作誄者，先有柳下季妻，此偶及文君云爾。

當年曾共弔朝雲，折得花熏蛺蝶裠。不信明春寒食節，爲君伐石誌新墳。

罾魚

罾舉溪頭鳳尾魚名多，瓦盆貯酒試高歌。不愁今夜仍風雨，借得鄰船一領蓑。

古　易

字之人，貴州都勻人。貢生。

秋夜聞歌

雲停碧落桂飄香，竹肉齊聲起後堂。壯士尊前驚變徵，美人帳下怨清商。繞梁何處傳新譜，擫笛誰家傍短牆。流落江南老詞客，還思天上詠《霓裳》。

顧　彩　字天石，江南無錫人。

梅花驛

馬跡車塵暗陌頭，遥看古驛入南州。渡河芳草王孫去，過嶺梅花使者愁。五夜泊船江店火，萬山吹角戍人樓。可憐絲管長亭别，欲折垂楊不自由。

陸　蓚　字念爾，江南長洲人。著有《湖村詩》。◯念爾天才高曠，謂詩專主性靈，以人工累之，猶太虚中著浮雲也。此言恐開廢學之漸，然冰雪襟懷，略無查滓，朋儕中無與偶者。三十餘，中菌毒死。倘使之永年，加以學力，所詣可限量耶？

白雲洞

我遊白雲洞，身在白雲裏。落葉和松風，時聞響山雨。石床不可留，清寒逼衣屨。隔塢暮鐘聲，雲留我歸矣。從柳州小記中悟出。

遊鄧尉山

停橈費家湖，山翠圍幾重。捨舟事笻屨，漸入香林中。鄧山峙湖濱，峰勢高巃嵸。三萬六千頃，湖流浸長空。花外見晴雪，花裏聞香風。朝煙而夕月，泠泠沁心胸。小憩上竹閣，悄然覩支公。趺坐鳴蒲牢，嗃如吼蒼龍。清音應虛谷，餘響入深松。憶昨西谿宿，醒時聞此鐘。

山行

去祖塋數武，循小徑入，泉聲淙潺可聽。梓籬半掩，蘿屋一椽，有僧居之。樵者置束薪於門，僧鑰扉以去。松風吹衣，蒼苔濕屨。獨行久之，了無人跡。一序清絶，似唐人小文字。

獨行披荒叢，信步得異境。山色浄杉柳，泉聲寒藻荇。恍疑石屋中，疎磬煙蘿暝。欲問無人家，夕陽照孤影。

次和荃谷寒夜獨坐之作

抱膝虛堂上，燈前顧影雙。霜林風葉盡，山月正當窻。庭訝翻巢鳥，村疑吠客厖。有懷淞水畔，一葦釣寒江。不著一字，盡得風流。

過石樓贈山僧不群

萬峰臺下碧山岑，疎竹圍窻白日陰。僧古已無煙火氣，樹枯饒有雪霜心。洒空松吹飛寒雨，捲壑風泉響夜琴。不是樵人偶相識，那知尊宿在祇林。

王天驥

字千里，江南長洲人。諸生，後家於江寧。〇千里自命才人，縱酒狂呼，直欲壓倒一切。年五十餘，歸於澹寂，取從前所作，盡燒之。身後無子。老年作亦無存者，兹録其郵寄二章。

孤坐齋

嵐靄日夕蒸，簾櫳氣陰晦。此中得孤坐，可以絶世累。竹翠寒不凋，山光静相對。高在意言之外。

自笑

自笑塵中老倦遊，繩樞圭竇對林丘。隱之嫁女真牽犬，康伯逢人莫駕牛。縱使無錢休賣賦，但能有酒不言愁。年來心事知何戀，紅蓼青蘋碧水流。

陳鍊

字道桑，江南武進人。諸生。著有《西林詩鈔》。

野望書懷

霜晨閒踏舊魚磯，地僻應憐屐齒稀。何處水雲孤雁叫，滿天風雪一僧歸。杜陵廣厦蓬茅是，白傅長裘犢鼻非。豈獨袁安正僵卧，千村隨在足寒飢。書生負如許懷抱，韵語中可以想見生平。

朱經

字恭庭，江南寶應人，諸生。著有《燕堂詩鈔》。

寡言

隴山多飛鳥，翺翔適其生。鸚鵡誇能言，樊籠苦拘縈。鐘鼓懸太常，考伐聲鏗鍧。不叩而自鳴，群謂之妖聲。吉人以行重，躁人以舌輕。緬懷磨兜堅，守口心怦怦。

責己

勿謂寸陰短，既過難再獲。勿謂一絲微，既緇難再白。赴善登崇山，寡過掃塵積。一日省一愆，三月未盈百。責人不肯恕，責己每自匿。願言砥廉隅，此身敢虛擲。

惜日

江河日流注，難挽東逝波。羲和日奔馳，難回魯陽戈。終日但飽食，冉冉歲月過。此後悔失時，荒耄無如何。浮游水上萍，奄忽霜餘莎。勉旃復勉旃，慎無悲蹉跎。以上三章，吾輩讀之，幾欲通身汗下。○嘗論詩貴理趣，不貴理語。然所謂理語者，如明代白沙、楓山諸公，每以語録成詩，不無泛腐。若切己箴規，可以省身治心者，又當别論。蓋『有覺德行』『基命宥密』，《雅》《頌》中不廢斯言也。

徐　恪

字昔民，江南江陰人。貢生。

桃葉曲

春雨木蘭舟，春風桃葉渡。嬌鶯自在啼，雙槳橫塘去。橫塘繞山斜，一徑采山花。門前舊湖水，還對莫愁家。三月桃李飛，四月蘼蕪歇。五月南風來，谿頭長蓮葉。蓮長過人頭，折來寄西洲。西洲望不見，煙雨空江樓。樓前雨如絲，樓上煙凝黛。日暮瑣窓寒，風吹雙縷帶。雙帶結同心，江深情更深。相思不相見，獨自理瑤琴。瑤琴復何許，憶得橫塘語。郎從蓮葉翻，儂比蓮心苦。千里下關山，不將書報還。夢中金錯剪，擊碎雙鴛環。殷勤再三道，西風寒料峭。只恨柳絲輕，莫遣桃花笑。昨夜佇回車，葱瓏聞井鴉。那知風雨隔，望斷長風沙。全學《西洲曲》，神行於纏聯縈鎖之間。

謁方景二公祠墓

蒼松吼靈雨，白日搖孤光。宗臣儼像設，肅拜趨祠堂。成王周公辨，大義聲雷硠。精誠動星象，袍笏飛秋霜。當時棄朽骨，匿跡埋山岡。後來公是非，何曾恕文皇。年號削建文，瓜蔓屠忠良。一死明大義，萬古扶綱常。鍾山石馬蹲，孝陵寢殿荒。雲旓肅奔扈，千載遥相望。『成王周公』一聯，指方公；『精誠星象』一聯，指景公，下合言之。是非長存，不恕文皇，人心所以不死也。此種詩乃不徒作。

張劭

字博山，浙江嘉興人。

華山

青柯坪上即蓮華，千尺珠簾雲半遮。南跨長空橋一綫，西探毛女洞三花，仙人樹裏鞭銀鹿，方士巖中煉赤砂。陡覺天風吹兩腋，扶搖如御碧雲車。

顧紹敏

字嗣宗，江南長洲人。廪生。著有《陶齋詩鈔》。○嗣宗屢試南北闈，終於不遇。晚而著書自娱，亦足悲其志矣。詩自中唐以下，兩宋、金源、元、明，無不含咀采擷，彙而成家。平昔論詩，以情韵爲上，風骨次之。故稿中詩品，亦恰如其議論。

修禊六章

丙戌上巳，集王氏歸田園，因倣《蘭亭》四言，集右軍叙字。同集者，秀水朱檢討竹垞先生、商丘宋公子儆峰，崑山徐參議自强、主人蘭圃父子。

幽蘭在室，修竹在林。俯視流水，於山之陰。静觀萬化，情與會臨。永懷昔者，有感斯今。

言暢蘭抱，時和群集。豈無絲竹，樂此永日。林映幽湍，春生虚室。娱情山水，興懷作述。

欣此和宇，感懷昔賢。至人無妄，其樂也天。風詠臨觴，相與晤言。斯文有作，可以永年。

有水既清，有山既崇。修林映日，蘭帶隨風。娱此暮春，天宇和同。大人觀物，萬化無終。

有懷長水，其流激清。天誕大老，惠此後生。暢詠絃絲，列坐林亭。觀文察幽，静言永聽。

左帶長林，右臨清曲。有亭有舍，有蘭有竹。有文有絃，可以誤目〔一〕。崇情朗抱，暢然自足。觀物、觀我，感時樂天，即準諸永和諸公，並推高唱。兹偏於集字中得之，神來之候，非關人力，作者亦不知其然而然也。

牧牛詞

秧鍼短短湖水白，場頭打麥聲拍拍。絲楊影裏繫烏犍，雙角彎環卧溪碧。晚來驅向東阡行，蹋角上牛鞭兩聲。短童腰篴唱歌去，草深撲撲飛牛蝱。但願我牛養黄犢，更築牛宫伴牛宿。年豐不用多苦辛，隴上一犁春雨足。

澹泊居花下招同惠仲儒、鄭季雅、沈歸愚、徐龍友、王斗文小飲，作歌，即送季雅入都

清明雨過春濛濛，情懷索莫如寒蛩。西河有淚久嗚咽，夜半夢魘驚惺忪。古香荒土斸新塚，

〔一〕 誤，當爲「娱」。

一杯清醑澆蒿蓬。書齋魚尾鎖寂寞，蛛絲罥席垂簾櫳。誰知造物每多事，也復亂發花叢叢。鼠姑兩本色欲絶，開軒一笑驚春紅。家人怪我少歡緒，依然羅幕張輕風。竹萌如玉鱠如雪，好友招集開醅濃。索郎快覩碧椀涷，花光酒色相曈曨。《清平》三調久稱絶，元輿一賦誰争雄。諸公才思並清俊，妍雅合度吹笙鏞。所疑雲龍本一氣，愈何軒達郊何窮。飲停鄭子語刺促，忽爾言别辭江東。榆錢散打緑陰暗，黄沙撲面飛鬔鬆。去年作客太無賴，秋南春北隨飛鴻。何如束腹卧窮巷，卷書細讀聽長松。鄭子掉頭意不爾，令我愁别悲忡忡。一路平平叙去，注意在送鄭入都，見出不如處，果能薄身厚志，窮居亦足自樂也。贈人以言，猶見古道交意。得此一段，遂覺通體皆活。◯時主人喪子，起手從此叙入。

桐廬道中

三日錢塘路，春遊逐釣綸。水生嚴子瀨，花發謝公村。沙鳥隨潮集，煙螺帶雨昏。不聞越女唱，誰遣客中尊。三、四何等見成！

汨羅怨

天意難重問，王孫不可留。未能捐楚珮，只自托湘流。有美傷謡諑，無情怨蹇修。夫君終不悟，芳草寄離憂。

菖蒲潭訪䋣山上人不遇

莓苔銅井緑，西下菖蒲潭。芳草迷行屐，梅花覆小菴。白雲疑度澗，香氣欲浮嵐。不遇文殊老，牽門上竹籃。

秋夜聞笛有懷

雨過秋堂夢不成，旅人獨坐夜淒清。竹梢露下鶴初警，墻角月明蛩有聲。舊恨每從燈底得，閒情只向笛邊生。誰憐一掬窮途淚，獨有陳留阮步兵。『山雨乍來茆溜濕，溪雲欲墮竹梢低』，石田句，寫微雨入神，此寫秋夜入神，覺韋莊、羅隱，風趣猶存也。聞笛有懷，只於來路一點。

秋日感懷

霜染林皋木葉催，蒹葭秋水隔重隈。美人有怨收團扇，狂士歌呼托酒杯。映日芙蓉依淺沼，撩寒楊柳下荒臺。子山詞賦傷摇落，秋老江南亦可哀。

夢醒孤窓細雨斜，賸將薄病對黄花。心情略似窺籠鳥，歲月渾如赴壑蛇。楚國有人憐息嬀，蜀箋無信報秦嘉。天涯知己誰相問，好負羊裘上釣槎。息嬀，嬀音平仄兩收。

秋來無事不傷神，風物從教又一新。沙鴈隔雲將别浦，寒蛩覆業漸依人。中郎應自憐焦尾，巧匠何堪笑斲輪。只有閒情忘未得，柴門還對舊松筠。三詠寫景中便帶比興，當合言中言外求之。◯『寒蛩』一語，狀寒士依人，見王粲、馬周未遇時，俱不能免，爲之慨然。

贈山陽程爽林

無端意氣漫峥嶸，知己天涯涕欲傾。駿骨可能招樂毅，狗屠從此識荆卿。論交不忘期終始，有道真堪託死生。與爾蒼茫同弔古，黄金臺畔暮雲平。爽林慷慨好義，能赴友朋之難，『有道真堪託死生』一語，足以見其厓略。

渡江

驛路長亭復短亭，柳花漠漠晝冥冥。人歸冀北衣原素，山到江南眼更青。雨過夕陽看度鳥，風來遠浦數揚舲。開尊且酌高郵酒，不共靈均歎獨醒。此陶村北闈不遇，渡江而歸也。三語反用『素衣化爲緇』句，妙於點化。四語倍形南還之樂，親嘗此境者，始知其工。

秋柳和亮直韻

江南何處迴添愁，眉葉腰枝逼杪秋。一帶殘黄鴉數點，斷腸正在水西頭。

西風一夜報新霜，衰柳寒煙澹夕陽。愁煞青衫白司馬，永豐西角泣秋光。全以韻勝。

徐夔

字龍友，江南長洲人。廩生。著有《西堂集》。◯龍友負才高俊，讀書一二遍，終身不忘也。與予結詩課時，專學昌黎，芒角四露。之廣南學幕後，醉心義山，謂以男女會合喻君臣事使，得《風》《騷》宗旨，格律又一變矣。年五十，殁於廣南，櫬歸。廣南詩散失，兹所收者，皆向年朋舊論文時作。讀其詩，猶見其尊酒澆胸氣槩也。◯注義山詩，與朱長孺注互有異同，與惠定宇棟注王漁洋《精華録》已經行世。

移居贈永夫

吾友永夫古狷者，不義予之弗受也。十年卧病時掩關，户外紛紛看野馬。當年側身五塢山，予亦結廬山之下。已畦先生盛生徒，擯斥僞體親《風》《雅》。時予年纔十六七，不克升堂聽《誠夏》。韓門磊落多奇才，鏐鐵銀鏤盡鑪冶。永夫之詩比昌谷，永夫之窮過東野。先生曰吁子來前，有粟可分館可假。朱門時亦饋粱肉，掉頭不應如聾啞。龍虵道厄先生殂，侯芭有淚時傾瀉。幾年漂泊東西游，到處逢人皆竊罵。爾我重訂雲龍交，歲惟作噩月當且。新知落落無幾人，略如陶謝結白社。鮮溪沈子筆最奇，手掣神光仡詌閜。莳田吴郎多態度，婀娜欲弄河間姹。永夫出語必驚人，鏤脅穿心慎揮灑。自鄶以下皆無譏，兒子紛紛鄙紈袴。一日對我頻縐眉，鄰家老婦顔如赭。惟鵲有巢鳩居之，依舊淹留無片瓦。入門家徒四壁立，短衣往往不掩踝。孺子黑瘦弟凍皴，新詩盈帙欣可把。近來又復學古澹，刻玉作鈎改作銙。囑我試作《移居詩》，萬壑冰壺雜土苴。永夫，永夫！叙君生平有如此，嗚呼吾意其誰寫？生平誦怯昌黎，而此章尤神似《寄玉川先生》作，蓋永夫之怪奇寒餓，原與玉川類也。此種筆墨，吾黨中恐無第二手。

苦熱

衆星夜出如張羅，更深月黑天無河。梧桐無聲竹森立，毒霧著體心煩苛。吾吴自昔稱澤國，襟帶江海中盤渦。時當朱明司夏政，緑楊匝地清風過。晚涼理榜入浦溆，鳧鴈飛起穿菱荷。曷來炎官執柄令，赫赫火繖高嵯峨。蝮虵雄虺醖人骨，磨牙螫尾餘么麽。蝦蟇鼃黽固同類，洒灰不禁其如何。日輪當午照下土，操鞭弭節非羲和。雷師無權阿香死，造化誰爲司天戈。舊時靈雨不復作，坐見舉國來奔波。吾聞堯時十日出，草木焦卷同蓬科。彎弓射烏墮羽翼，此事荒遠疑傳譌。天心仁愛古所著，茅茨土簋知無佗。方今泰階四時序，陽侯何事收滂沱。中田無雲日杲杲，春可無麥秋無禾。珠簾冰簟正愁絶，何况賤子嬰沉痾。安得白雨洒秋令，《擊壤》一和陶唐歌。炎官執柄以下，恣肆言之，軒然起大波，不使人一覽易盡。

蔡將軍歌有序

將軍諱人龍，吴縣人。明天啓壬戌進士，授潯州守備，平猺力戰死。子至中，率死士入賊巢，獲父屍，執劇賊歸，猺人散走，潯州平，詔贈遊擊將軍。

潯江萬重山，門户争一峽。賊兵巢其中，出没猨猱捷。將軍慷慨真人雄，南入百粤西擒戎。有子驍勇如奉叔，前身應是周盤龍。均房山斷無鈎梯，三軍前行路欲迷。大星昨夜隕如火，黄雲闇闇天爲低。豺狼轉多路轉惡，將軍勇氣十倍作。左右盤空撝寶刀，頭顱滿地馳風颷。深林密箐伐鼓急，戰馬悲鳴軍吏泣。仰天拔劒振臂呼，血濺蒼穹據鞍立。長君年少忠勇俱，義激諸軍馳百夫。背負髑髏血模糊，深入賊巢執其俘。咸陽一炬狐兔盡，大藤險惡今坦途。男兒要自獲死所，慘澹陰風足千古。卞壺握爪誰其儔，温序銜鬚此可數。軍前將士手口瘏，隴上歌成血淚枯。矢窮兵盡無時無，如公父子真丈夫。嗚呼，如公父子真丈夫！平潯州者，將軍子至中。入手先伏「有子驍勇如奉叔」二語，下深入賤巢不嫌突如，此文章家倒插法。中寫將軍義勇，如「子璋髑髏血模糊」，可以愈瘧。

觀秦丞相李斯《嶧山碑》

碑在鄒縣治之右，宋元祐間，縣令張重摹上石，無識其字者。予爲書一通，付胥吏。

魚膏燈滅銀雁飛，荒陵火入化寶衣。轀涼骨臭已千載，何况金石埋煙霏。嶧山之碑野火燎，棗木傳刻形摹肥。誰爲伐石矗立此，大書深刻高巍巍。細觀似同騎省本，相斯刀筆存依稀。我來下馬坐其側，以指畫肚窮是非。蛟鼉斫斷口難讀，無異石鼓驅騑騑。訟庭清寂了無事，二三老吏閒倚扉。見我口誦竊相語，授以紙筆立周圍。爲書一通導之讀，得所未見驚且欷。當年祖龍踞周鼎，剪除六國如驅豨。井田封建蕩滅盡，刬削仁義爲不機。相斯佐之更新法，盭深督責唯刑威。東行郡縣上嶧嶧，鐫劖崖石昭日暉。丞相臣斯臣去疾，咸昧死請無從違。其辭直欲邁三五，讒諂面諛紫亂緋。嗚呼！夏殷周禮至此極，千古覆轍堪悲譩。方今廟堂慎旌別，登崇俊良絶脂韋。淫朋比德豈宜有，盍不去此玷翠微。請刻《豳風》之《七月》，使彼長吏朝夕知民依。暴君虐政，姦相手書，本不足貴，況又宋代翻刻耶？欲刬除之，而更立《豳風·七月》之詩，光明正大，昭如日星。

登北極閣

傑閣高空近玉京，憑欄一望起秋聲。龍蟠虎踞興王地，白石清江過客情。豈有占星周内史，更無緜蕝魯諸生。由來陵谷隨時異，滿目寒雲下古城。閣係前朝觀星處，下爲國子監彝倫堂，故五、六語及之。

聞笛有憶

江月光盈江水深，江干忽聽老龍吟。誰將清夜桓伊笛，吹入山陽向秀心。回樂峰頭胡地管，洞庭波上楚人砧。天涯一種秋聲急，雪滿江南孤客簪。格高音亮，頸聯乃推開旁襯，結意一并收拾，粘滯者不解此法。

大雲菴訪子美舊址

白石巖扉挂薜蘿，法雲深處鬱嵯峨。春風喬木鳥初下，夜月空庭人自過。賓客縱能齊擯斥，文章終不廢江河。鷺鷥飛上石枰去，猶聽滄浪水上歌。言王拱辰輩能借飲酒細事，一網打盡正人，而子美文章，不能使之不傳也。若閒閒寫景，便是尋常筆墨。

江東

青蓋曾傳入洛陽，石文天冊更荒唐。金椎有日沉江底，木杮何年下建康。已見樓船來蜀國，豈容帝座設南方。江東世業飄零盡，愁殺平原著辨亡。通首咏孫皓事。

秦淮雜詩

半山堂屋草萋迷，介甫聲華認舊蹊。欲紀元豐天子聖，天津橋上杜鵑啼。哲宗元豐紀年，係宣仁太后秉政，其時，君子滿朝。自宣仁崩，改元紹聖，群小以紹述爲辭，而賊虐正士，挑釁金人，至於南渡矣。所紹述者，王安石之新正也。詩中意在顯微之間，此種用筆，最近唐人。

鄭鉽

字季雅，江南長洲人。◯季雅少年詩以『日糴桃花米五升，秋聲只在豆花棚』得名，猶徐昌穀『文章江左家家玉，煙月揚州樹樹花』也。後一變奇古，騣騣升大雅之堂，朱竹垞先生極推賞之，有『吴人狂，鄭生獨狷，吴人詩靡，鄭生獨剛』之語。蔣文肅亦奇其才，然不欲因此求進，其品亦有可觀。

月夜宿院中小閣

暝色起平坡，鐘聲滿山户。一禽忽驚聒，涼月已復吐。窓櫺色如水，松葉紛可數。松下坐白猿，鬒髯極清古。『松月夜窗虚』，渾然月夜景也。徘徊諦視，則松葉紛可數矣。古今人各有其妙。

送族弟瀛洲之官安縣七十韻

朝廷設令長，蓋爲司牧計。遠近豈異倫，小大無二例。要令瘠土民，俱受撫字惠。盤錯如朝歌，虞詡乃徑詣。王遵經九折，叱馭不留滯。奈何仕宦者，擇地須佳麗。未論縣緊赤，首欲繫租税。其次問關征，再喜有郵遞。意在攫羨餘，那肯顧一切。必得鄰近邦，方免怨迢遰。苟遇甌脱鄉，輒自長拂戾。豈知遠方人，同是版籍隸。既已身許國，安可避勞勩。二者在今時，錮習亦陋弊。疇能力矯之，因以風當世。子本媚學徒，經術固根柢。探囊取甲科，志氣莽精鋭。區區百里秩，不足當睥睨。要登千仞峰，聊從一丘隮。今年始牽絲，僻在秦隴際。瀕去忽量移，重得巴江澨。計程杳五千，封疆挾畛畷。旁觀見爾爾，動色爲恮憏。子獨貌怡然，西望便振袂。曰惟古蜀都，陸海富刀幣。汶州在北面，劒閣門户閉。浮山嶂嵥嵲，黑水波溶濟。陰壑集猿猱，廣澤潛鮫鱖。虎落帶椶桐，人家暎管筀。芋田收每倍，橦布美莫媲。自從崇禎末，豺貙肆狂噬。遂令周餘民，斬刈猶草薙。今雖漸生聚，彌望尚凋敝。所賴賢長官，煦嫗流愷悌。頗聞近年來，爲政復猛厲。曠土乍耕獲，賦有日增勢。譬之篤疾後，大虛損榮衛。參术未暇投，反進野葛劑。子去慎針石，蒼生命所繫。今人席未暖，往往即思替。入貨乞銓除，章紱郎曹綴。不思爾拜爵，慟哭幾家斃。勸子勿欲速，精神壯年歲。況此號邊方，銓司有新制。循資易騰踔，誰敢踰次第。笑彼事臺憲，趨承竭智慧。璀璨黄金盤，磊落堆火齊。傴僂納階前，惟恐目不睇。子寧負生平，冰操應砥礪。當今四門闢，賢否難障蔽。果能飲水清，自爾動天帝。我與子同宗，吴越分支系。昔侍寒村翁，授經托深契。群從惟子賢，與我交早締。論心十載前，遊跡滿燕薊。今春又對床，直至鳴蟬嘒。非但外形骸，居然老兄弟。是以傾肺肝，知能恕狂囈。衣襟凉露濕，征路浮雲翳。褒斜懸棧險，桔柏共流逝。前旌煙外飄，後騎林梢繼。聲聲杜宇啼，物色凄沙汭。弔古女郎祠，握筆多清製。此邦稱漏天，從來少晴霽。地濕嵐氣重，加飯宜子細。我方厭風塵，擬泛太湖枻。將從緑毛仙，金庭守杉桂。未敢散萍蓬，何時聚鄂棣。僧廬近青門，臨别還小憩。杯行莫辭醉，酒盡當再貰。問錢穀計關征、筭郵遞、校羡餘，此初得官時也。媚大吏，備貢獻，已而彂民命，富家室，乞遷除，此既之官後也。篇中窮形盡相言之，君從何處看得此無人態耶？中望瀛洲，勵清節，流愷悌，救此遠方民，得古人勗勉之意。◯寒村翁，金進士穀似，名居敬。紛綸古學，詩見重於漁洋王公，惜身後散佚無存者。

擾龍松歌

昔聞散花塢中片石峰，破石孕出千丈之奇松。今觀非松又非石，但見虬枝夭矯向空立。得非竇子明，汶陽放釣來相迎。又疑軒轅帝，扳髯飛騰在雲際。上有鐵幹五鬣長，絶似爪角森森張。下有溜雨霜皮在，鱗甲斑斑色五彩。我欲繫之雙赤縚，雲霧晦冥恐遁逃。凜冽千年遺積雪，慘澹六月聞寒濤。吁嗟乎，秦封大夫寧勝此，何爲偃蹇深山裏。一朝絶壑雷雨起，看爾東行入海水。松在黄山之始，信峰即所云帝松也。今爲鄰郡人盜伐，東行入海，其信然耶？

夜光木歌

我聞拘彌之國有變晝之草，豈知興州直北灤河東，更見夜光之木生蓬葆。野人斸得盤曲形，皮膜剥盡肌瓏玲。黄昏扃户置床側，熤爚幽焰騰寒廳。初疑唐居士，剪紙貼壁弄奇詭。又疑佛圖澄，敗絮塞孔照燿同明燈。髣髴甓社湖中見，神蚌吐珠映水面。得非放螢苑裏遊，冷氣射骨凉颼颼。短檠墻角真可棄，攤卷還能辨細字。騃童刀削玉瑣碎，燐火熒熒忽滿地。吁嗟爾木，上禀太陰精。燭龍之所不棲，羲和之所不及，乃是萬古積雪、千年老冰凝結成。是以白日韜晦，宵暗晶明。若非周王八駿張騫槎，誰復遇之震且驚。爾胡不學天禄杖，劉向閣中伴書幌。爾胡不學牛渚犀，驅逐鬼怪清鯨鯢。徒然潛伏窮荒外，叢棘柔藤森翳薈。嗚呼，世間萬物得地方榮滋，豈獨爾木歎息不逢時。騰擲奇恣凡夜中有光者，無弗臚列，不嫌複、不嫌盡也。結意幾令抱材不遇者，同然嘅息。

題《殉節録》錢楞，嘉善人。國初任將樂令，山賊攻城，戰死。

洛陽相君忠孝家，公生浙西乃再見。國初閩嶠烽未息，仗劍從軍氣掣電。飛書磨盾動大帥，懷印騎驢治山縣。誰知賊衆捲波來，獨據孤城請挑戰。嗚呼死綏古來有，定鼎之際多觀變。公乎挺戈誓殺賊，不顧妻兒況親串。陣前從死十數人，碧血淋漓濕刀箭。至今廟食延平津，南八將軍同醊奠。死者已死侯者侯，公獨何人奏金殿。安得史筆昌黎翁，逸事爲補睢陽傳。

寒蟬

衰柳古池陰，寒蟬咽復吟。近兼風裏葉，遠帶月中砧。但覺露堪飲，忽驚秋已深。白頭潘騎省，爲爾不勝簪。句句有寒意，不同泛然詠蟬。

題陳南麓都諫《匡山讀書圖》

昔領豫章節，曾看五老峰。今宵直鸞掖，猶夢青芙蓉。丘壑詩中見，雲煙畫裏逢。潯陽數千青蓮讀書谷，康樂繙經臺。松下軒窓坐，巖間卷帙開。玄猿汲澗去，白鹿銜花來。如聽銀河落，砰訇萬壑雷。里，展卷勝携笻。

劉　震

字東郊，江南長洲人。○東郊一布衣，傾動公侯，匪獨才分之高，由胸襟潔白，不爲名利動也。詩英氣逼人，如芙蓉出匣。晚歲惑於欺人者之説，謂詩必不循繩尺，衆人共駭乃佳。自後，隤然放筆，迥如二手矣。予所録者，俱中年作，一存吾友之真。

送羅萬峰

佳會不可常，客子心鬱陶。他時縱復遇，何以永今朝。嚴風西北來，轅馬鳴蕭蕭。積雪滿天涯，倦鳥思故巢。黯然離别情，泣涕上河橋。

河橋無停波，歲月忽已暮。冰霜自崢嶸，征車莫能駐。人生感意氣，念子美無度。長安冠蓋場，心獨切孺慕。揮手塵埃中，面目喜如故。

皎皎霜前月，寒菊滿徑芳。光華相照耀，芳馨襲衣裳。奈何一爲别，山川阻且長。蓬根在我足，車輪在我腸。衷情苟不渝，千載永相望。

易水歌

田光一死今古難，荆軻入秦髪衝冠。倉黄當日繞柱走，踞坐笑語神猶完。殘忍慘刻賈人子，以信服物非齊桓。奈何輕欲學曹沫，可憐易水千秋寒。高漸離，矐其目。人擊劒，我擊筑，報仇更比漆身苦。兩人後先得死所，血隨易水流不止，荆高至今猶未死。君不見，鮑魚之臭不可聞，戍卒一叫驪山焚。生刼之誤、劒術之疎，荆軻固不能辭，而能奪祖龍之魄，與高漸離俱凛凛有生氣也。讀至末幅，真覺一字一快。

畫鷹

李君知我善苦吟，圖畫示我開胸襟。芳春爛漫忽如掃，悄然動我三秋心。陰森一樹龍夭矯，尺寸行間千尺杳。千尺高柯立鷙鳥，筆洗秋空天色老。霜翎如劒自無敵，集者欲飛飛者擊。庭中花木雀倒窺，過眼一飛如箭激。男兒意氣敵萬人，安能刺促老此身。一起無力，以下霜風滿紙，所謂『寫此神駿姿，充君眼中物』也。

嶧山湖余紫巖太守同作

扁舟北來太行左，拄頰微吟效梁父。岱宗千里蔽浮雲，湖波彷彿商羊舞。冥鴻亦似畏驚濤，天半群呼聲正苦。春前隄岸今湖心，尚有禾苗礙柔櫓。主人詩情最高遠，指點蒼茫作懷古。秦皇李斯安在哉，嶧山碑斷蒼煙埋。君看湖水乘秋漲，猶帶咸陽暴氣來。前半極形湖漲，後弔古處直欲誅凶暴於既死。

固關道中

崎嶇天路仄，徑絕險摩空。直此盤迴上，何難霄漢通。陰晴山向背，苦樂輸西東。百二秦關接，重重控禹功。起四語如生鐵鑄成，大曆後，罕遇此等筆力。

甘寧廟

百騎功成後，將軍廟貌存。春秋還血食，風雨正黃昏。墓木神鴉拱，江聲戰馬奔。東吴多俊傑，何地有招魂。

祖龍

六國丘墟九宇恢，更張周典見雄才。駕臨東土崇臺構，宮壓南山複道開。衹見璧隨山鬼至，那聞藥自海船來。阿房轉瞬繁華歇，却與《詩》《書》共劫灰。《詩》《書》雖焚，終不磨滅。阿房一炬，蕩爲冷灰矣。作者並論，猶爲恕辭。

望岱

玉檢金泥歷代傳，振衣千仞是何年。風吹一片青冥色，萬朵芙蓉落馬前。

峴山

當塗典午事紛紜，西蜀山川付暮雲。我到峴山無淚灑，秋風曾拜卧龍墳。無人敢開此口，作者公正可以想見。

余　京

字文圻，江南丹徒人。布衣。著有《江干詩鈔》。○予游焦山，見山間有文圻石刻詩，頗有警句。詢之寺僧，僧曰此市人也，有輕之之意。予訪之江干老屋，遂與定交。時柏鄉魏念庭觀察愛其詩，欲令往見。文圻曰：『往役，義也。以詩爲羔雁，非禮也。』卒不往，魏公益重之。詩格意俱高，光長近體。既老，從遊日衆，然得其一體，無能爲替人者。

畢孝子寧古塔負祖父骨歸里

混同江畔沙草黄，陰雲晝翳天無光。羈囚廿載老爲鬼，往往夜哭思家鄉。虬山孝子痛父戍，賫志窮荒願身赴。蕙蘭憔悴悲春暉，蚤向秋風委霜露。鐵嶺遼河五十秋，旅魂漠漠傷淹留。雞竿明詔下鰲禁，忽許枯骼還山丘。孝子遺孤年已壯，帝闕奔號請歸葬。西曹求檄頒故遲，躑躅京華家破喪。萬里窮多事遠征，饕風密雪踰長城。呵冰鬢髮曉每凍，聞角區脱宵常驚。幽泉負骨旋鄉里，馬鬣齊封堂斧似。兩世精誠事竟成，不愧一門雙孝子。其人可傳，詩亦足以傳之。

七夕妙高臺坐月

今夕天風爽，吹余到十洲。瑶臺孤島夜，銀漢半輪秋。潮響龍移窟，江明鵲起樓。憑欄星斗近，指點説牽牛。

白沙王翁百歲

住世憑何術，遥遥到百年。數君强壯日，還在亂離前。地老千頭橘，囊存萬曆錢。兒孫滿阡陌，都種白沙田。此種詩品，可入《中興間氣集》中。

中秋月蝕

秋半蟾光徹底清，妖蟇殘夜驀然生。匣開塵土蒙金鏡，盤弄泥丸汙水晶。自滿定知多外侮，處高原忌太分明。廣寒宫闕愁昏黑，斟酌姮娥秉燭行。五語有『滿招損，謙受益』意，六語有『冕旒蔽明，黈纊塞聰』意，收昌黎、玉川奇肆之作於八句中，是何等本事！

秋杪薄暮登北固木末樓即事

雁背遥飄落照來，樓登木末客徘徊。江山曠刼争棋局，燈火光陰促酒杯。萬井人煙秋慘淡，百年戎馬地蒿萊。西風歸路吹殘醉，雲掩高城畫角哀。起句得勢，以下便如剨竹。

八月十三夜焦山坐月同學菴釋巨濤

月出雙峰斂暮嵐，臨流久坐借僧菴。澄清銀漢露涓滴，浩蕩碧波帆兩三。龍戲夜珠藏海底，雁隨秋氣落江南。惠休有句通禪味，金粟香中好共參。

十四夜焦山水晶菴看月

薄暝疎鐘隔樹聞，海風收盡嶺頭雲。住山夢好經三宿，看月光圓到九分。天浹銀河涵水氣，江平冰縠織波紋。僧窓不用呼燈火，老眼能書白練裩。

暮春同吴門沈歸愚登蒜山憩清寧道院

老去攀躋興尚存，蹣跚陪客躡雲根。天晴煙樹分瓜步，春漲波濤拓海門。野馬絪緼頻過眼，沙蟲變滅幾招魂。亂藤荒草山前路，鐵騎曾經十萬屯。盧循率十萬衆争蒜山，劉裕以長刀斫敵破之，末句用其事。

藉草峰巔片刻留，曠觀身世歎蜉蝣。殘年歲月雙笻杖，吾黨乾坤一釣舟。夜雨苔痕山徑滑，夕陽松影石壇幽。勞生多病惟謀藥，丹鼎猶存五粒不？

雲房杯酒坐閒身，白首相知感慨新。廡下梁鴻誰共語，樓頭王粲尚依人。青山有夢常爲客，黄鳥無言自送春。歸舫吴門櫻笋熟，柳花風起石湖濱。『廡下梁鴻』，文圻自謂。『樓頭王粲』，謂予也。時予授經魏觀察署中，故有是語。

焦山山門外坐月

臨江席地坐黄昏，入夜微吟冷客魂。皓月出雲旋墮水，青山隔岸正當門。金虵攪浪光難定，巨象乘潮勢欲奔。萬里碧天滄海闊，何人騎鶴上崑崙。自注：對岸爲象山。○『焦山坐月』諸作，精華流露，首首可傳。

秋杪登清寧道院與漪亭學菴同賦

扶杖登高愴客魂，西風黄葉滿前村。林間佳菊能留客，江上名山總到門。飯罷楸枰消白晝，酒闌鐘鼓報黄昏。蹔離城郭無多路，便覺漁樵地位尊。『江上名山總到門』，金焦、北固、五洲皆在檻前也。結爲布衣增價，翁山詩往往有之。◯《五日泛舟丁卯橋》頷聯云：『小橋疎柳唐人宅，落日寒潮楚客魂。』真名句也。因通體未稱，故附録於此。

秦應陽

字含真，江南長洲人。官六安州教諭。

飛蛾

飛蛾性趨炎，見火不見我。憤然自投擲，以我畀炎火。動静自有常，躁急適賈禍。明發天宇空，飛躍無不可。惟趨炎故躁急，茫茫六宇，見我者有幾人哉？一結天空海闊，無適不可。

徐翔鵾 字雲客，雲南昆明人。

普安道中

暮色蕭條歲欲闌，長途猶自赴征鞍。橫穿峻嶺幾千丈，直下危峰數十盤。古樹夕陽鴉影瘦，亂山殘雪馬蹄寒。風塵滿眼愁無奈，始歎當年蜀道難。

葉肇梓 字季良，江南和州人。

橫江詞

人道橫江惡，儂道橫江好。不是浪如山，郎船去已早。翻太白意，詞轉似太白。

牧牛詞

黑牯力衰行每遲，白犢奔突飲清池。東岡西隴隨力去，牛飢只向草多處。深山牧牛歲月長，繫牛小樹今枯桑。牛食牛眠適牛意，閒來敲石作兒戲。太平牧牛有餘樂，不用將書挂牛角。《漢書》挂角，借以千楊素，非真讀書也，翻去自好。

集《歸去來辭》字爲詩，追次坡公韻

涉世知無策，還鄉路可尋。孤行聊自善，萬感復何心。雲岫遥扶杖，風泉遠入琴。東皋清絶徑，容易得登臨。

富貴求焉得，耘耔樂有期。歸與無不可，行矣欲何之。獨酌向庭菊，孤懷寄賦詩。息交聊自遠，疇復是心知。

不悟今時是，安知昨日非。泉飛還入壑，雲化復成衣。引酒寄情遠，撫琴得趣微。晨窓觀去鳥，日盡自歸飛。無集字迹，與坡公相近。

汪紹焻

字熾南，浙江秀水人。歲貢生。

項王

騅馬虞兮可奈何，漢軍四面楚人歌。烏江恥學鴻門遯，亭長無勞勸渡河。鴻門之遯，爲避禍也。推孝惠魯元墮地，乞分太公一杯羹，無復人理矣。此詩抑倒沛公，能爲項王吐氣。

劉伯倫

生死窮通付醁醽，婦言雖好不須聽。利名役役真成醉，只有先生是獨醒。當塗典午間，誰非中酒者。以獨醒許伯倫，唤醒醉夢人不少。

邵錫榮

字景桓，浙江錢塘人。

舞劍篇與陸方義

我嘗高詠古人《古劍篇》，我欲起舞追飛仙。古來劍解七十二，惜哉後世無人傳。陸生陸生爾且前，我今試舞雙龍泉。長兵短接須精練，雌雄熌爍落銀霰。萬人力敵莫可當，頃刻風雲看百變。忽徐忽疾疑旋蛟，忽連忽斷驚飛雁。聳躍星流身不見，雨打梨花團雪片。陸生此時覩之驚絶神，且願執鞭追後塵。慎勿輕携此劍渡江海，只恐雙飛出匣歸延津。

錢錦城

字鏡先，江南常熟人，牧齋宗伯孫。

席上詠物分得橘

丹實離離間碧林，千頭聲價重南金。踰淮若改平生質，孤負當年作頌心。言堅貞之質，不可變易也。乃祖能守此兩言，便爲東林完人矣。

安　期

字亦生，江南無錫人。

流螢詞

熠熠流光漾水煙，池亭雨歇晚涼天。西風吹墮紅蕖裏，照見鴛鴦自在眠。池塘中每有此景，卻無人寫到。

許心扆

字丹臣，江南長洲人，竹隱太守子。

松陵道中

寒雨灑孤城，秋聲滿叢薄。烏啼楓樹間，江空聞葉落。

戴鑑

字冰揆，江南嘉定人。

孫若望謝珙縣歸，過訪，話舊有感

劒閣連雲入夢勞，十年重見意蕭騷。破巢似我空三匝，愁髩看君有二毛。不負家風存舊笏，存笏，齋松坪讀書處。得歸宦海息驚濤。通門老友無多在，往事閒追首漫搔。

歲晚入都途中雜詠

迢迢古道客栖栖，風捲黄沙落日低。豈是此身同代馬，年年只向北風嘶。極見成語，道來自佳。

王　肇

字建初，江南太倉人。著有《鶺鴒集》。◯建初隱於市，賣餅易食。暇則以詩自娱，無求於人。王冰菴太守折節定交，詩成，每商之建初，建初時有可否，藝林兩賢之。

丹陽月夜

辭家未云邁，愁思如春長。誰能見明月，而不念故鄉。舟子撿蓬卧，露下凝清霜。出我甕中酒，斟酌此清光。忽聞高樓笛，一曲何悠揚。飛音過水來，繚繞清川旁。彷彿折柳曲，使我中情傷。明發又移棹，回首天蒼茫。『誰能見明月，而不念故鄉』，千古有情人語。通體自然，不煩些子著力。

王　琛

字來玠，江南太倉人。◯來玠隱於醫，志趣與建初同。遇歉歲，三旬九食，無飢餒容也。冰菴太守重其品，亦與課詩，時偕建初，稱婁東二王。

閒居

佳興在春日，暄風吹敝廬。山妻具粗飯，稚子擷野蔬。歡然適口腹，儉歲如積儲。淡泊氣乃充，無求養我愚。小庭何所有，花竹交扶疎。閒中送余目，歸雲與鳥俱。此生苟自適，焉知歲月徂。『淡泊氣乃充』，非虚假之氣也，隆中人足以當之，作者亦能言之。

蕭趙琰

字掞三，江南宜興人。諸生。○掞三抱才不遇，年復不永，遠近惋惜。所存詩無幾，皆近『食薺腸亦苦，强歌聲無懽』者。言爲心聲，信然。

桂之樹

桂之樹，托根君之墀。大火當昏，鬱鬱離離。桂之樹，結葉葉交枝。枝中有丹心，君不知，君不知，含情直待秋風吹。秋風吹，君知之。即張曲江《丹橘》一章意，音節古，使人不覺。

溪橋候月

候月荆溪口，初凉橋上生。星辰秋在水，河漢夜無聲。農火歸殘巷，漁家話淺更。興來忘所待，人影欲同行。『星辰』十字，在賈長江集中亦爲傑句。

過浄梵寺弔周瑜城

松濤聽不盡，鐵馬去何之。只有僧歸寺，更無人守陴。亂鶯公瑾曲，遠岫小喬眉。多少徘徊意，春風解纜時。五、六語，偶然闢合，不覺其纖。

汪天與

字蒼孚，江南歙縣人。官刑部郎中。有《沐青樓詩》。

西海門

鳥道直穿雲，不暇盤旋上。有時膝代足，手捫那容杖。目眩怯回頭，坐穩時一放。精神猶惚恍，心胸爲滌蕩。力竭到峰巔，平衍神忽王。亟趨西海門，路轉光明藏。千峰劃然開，紫翠呈萬狀。夕陽在東麓，倒射芙蓉嶂。誰爲問巨靈，仙窟何年創。石牀置碧霄，玉屏列丹嶂。雲巒一萬重，三神山在望。何須躡仙蹤，且快兹遊壯。予登蓮花峰，有句云『四體失所司，目眩心忡忡』，即篇中『有時膝代足，手捫那容杖』二句意也。未經歷者，不知此語之真。

穿鰲魚洞，度蓮花溝，上文殊頂

巨鼇潛海中，何年此遷播。古洞恒陰森，屏息不敢唾。傴僂穿脅出，延緣捫脊過。眼明一松橫，根穿石壁破。風雲看飛騰，江海幾掀簸。逕度蓮花溝，心膽寒無那。懸崖如泛虚，股栗神已懦。每涉懼不測，佇足欲相賀。降若探龍淵，陟如轉蟻磨。九地升九霄，始達獅子座。蓮花入雲開，蓮蕊日以大。迎送松依然，澗底龍猶卧。至此筋力疲，藉草一少坐。歷歷憶生平，久慣經坎坷。此間覺平夷，無須咎摧挫。度蓮花溝，由百步雲梯而上，側足股栗，壯夫亦懾，即所云『九地升九霄，始達獅子座』也。結意翻開，有無窮身世之感。

題雪莊和尚小照

雪莊開士居雲舫，三十餘年不下山。何事塵緣消未盡，尚留面目在人間。雪莊入都，見重朝貴，幾爲塵緣所縛，故作詩以風之。

吴瞻泰

字東巖，江南歙縣人。諸生。◯東巖爲大司成鱗潭先生長子，少留心經術，思爲世用。入省闈十五，終不遇。乃遨遊齊、魯、燕、冀，及江、漢、吴、楚、閩、越、交，詩品日高。然以詩人名，非其志也。所著有《彙注陶詩》《杜詩提要删補選注》等書。

過虎村上芙蓉嶺

山深異氣候，四月正流澌。冰有夏蟲識，花無春鳥知。村寒煙不起，徑險杖難支。一線開天竇，芙蓉更擅奇。猶是『即今河畔冰開日，正是長安花落時』意，一經錘鍊，更覺遒警。

宿松谷菴聽瀑

向晚投松谷，青蒼夾洞門。沙流侵客屐，筍迸出雲根。凍雀千林静，飛濤萬壑奔。一宵疑驟雨，起坐見朝暾。

自題《蓮花峰頂試泉圖》

萬仞青蓮上，梯雲爲試泉。誰將一勺水，引上九層天。氣帶流霞色，香無下界煙。《茶經》曾品未，興發自吾先。起步與王右丞『萬壑樹參天』一章同一起法。

送洪去蕪入黃山度歲

怪爾衝寒入杳冥，一筇萬里破空青。雷奔石底晴看雨，人在空中夜摘星。喜就温泉除宿垢，懶將仙莢問山靈。鼎湖龍去留丹竈，元日朝參紫玉屏。空中摘星，登黃山時真有此景。度歲只末一點，自高。

汪衡

字禹吹，江南吴縣人。諸生。◯此鈍翁先生長子，負才早殁。二弟但誇門閥，難免柳子《鐵爐步》之誚矣。讀禹吹詩，不勝清門零落之感。

七夕

明河漾金波，令節雙星渡。那堪一歲愁，盡向經宵訴。東方色熒熒，離情復如故。猶勝遠遊人，空閨泣朝暮。

漁燈

月落空江露氣浮，蘆花深處宿漁舟。寒燈映水繁星亂，夜半潮迴帶影流。

計元坊

字維嚴，江南吴江人。◯維嚴爲甫草先生之孫，希深同學之子。硜硜自好，詩有源流。雍正甲辰，訪予於莳溪老屋，不值而返。寄詩三章，已臻古淡。今雖散佚，每一追憶，如塵如夢，不勝惘惘也。

勵志詩

青青園中林，並望成嘉樹。或者干雲霄，或者苦顛仆。豈真托根殊，亦異灌溉故。人力不滋培，棟梁安得具。而何蚩蚩氓，榮落委天數。見大有爲者，貴以經術培其本根也。通首比體。

士人乏奇才，動輒咎貧賤。豈處貧賤中，抱負遂難見。曲逆方宰肉，一鄉已稱善。諸葛當躬耕，三分定佐漢。内反無足憑，氣餒徒炫亂。不見玉韞山，與石自有辨。貧賤中正可樹立根基，激有志氣人不淺。

鴆毒惟晏安，古人戒自適。所以陶士行，運甓日累百。破賊石頭下，精勤由素積。奈何卑棲士，嗜懶如有僻。志爲氣之帥，志鋭氣自役。顧師聞雞人，無蹈嵇阮迹。南朝八達流弊，足壞士品，足壞國家。標出陶侃、劉琨，最有定識。

述興

人方危苦時，薄施輒感德。自昔奸雄輩，持此羅上客。蔡邕依董卓，有才而無識。受恩旋殺身，士貴能挺特。所以孟夫子，餔餟戒樂克。見因不失親，不可輕受人惠。

徐志巖

字象求，浙江德清人。歷任開封北河郡丞。著有《抑齋詩稿》。

諸子會課

劉勰論《文心》，陸機作《文賦》。何如對聖賢，孔樂顏可鑄。誰云制義作，苟且敷章句。精理抉天人，宋儒可沿泝。春風吹衡門，草堂開藝圃。槖筆集生徒，齊侍先生屨。授簡復拈題，一一申毫素。周情與孔思，静中許良悟。或疾如湧泉，或遲若窘步。中正期徐臻，狙詐願屏除。去。述古有餘歡，偭規良足懼。佇聞正始音，雲山有韶頀。和平之音，不流於腐。近日割裂盛行，中正少而狙詐多矣，作者獨能防弊於未然。

濛瀼

灘捲千堆雪，山藏一線天。當秋茅瘴合，亭午旭光偏。怪鳥啼深樹，孤猿嘯冷煙。平生仗忠信，不怯下瀧船。

謁張文獻祠

曲江風度遠流徽，姚宋同心日並暉。金鑑果能陳黼座，玉環何事繫羅衣。貶官荆楚緣持正，遺祭丘墳爲見機。自注：早識安禄山有反相，請誅之，上不聽。古廟肅瞻松柏下，藹然遺象見依稀。《唐·五行志》術士徐遐周詩曰：『若逢山下鬼，環上繫羅衣。』即馬嵬之讖也。三、四見信用曲江，必無六軍不發之禍。

聞鷓鴣

遊子天涯生計非，遥山如黛日相依。忽聽格磔鈎輈語，觸撥歸心淚滿衣。

汪　畟

字麗天，浙江歸安人。候補員外郎。

秦淮秋柳

内橋南去水平蕪，處處秋煙似畫圖。惆悵千絲殘照裏，不堪重問舊棲烏。

拂地西風起白門，幾枝寒碧襯煙痕。不知何處吹横笛，漠漠江南烏夜村。純以韻勝。

許璣

字罕宜，江南吴縣人。

静夜吟

霜林月逾白，滿逕横藻荇。萬籟總無聲，大地此時静。心迹兩寂寞，塵雜不須屏。簷前星已稀，池畔鶴初警。獨往亦獨回，自顧形神影。清絶。

答友問

友人問我山居樂，第一讀書松竹林。世上萬緣都不到，時時證入聖賢心。能得此樂，三公不易。

錢嵩期

字人岳，江南陽湖人。貢生。著有《一房山詩鈔》。

贈友園居

時主人六十。

風物翛然在竹林，顛毛未許曉霜侵。已忘勝負還看弈，爲薄才華欲廢吟。説劍碎琴年少氣，種松愛菊歲寒心。公孫薦達非吾事，自注：公孫弘六十，召對賢良方正策。肯使紅塵點素襟。

徙宅還同鳥易柯，閒園望裏足煙蘿。青藤白袷時還往，張丈殷兄共嘯歌。野犺窺人來漸熟，山雲濕徑埽偏多。期君采藥銅官路，曳杖攜筐入磵阿。寫主人之近道，而作者性情亦與之俱見。

國朝詩別裁集卷二十七

長洲沈德潛歸愚纂評　男　種松校字

江陰翁　照霽堂　長洲周　準欽萊同輯

金志章

字繪卣，浙江錢塘人。雍正癸卯舉人，官口北道。著有《江聲草堂詩集》。

○乾隆壬申，不戒於火，詩俱灰燼。友朋搜羅散佚，薈萃貽之，秖十之二三也。然豪情盛氣，勃勃紙墨，可以想其生平。

因樹亭觀唐明皇磨崖碑

明皇昔日侈東封，千乘萬騎紛雲從。超然意象小秦漢，七十二代思兼容。金泥玉檢著符瑞，江茅鄗黍昭虔供。禮成大祀頌聲作，鴻文典誥鏗鐘鏞。天章神筆縱揮灑，鸞飄鳳泊翔遊龍。磨崖深刻紀歲月，萬古照耀天門東。是時國家正全盛，地大物阜民和豐。廟堂宴安漸鴆毒，玉魚繡祼酣深宫。侈心一開蠹隨入，九廟俄頃飛灰紅。淋鈴蜀道馳萬里，百神不救塵埃蒙。徒存兹碑峙巖業，雨蝕蘚剥雲煙中。牧兒野火燒不得，至今椎榻傳遺蹤。吴郎嗜古得此本，世守什襲裝池工。高齋招我共銷夏，披襟展玩清宵同。規連珠樹矩折玉，墨彩騰上光熊熊。手摹口誦極贊賞，忽憶往事心神忡。《中興》反正頌神武，亦有巨刻磨巃嵸。盛衰治亂互倚伏，鑒戒實可垂無窮。殷憂啓運滿致覆，此理自古關昭聾。開天已遠代幾易，猶留寶刻珍書叢。摩挲掩卷三嘆息，人君莫漫誇豐功。爲汰侈滿盈鑒戒，後以《浯溪中興頌碑》作襯，即孟子『生於憂患，死於安樂』意也。末一語是畫龍點睛手。

鈴山行

鈴山四繞青谽谺，袁江一綫盤脩虵。東西峽口兩洪束，東爲昌山洪，西爲鐘山洪。縣城中裹如蓮花。此邦何人昔最著，豪貴屈指推嚴家。早年登第競名譽，追逐何李矜浮華。歸來築室此山頂，圖史枕胙旁人誇。青詞晚歲博金鉉，萬事横決如摶沙。文章不掩孔雀毒，膝下豺虎兼婁瑕。讀書不識忠孝字，廿年辛苦何爲耶？立身一敗媿鄉里，至今齒冷千秋譏。清江六月燒晚霞，長橋終古緣城斜。薰天之勢竟安在？徒令弔古興咨嗟。『文章不掩孔雀毒』，姦佞之人，雖有才華，莫能蓋也。『讀書不識忠孝字』，令閲者悚然。

岔道射虎行爲李守戎作

北風捲地塵沙黄，杲杲塞日無晶光。山城犖确少行跡，猛虎晝出蹲南岡。雙睛睒睒射驚電，聳尻竪尾如竿槍。咆哮踞地地欲裂，百獸走匿山魈藏。血人於口爪牙利，家家閉户群蒼黄。隴西飛將勇莫當，家世猿臂能挽强。鬚髯蝟磔氣勃發，直視斑子如跛羊。長弓大箭走相搏，瞋目叱咤聲震硍。洞胸貫脅猛竟殪，氣焰安在傫然僵。樵蘇從此少患害，行李來往仍穰穰。我時驅車出北口，逢君迎謁趨道傍。爲余津津談且喜，英風爽颯神飛揚。須臾健兒舁虎至，餘威尚覺生風霜。羡君除暴直健者，當路豈復憂豺狼。嗚呼，當路豈復憂豺狼！死虎餘威，尚生風霜，則生時之兇惡可知矣！十四字猛氣逼人，末并望除去當道豺狼。泳嘆出之，所見尤大。

白溝河弔二忠祠張公叔夜、文公天祥。

白溝河上夕陽時，下馬荒原弔古祠。北渡中宵悲扼吭，南冠孤憤漫題詩。鬼謀曹社家同破，龍去崖山事不支。太息殘碑焚野火，六陵荒草共凄其。分詠二忠，語皆典切。

黑峪

盤盤鳥道上青雲，峻坂危坡路不平。入險橫穿豺虎窟，凌虚俯瞰鶚鵰群。三關形勝憑高盡，二水波濤出塞聞。極目長城回望處，河邊飲馬漢家軍。

二十四磯

驚濤如雪濺長空，峭石崚嶒訝鬼工。二十四磯帆側過，不知身坐浪花中。

鷓鴣塘

客情鄉思總淒迷，睡起篷窓日欲西。忽聽一聲行不得，鷓鴣塘外鷓鴣啼。天籟。

姚湘

字行表，江南桐城人。雍正癸卯舉人，官常熟教諭。

郭林宗墓

知人薦士緬遺踪，此日經過馬鬣封。一木勢難支大厦，六屯禍不及潛龍。登仙祇合同元禮，表墓寧須藉蔡邕。更有申屠共標格，高風樹屋獨名傭。桓、靈兩朝朝局，黨人之標榜喪身，林宗之不爲危言覈論，得以免禍，三、四語盡之。末引申屠蟠，見因樹爲屋，同於傭人者，爲更高也。詩須如此作，方不浮泛。

梅

任爾冰條濕粉痕，何須紙帳護春温。紅亭遠隔人千里，翠羽初飛月一村。留得塞香清到骨，莫聽羌篴暗銷魂。幾年孤負西園約，凍合孤山獨掩門。與『愁在三更挂月村』同妙。

荆州道中

女嫛砧響杳冥冥，楚些吟成不忍聽。行過渚宫神黯澹，猿啼夜半在空舲。

沈青崖

字艮思，浙江秀水人。雍正癸卯舉人，官至開歸道。◯家艮思以監司任軍儲，有掎摭之者，繫獄，幾數年。上知其冤，釋之，仍官監司。以議論正直，爲大吏彈劾，復去官。始終以不善諂曲被禍者也。在獄時，著有《五經明辨録》《綱目尚論編》，多前人未發，及正前人缺略者。

錢博士登俊贈西域地圖

客從軍中來，遺我盈丈紙。展卷列丹青，大荒靡涯涘。嵯峨于闐山，蜿蟺伊麗水。輪臺及陽關，如在掌上指。漢唐殊名稱，回夷互遷徙。服畔靡有常，古來多戰壘。白骨沉沙窩，金刀折澗底。寒暄異中華，幅幘空萬里。有壤不可耕，得民不可使。唐虞聲教訖，西被流沙止。聚米雖良謀，形勢何足恃。素壁張斯圖，聊識大亥趾。老成經國之言。

邵錦潮

字賜笏，直隸宛平籍，吴縣人。雍正癸卯舉人。

蒹葭

秋色浮江上，煙波共渺然。蒼茫迷遠渚，寥落向遥天。折葉驚寒雁，飛花點釣船。伊人不可即，悵望水雲邊。

喜晚香辭幕府歸，出示新詩留飲

千尺流泉百尺松，白雲丹嶂自從容。偶同麋鹿遊城市，終覺鵁鶄厭鼓鐘。句就煙霞頻出手，醉餘磈壘肆填胸。明朝便蠟尋山屐，到處隨君躡舊蹤。一筆揮洒，絶去雕飾，此境正未易到。

閨人贈遠

日夕上高樓，雲山一望秋。悠悠渡頭水，空送往來舟。

曹庭樞

字古謙，浙江嘉善人。雍正癸卯副榜。○古謙應博學鴻辭詔，入都，日課一賦一詩，同人斂手推讓。試後故歸，復入都，病歿，此就向所録者存之。

張鴻勛惠讀《看雲吟稿》，作長歌，奉柬，即送其南還

病夫高枕掩關卧，晨罷櫛沐惟枯坐。有客投我詩一編，急起把讀積懣破。砰訇振作鐘鏞聲，錯落咳成珠玉唾。十年人海奔堀堁，詩筆不留點塵汙。吁嗟乎，山鬼笑人文不靈，素衣化緇衫猶青。小住爲佳歸亦得，揚舲南指垂虹亭。送君行，飲君酒。顧此身後名，期在匆速朽。臺閣諸公自袞袞，富貴豈同金石壽。但令作述高等身，何必黄金印懸肘。君歸林屋勤著書，肯學丈人山隱居。『龍威丈人山隱居，西入包山竊《禹書》』，言其不自著述也。於隨手生波中，諷以立言自命，

工於措詞。

春雨和錢嶼沙編脩韻

兩兩溪邊水鳥呼，漸看檐際濕模糊。憑欄花重紅疑滴，隔座山横翠欲無。吟苦縱愁春冷淡，病多偏穩睡工夫。卷簾自愛虚無景，未要瀟湘入畫圖。

陳祖范

字亦韓，江南常熟人。雍正癸卯會試中式，乾隆壬申舉經學，官國子司業。著有見《復詩草》。◯見復捷春官，未殿試歸，著書友教，垂三十年。大臣以經學薦，授少司成。居家受官，生平以天爵自重者也。詩無意求工，自餘道氣，不得以詞人之詩目之。

恒雨

春末夏之首，恒雨連數旬。吾土異高低，高者下種匀。溝車掛梁壁，婦子紡以紉。但俟水勢滅，耘耔及良辰。低者淪江湖，波濤浩無垠。雞犬悉上屋，舉家寄河脣。相去數十里，彼此殊越秦。苦樂宜均被，譬如人一身。半體雖獨活，偏枯爲不仁。所以君子心，溥遍無涯鄰。憂喜不以己，四海熙陽春。物我同體，已見此詩。

感秋

人生弦上筈，流光迅於矢。春鳥暢歡情，秋蟲感衰耳。萬籟乘時鳴，一心異悲喜。中宵不成寐，轉輾攬衣起。今人未嘗生，古人未嘗死。欲求不死方，從師悔晚矣。讀末四語，令人内慚面赤，覺可愈頭風，可愈瘧疾，只是語句奇險耳。

夢述

自從別家來，十夕九夢親。父念子行役，不因存歾分。存爲倚門望，隔形不隔神。歾爲空中魂，魂依遊子身。危高山之巔，慓深水之湣。悲哉同行子，生獨爲鮮民。白雲處處多，天涯見無因。可補《陟岵》《蓼莪》之缺。

與星旋釋

爾我各異趣，青山爲之媒。爾心與山静，我心對山開。山意不將迎，能通彼我懷。書聲雜梵唄，瓶鉢偕尊罍。大道固無礙，何從起嫌猜。推窓月皎皎，梅花點蒼苔。結得淡然。

答任翼聖計偕留别

往還多面朋，孰是心所同。鄉薦忝伯仲，時論推雲龍。一友教四方，一匿影蒿蓬。相見苦不易，終歲欣相從。得窺所學富，飽聞議論雄。冥搜力沉著，集益心虚冲。烏能石攻玉，媿用莛撞鐘。聖籍久黯黕，遲子發群蒙。斯行匪干禄，要展經術功。析理戒穿鑿，守道無窮通。鈞鼇不鈞魚，君家有任公。『析理』十字，作者一生得力。

詠史

吾慕江州陳，宗族七百人。每食設廣席，長幼列坐俱恂恂。和氣感畜犬，百犬共牢食必均。

爲問此何時，豺虎磨牙噬生民，君如奕碁國傳舍，天下不復知尊親。世上自亂家自理，閉門别有無邊春。

送西京訓導宣城

老爲千里别，何以遣離情。道在官無小，風清宦易成。議參秦博士，詩繼謝宣城。遥識青衿子，趨風江畔迎。

寄沈歸愚

把酒論文記往年，隱侯格律敢隨肩。宫中久識元才子，明主終收孟浩然。鶴怨猿驚懷故地，馬遲枚疾鬬新篇。嗤予守兔清江曲，燕樹參差悵各天。簡寄詩篇，亦寓規諷，良友贈言，何時敢忘！

繆曰芑

字武子，江南吴縣人。雍正癸卯進士，官翰林院編修。

書杜少陵詩後

稷契成虚願，詩篇軼衆群。吐辭皆信史，每飯不忘君。汗馬懷諸將，龍池望五雲。千秋惟白也，可與共論文。平穩寫去，已盡老杜生平。

秋柳

摇落西風裏，垂條浪不生。本非攀折候，猶有別離情。涼露成清滴，寒鴉噪晚聲。吾生饒短髮，愁對淡煙横。前半正寫，後半虚寫，處處有遠神。

潘　果

字師仲，江南無錫人。雍正癸卯進士，官辰州同知。

觀星臺

太虚茫茫星吐精，仰觀何托觀群星。三垣高居列宿拱，七曜以次升天庭。觀星之臺自此築，渾古器森立交峥嶸。吐吞日月孕精氣，異采焕發堅光凝。夏官歷歷親示我，法象粗得知其名。渾天最古位居右，西洋測景開皇清。自注：銅象凡十三座，皆古物，惟此象爲我朝新鑄，居中。日躔月次分杪忽，相風高尺晴空横。憶從虞后在玉衡，子來繼詠靈臺成。狂秦亂紀失遺法，漢更七帝銅儀興。自注：制自宣帝時。遞相精核迄元代，人巧上與天工并。直收萬象入指掌，豈比露盤承六莖。緣何末造不能守，往來再徙歸燕京。昔聞王孫論九鼎，雖小亦重大或輕。鑄金象物尊尚爾，况爲於穆圖真形。何以守之德是憑，惟皇得一符清寧。用意全在末段，必如此，詩不徒作。

鳧磯孫夫人廟

江神踏浪朝靈宫，靈宫夫人下幽穹。女官擐甲擁前後，寶刀爛若銀芙蓉。阿兄虎視霸南國，玉顔小妹饒家風。天教帝子作之偶，明珠斗帳藏真龍。赤壁戰後老瞞懼，不敢南下馳艨艟。如何昏姻失前好，忍教與國連兵戎。臣服魏廷亦豚犬，仲謀那足稱英雄。蜀帝復讎猇亭敗，永安遺詔蒼黄中。夫人有家歸不得，九嶷夢斷尋無踪。鳧磯自沉靈魄在，于今遺廟留江東。廟中傳芭女巫舞，報賽神鼓聲鼕鼕。江流有盡恨無盡，疑有淚竹斑斑紅。仲謀降曹，真不可解。兩國連兵，不獨蜀之遺恨失吞吴也，借題發出，見權有媿于其妹。一起如見夫人英武，一結想見夫人抱恨。玩其音節，得樂府《迎神曲》之遺。

項王廟

威望居然壓沛公，指揮一誤霸圖空。縱留子弟八千在，早失關河百二雄。遺廟可堪隣泗上，英靈只合返江東。所嗟鋭氣真無敵，不出淮陰數語中。項王失策，在王漢王於巴蜀、漢中，使得還定三秦，則大勢全在漢矣。詩中指出，具有卓見。

桓宣武墓

笑爾何心蓄不臣，餒魂終此伴青燐。生初枉自呼英物，身後教誰歎可人。自注：温過王敦墓，輒嘆曰：『可人，可人。』江北柳圍空長大，洛陽鐘簴竟沉淪。縱然未死膺殊錫，地下如何見太真。

尹會一

字元孚，直隸博陵人。雍正癸卯進士，官至吏部侍郎。著有《健餘詩草》。

居庸關

莽莽關山起暮愁，亂雲層疊隱危樓。雕弧控滿清宵月，畫角吹殘紫塞秋。旅夢無端空索莫，歸心何事更夷猶。燕南碧草還飛蝶，已見桑乾帶雪流。月與雕弧相關，秋與角聲相關，此詩律細處。

陶正中 字田見，江南無錫人。雍正癸卯進士，官翰林院編脩，外轉至山西布政使。

讀史

商君修耕戰，立約於徙木。賞信罰隨彰，卒以震巴蜀。梟雄負異能，斷制貴專獨。民可與樂成，創始每弗欲。君子重違衆，持衡妙善俗。握機良所同，用意乃各屬。不見褚衣冠，終焉致巷哭。子産、商君同是變革舊政，而用心各别：一是斵喪國脈，一是整齊風俗也。同中見異，於公私義利判之。

徐以升 字階五，浙江德清人。雍正癸卯進士，官翰林院編修，轉御史，外轉至廣東按察使。著有《南陔堂集》。

炙硯

文思忽飛揚，冰凝硯一方。炙餘資石炭，化處受玄霜。調變交離坎，中和適燠涼。不須呵彩筆，抒藻有輝光。調變中和，由於家人之反身。小中見大，詠物詩須如此作。

關山月

大旗霞捲夕陽殘，旋見邊城湧玉盤。鼓角無聲霜氣肅，山河流影鏡光寒。白頭漢將占星立，紅淚胡姬倚馬看。浄掃煙塵天闕迥，清輝多處識長安。神似李北地。以長安月作結，頌揚天朝，前人未到。

金鳳綸

字□□，江南嘉定人。雍正甲辰舉人。

冰花

自注：元人有題無詩，作此補之。

犂星没後水藏漪，澤畔鱗鱗見異姿。凝艷不教青帝主，闘華休遣夏蟲知。凌波神女搴還薄，作雪天工剪並奇。莫訝清英易消歇，楊家山已付流澌。律之細也，字之穩也，人巧盡天工出，應從偶然得之。

王　峻

字次山，江南常熟人。雍正甲辰進士，官翰林院編修，轉御史。著有《艮齋詩集》。○艮齋素行偘偘，彈都御史某，視趙用賢之彈張江陵，奪情則又過之。詩亦英爽，如其爲人，惟於王新城詩時加詆諆。趙秋谷諸公聞之，應云：『將伯助予也！』然即此亦是不隨衆好處。

禹州道中

茫茫四野寒蕭騷，朔風動地聲怒號。車帷卷破馬蹢躅，夕陽慘澹橫平皋。行人瑟縮帽簷側，手脚凍冷面如墨。晚來投店滿衣塵，童僕相看不相識。

題戴巨川庶子畫馬

自題曰《稱德圖》。

先生畫馬如畫牛，不著鞍韉不絡頭。超遥肯與駑駘伍，放曠還同麋鹿遊。先生相馬如相士，德合剛柔比君子。神閑氣静在平時，電激飈馳日千里。拈毫十日又五日，慘澹經營能事畢。恍疑貌出古纖驪，直壓開元卅萬匹。君不見，黄金之勒錦障泥，多少欵段當風嘶。安得壯士馳駿足，層冰蹴裂交河西。少陵《題畫馬》云「當時四十萬匹馬，張公歎其材盡下」，最稱傑句，此云「恍疑貌出古纖驪，直壓開元卅萬匹」，英氣直欲追逐少陵。

謁岳忠武廟

强弓手挽雅歌嫺，未許韓劉伯仲間。誰使朱仙回玉帳，轉愁雪窖有刀環。長城自壞天難問，半壁偏安主厚顔。遺廟近鄰嵇紹墓，靈旗風静古碑閒。此湯陰岳廟也。當時三字獄成固由秦檜之姦，而小朝廷之不欲復讎，其罪更大。「轉愁雪窖有刀環」七字，直誅高宗之心。

李重華

字實君，江南吴江人。雍正甲辰進士，官翰林院編脩。著有《玉洲詩集》。

○玉洲天賦俊才，復得匠門指授。生平遊歷，入巴蜀，客山左，留秦關，經三楚，登臨憑弔，發而爲詩，嶔嶔歷落，俱得江山之助，宜足繼匠門而興起也。《詩話》二卷，或引而不發，或金針度人，可希風昌穀《談藝録》。

擬魏武帝紀行

元戎肅徒旅，行行越潼關。秦原莽牢落，空舍無炊煙。殺氣一以盛，骸骨爲丘山。遺黎各瘡痍，竄伏何險巇。念我皇漢京，宫殿皆頹垣。大盜覬神器，流毒徒搆患。迫主以播遷，剽掠于市闤。群謀踵而起，梗塞彌宇閒。吟我破斧詩，悲傷難具言。曹氏一門多才，而蒼堅尤在孟德，篇中風骨似之。

道古

子長憤著書，論或憑胸臆。殷勤表素王，已足稱神識。時方貴黄老，經術尚薄蝕。卓然仰高山，先路導其惑。駢羅七十子，附聖爲羽翼。遂使絃誦堂，崇祀盛軌則。我嗟衛道人，曾未預配食。盲左既酬功，腐遷何媿色。漢代表章聖道，廣川以後，有太史遷《世家列傳》，羽翼之功不可没也。配食廟廷，前人未開此口。

劍閣

我行閲雄關，天劍殆無敵。迢遥來一髮，突兀遏重壁。望望嵯岈間，豁罅不盈尺。到關穿雪竇，窺户睇月隙。峨峨二山中，萬丈一磐石。都無客土附，而總精鐵積。其間鬱叢箐，其底亂潨射。烏兔失飛走，蛟螭避堂宅。入門循地隧，雙峽亘而窄。左作長鯨掀，右類巨鼇擲。雷轟泯斧鑿，雲蔚隨縷脉。迴風驟長驅，雪氣砭領脊。洪荒想胚胎，元氣更併迫。倘非仙掌排，亦屬應龍劃。五丁力不逮，渠能萬靈役。殘山通仄狹，留險藉控搤。誰知徒長奸，據竊逞荷戟。炎漢固殊類，偏安我惋惜。子陽先覆轍，王孟後接迹。稱帝旋洞胸，降王遞銜璧。何况獻賊流，蝮蝎恣毒螫。張牙縱狂噬，擢髮終寸磔。伊昔凋敝初，人煙莽蕭瑟。生息今百年，墾闢連萬陌。文翁兼詰戎，武鄉兼教澤。遼絶若番藏，倏瞬達重譯。而此枕席安，號涣誰擁隔。地利分險夷，皇圖觀順逆。磨崖奮如椽，中命誡梁益。前極形劒門之險，後屢述竊據之敗。見有德則可守，恃力則速亡也。末歸美本朝，見文教武功，遠及番藏，而梁益内地，安如磐石矣。『地利分險夷』五字，收上半篇；『皇圖觀順遂』五字，收下半篇。

望太白

太白群山外，岧岧淡莫分。遥知千歲雪，正雜萬峰雲。鳥道蹤應絶，龍湫吼若聞。帝臺三百里，香氣接氤氲。

雞頭關

雞頭千仞峻，白道細如絲。怒水盤根迅，雄關立壁危。北來天去握，南望漢爲池。咫尺褒城驛，連錢蹀躞馳。『漢爲池』對『天去握』，是爲活對。

五丁峽

絶壑靈奇盡鬼工，停眸便識五丁通。雙崖翠影侵天合，萬竅雲根入地空。杜宇魂生迷鳥道，蜀山虵拔剩龍宫。金牛縱被秦人誤，開闢何曾讓禹功。『萬竅雲根入地空』，他人費作賦才，雖千百言，亦寫不到。

劒閣

宋玉狂言亦快哉，果然長劒削天開。泉聲獨引雷車落，峰影雙扶日馭回。壯士枉窮排嶂力，大文終重勒銘才。中原龍虎無消歇，日見關門駟馬來。

過居庸

太行東騖正迴環，界截煙雲是此間。九土横分雄地軸，三邊總會扼天關。羽書報捷風雷迅，戍卒承平虎豹閒。此去漢南皆枕席，馬蹄思踏賀蘭山。

登蓬萊閣

檻底滄溟浸太空，凌乘如到蕊珠宫。波間萬怪時嘘氣，天外三山日御風。術士妄尋焉得遇，詩翁偶禱竟能通。良宵會約群仙醉，待看重輪徹地紅。三語寫海市可見，四語寫神山難到也。下聯分承海市、神山，却用顛倒承之，化板爲活。術士，指文成五利；詩翁，指東坡。

書周遇吉傳

爲擾潼關突薊丘，大同摶戰鬼神愁。辭家戰士無旋踵，報國將軍有斷頭。致死已摧狂孽勢，迎降真恨賊臣謀。十三陵末餘抔土，千古忠魂哭未休。寧武破時，賊兵傷幾過半，李自成謂：『自此至京，尚有險要四關。倘盡如寧武，我輩休矣！』方欲退兵休息，而大同姜瓖、宣府王承廕降表相次至，賊遂直破京師。詩中三、四表周將軍，五、六恨二賊臣也。如許發揮，不啻披閱史傳。

與張支百研江話詩隨筆

李杜横馳翰墨場，如椽韓筆頗相當。數篇《琴操》尤高躅，束晳何因便《補亡》。束晳『補亡』，前人議其去雅音甚遠，此借以襯昌黎《琴操》之高。如《拘幽》一操，真能道止敬心事，《補亡》六章中殊未有也。此種論詩，具有確見。

俞　荔

字碩卿，福建莆田人。雍正甲辰進士，官長寧知縣。○碩卿居官清正，以失上官意，落職，到家後，杜門自守，築堂曰迂溪，猶柳子自愚而并愚其溪也。

迂溪草堂初成

何妨環堵即爲宫，適趣依稀栗里同。不速到門惟夜月，無私惠我有春風。是非難染溪邊石，得失奚關塞上翁。閉户領來清浄福，却忘身在萬山中。三、四有風浴詠歸之趣。

吕守曾

字松坪，河南新城人。雍正甲辰進士，官山西布政使。

烏江懷古

荒壘蕭蕭觸目驚，烏江東注恨難平。千金急購英雄首，八載空勞子弟兵。古渡蒼茫通利口，亂山合沓隔彭城。烏啼似識興亡意，猶自淒凉學楚聲。

望嵩山

三十六峰如髻鬟，行人來往舒心顔。白雲蓬蓬忽然合，都在虚無縹緲間。高格！倘漁洋見之，必許其把臂入林。

張鵬翀

字天扉，江南嘉定人。雍正丁未進士，官至詹事府詹事。著有《南華詩集》。

○南華天才敏捷，賦《雁字詩》，日未午，成七言律三十章。賡和御製，頃刻數篇，上褒美賞賚之。有經進詩上時，轉次其韻。比太白之君爲調羹，東坡之金蓮燭送歸院，遇尤榮也。後更唱韵成詩，捷于擊鉢，然風格亦少減矣。工畫，捷同于詩。生平事事洒落，人自爲漆園散仙，竊自喜。中道殂謝，九重惋惜，歎才人之不易得也。卷帙甚富，兹録《進呈法戒》詩十餘篇，近體略及。

經史法戒詩

夏造衰兮殷道興，得賢臣兮作股肱。股肱辛勤親五就，故主荒淫終莫救。歲苦旱兮殫憂心，躬爲犧兮祀桑林。苞苴女謁備自責，禱辭未畢傾甘霖。至誠感神信如此，天道秖如人道邇。一夫失所真宰愁，莫令君門懸萬里。此法保民自責，至誠格天也。

成康既遠王道微，昭既南征兮，穆又西馳。騁八駿於萬里，觴王母之瑶池。事雖荒而難信兮，徵《祈招》之風詩。神仙不可期，遠略難爲續。至尊居九重，王度式金玉。此戒肆心荒遠也。

《春秋》見至隱，《履霜》防忽微。人主不早慮，因之致顛危。前有讒不見，後有賊不知。晉獻惑嬖妾，優施教驪姬。分明置堇毒，乃謂愛我爲。卒至兩敗傷，智謀亦何施。覆轍示深鑑，足爲後事師。此戒信讒人重内寵也。

天王柄下移，征伐强侯出。伯業亦寖衰，陪臣勢無匹。强私家，弱公室，三桓六卿互分析。豈無衣，六與七，不如子衣安且吉。壞法亂紀自王朝，史書特繼《春秋》筆。此戒政柄下移也。周釐王封武公爲晉君，威烈王封魏斯、趙籍、韓虔爲諸侯，此王朝壞法亂紀之甚者，故表而章之。

國有謀臣鄰寢釁，貪人敗類乘僥倖。秦穆悔過著《聖經》，皤皤黄髮實邦榮。入朝見嫉入宫妬，殃及黎民終弗痞。善善不用笑郭公，仁賢雖在國虚空。此法秦穆之悔過任賢，戒郭公之善善不用也。兼法與戒言之。

漢高大度膺神器，弘遠規模傳世世。恭儉尤稱文帝賢，身衣浣濯爲民先。年年禱祀祈民福，鄭重農功珍五穀。但令閭閻常富足，國家何用儲金玉。此法恭儉，重民食也。

神仙有無何恍惚，黄帝廣成但傳説。秦皇漢武慕長生，方士怪迂始百出。安期盧敖去不來，文成五利徒喧豗。神君未下鬼先集，世上烏有神仙哉。蓬萊可望不可即，但願人人足衣食，昇平樂過華胥國。此戒求仙也。

六經燼後羅殘缺，博士儒生集群説。欲施仁義法唐虞，及事神仙亟征伐。天馬徠時海内虚，窮兵黷武竟何如。當年幸下輪臺詔，後世猶傳《封禪書》。此戒黷武也。

近小人，遠君子，桓靈之衰只緣此。跋扈纔誅任宦官，一時鈎黨盡摧殘。俊厨顧及空標榜，白馬清流釀禍端。士氣衰，國運否，人才與國相終始，千古興亡鑒青史。此戒親佞遠賢，鋤正人，殄邦國也。

治安共説梁天監，南北通和救塗炭。金甌無缺侈心生，白馬青絲輕納叛。薄心腸，激成變，果致紛紜滋反間。捨身同泰會無遮，血食牲牷改爲麪。貪嗔至竟未能除，荷荷空悲浄居殿。此戒佞佛無益，祇速禍也。

閲武堂前種楊柳，至尊屠肉潘妃酒。祇愛蓮花步步生，曾知國步艱難否。百年南北擅風流，誰信無愁果有愁。纔見荒宫餘辱井，又看芳苑起迷樓。阿麽詎惜好頭頸，瓊花只戀須臾景。解道真仙也自迷，不知狂魄何年醒。此戒色荒也。齊、陳、隋一轍，故合言之。

臨淄英武摧群凶，美政開元繼太宗。臺閣名臣刺州郡，人情和洽多年豐。歷年既多心漸侈，國事無端寄楊李。長安一騎荔支紅，萬姓那知作瘡痏。漁陽鼙鼓太無情，入蜀青騾辛苦行。誰將夜雨淋鈴曲，更作朝元奏樂聲。此戒耄荒以後，任姦邪，寵女謁也。

宋家累葉垂遺澤，求治賢君方側席。天津橋上聽啼鵑，甿亂將興任安石。相公新法執持堅，祖制詎難胥變易。忠良屏黜奸邪升，朝局如棊互廢興。千古知人誠不易，那論福建誤金陵。此戒變祖法用言利臣也。◯倣《西涯樂府》，而略變音節，自成一格。共五十三章，兹存其尤者。

有所思行

落花紛紛如雪積，明月皎皎如霜鋪。攬衣步月躡花影，悄然孤館空庭隅。沉思欲寐不能寐，明月燭牀花滿被。客遊花月故園心，廬山高高湘水深，遠書欲寄空沉吟。虛寫所思，意言不盡。

長沙

碧湘門外渺寒波，欲采芙蓉奈晚何。今夜黄陵廟前月，茜裙誰唱《竹枝歌》。神似何信陽。

曹鑾 字玉如，廣西全州人。雍正丁未進士。

苦水鋪 今名甜水鋪。

苦水鋪，神仙過，留筒布。古謠。斷頭掉尾今無人，五尺之童穩行路。載重貨，輕身過，苦水鋪爲甜水鋪。『斷頭掉尾』四字，寫盡從前獰惡，竟可作古謠諺讀。

劉青芝 字華嶽，河南襄城人。雍正丁未進士，官翰林院檢討。

寄李侍御

驄馬乘來四載餘，京華處處避旛旟。飽聞聖主求言詔，未見諸臣《諫獵書》。豈是陽城方簡默，不勞永叔代躊躇。老生局外多私計，勿使吾曹望或虛。古道照人，昌黎、盧陵復見矣。李侍御能如亢宗、希文與否？

吴履泰

字茹原，福建晋江人。雍正庚戌進士，官翰林院侍讀學士。○我師立言致行，一歸誠實。初謁見時，問以持己立朝之道，曰：『端本原，無私心而已。』即此訓言，終身行之不盡者也。讀韵語二章，可以想見其爲人。

讀書一章示諸童子

讀書無源委，有如斷港流。濡潤涔蹄間，不能溉田疇。驕陽涸原澤，能有點滴不？苟能探其要，河漢當清秋。倒注屈千里，中有萬斛舟。六籍開其源，群史決其溝。精華吸百氏，下逮騷人儔。元元復本本，千載窮冥搜。以此負文雄，氣盛言畢浮。奈何末學徒，顛倒不自尤。童丱髮未燥，猥以詞賦投。謅音復舛韻，轂殼聲啾啾。小年資弄舌，學語成咿嚘。問以經史事，茫然張兩眸。俗學吁可嗟，舉世多謬悠。古人誦亡書，三篋探諸喉。吾歌爲此詩，非敢相嘲咻。持告爾小子，庶以鑒前修。詞賦惟獵浮華，元元本本，總歸經史也。近人只守干禄時文，并置詞賦不問，恐叩以《騷》《選》，亦茫然只張兩眸矣。前輩爲後生言，語語樸實，可以揭之座右。

蠶

八繭稱佳種，三眠貴早成。豈因能補衮，不自愛餘生。縈裹真何益，纏綿適見烹。繅絲悲老婦，索索紡車鳴。事君致身，於纖小題傳出，得杜陵之遺矣。

曹一士

字諤廷，江南上海人。雍正庚戌進士，官兵科給事中。◯諤廷諸生時名滿大江南北，既爲黄門，所條封事，皆去積弊，培元氣，有利國家者。藝林吐氣，賴有斯人。奏疏可覆按也，詩亦不肯隨俗，時露奇警。

擬古

曠野張異樂，如在洞庭旁。元氣裹六極，太音彌八荒。不顧世上耳，安能主故常。聽者惑且駭，充耳神茫茫。焉得萬里風，吹送來帝鄉，一奏四時理，再奏百族康。未遇時，自命何等！宜立朝風節，嶽嶽不凡。

詠古

桃李艷春日，松栢黯無光。貞心結千古，誓不隨衆芳。風雲一朝變，天地爲蒼蒼。有明盛壇坫，七子互騰驤。牛耳執王李，才高氣愈揚。仰視高秦漢，俯窺藐宋唐。指麾籍湜輩，匍匐邾莒行。震川老舉子，茅屋荒江旁。言招故生徒，講學稱先王。勢焰固不敵，名聲詎相當。云何百世下，中天吐寒芒。古今幾作者，身晦道乃昌。祧袝有定論，翕赫安可常。見名位不可恃，而實學積行，久而彌光也。道存身晦者可以自堅。

鸚鵡

飄零緑羽向秋陰，風雨時能惠好音。老去詩篇多錯落，閒來佛語費沉吟。十年廡下高人跡，萬里秦山故國心。惆悵雲霄空有志，病軀擬共息長林。頸聯傳出高人踪跡，高人心事，從來詠鸚鵡者，未見及此。

聽彈《塞上鴻》

龍沙漠漠草荒荒，嘹唳冰絃落雁王。作陣陰山呼伴侶，離群葱嶺入微茫。欲彈閨閣刀镮淚，可寄關山錦字行。聽到一聲邊月白，受降城上有新霜。

王繩曾

字武沂，江南金匱人。雍正庚戌進士，官江寧教授。

深秋塞外懷于根楚中却寄

征雁嘹唳横高秋，楚天極望雲悠悠。君非落帆鸚鵡洲，定應載酒黄鶴樓。樓前江水盪胸臆，天外横嶽明雙眸。憶昨薊門雪，數里阻道周。聞子忽南行，惝恍心神愁。短歌遺我告我别，讀之涕泗交横流。何事燃靈犀，深淵照潛虬。何用鑄古鼎，魍魎窮雕搜。鳳凰翔兮足千仞，好憑百鳥鳴啾啾。直道而行總乖隔，惟有江山風月囊中收。策杖重尋蘇李蹟，高吟懷古遥相酬。以我鵂棲林，又如魚中鈎。霜寒白草折古塞，沙昏牧馬嘶荒丘。洞庭始波木葉脱，子境有此凄凉不。如何同心侶，睽阻生離憂。仲宣苦依人，長卿亦倦遊。冀駿途窮長坂蹶，湘瑟聲杳空江浮。平生志氣向誰盡，黄金擲牝將何求。終當與子返歸轍，五湖眺覽携笻高上龍峰頭。仰天相視一長嘯，萬壑欲動風颼颼。楚中、塞外，忽分忽合，凌空滅没，後半如捕蛟虵。

馬樸臣

字相如，江南桐城人。雍正壬子舉人，官中書舍人。○相如以友朋爲性命，有過從者，必酌以酒，明日斷炊弗顧也。殁於京師，幾無以爲殮。聞鬻馬於市，始得蓋棺。友人作《鬻馬行》以弔之。

漁

自把長竿後，生涯逐水涯。尺鱗堪易酒，一葉便爲家。曬網炊煙起，停舟月影斜。不争魚得失，只愛傍桃花。世上有此漁人耶？我欲隨之問津。

七夕

何關人事説年年，此夕銀河分外妍。閑對半灣無主月，癡看一片有情天。别離隔歲仙難免，飄泊經秋客可憐。忙煞鄰家小兒女，喁喁乞巧不成眠。句句是客中七夕，別離之感，隱然言外。

秦淮水閣醉題

一杯清酌獨婆娑，笑倚朱欄對碧波。月影分明三李白，水光蕩漾百東坡。愁來天外雁飛遠，秋到人間客占多。我自胸中有憂樂，阿誰吹笛夜深歌。『三李白』『百東坡』，此種對偶，何減元遺山『秋風客』『春夢婆』句。

張映斗

字雪子，浙江烏程人。雍正癸丑進士，官翰林院編脩。

咸陽

河山百二西南抱，終南山色開堂奧。西周豐鎬陷戎塵，秦得咸陽廓新造。當時一劍掃六雄，焚棄圖書絕蒐討。鞭笞四海震匈奴，皇功帝德彌穹昊。傳世從兹億萬年，國祚何煩子孫保。沙丘一夕鮑魚腥，東海神仙竟杳渺。中原逐鹿莽狐虵，孺子堪憐出軹道。咸陽宫殿久榛蕪，豈待今時跡如掃。千秋龜鑑示興亡，仁義從來爲國寶。準之常理，有暴虐天下而帝王萬世者乎？『國祚何煩子孫保』，蓋深揶揄之也。末二語本賈生意而正言之。

沈榮簡

字振之，浙江歸安人。雍正乙卯舉人。

五日集孫阮亭孝廉深竹映書堂分韻

楚些哀歌送遠聲，虛堂列坐午筵清。竹深那許紅塵到，暑薄纔宜白袷輕。畫鷁旌旗悲正則，長隄花木憶端明。西泠兩度逢重五，對酒依依隔歲情。自注：己巳五日，亦集飲孫齋。○書堂在西湖，故有『長隄花木憶端明』句。

張一鳴

字鳳舉，江南長洲人。雍正乙卯舉人。著有《樂圃詩鈔》。○鳳舉受知張清恪公，清恪被誣，幾蹈不測。鳳舉躡險尾行，士林重之。生平好義，多類此。所著《條上張撫飭吏議十則》《箋注杜樊川集》若干卷，詩其餘事云。

過詩人家永夫墓

天意篤之子，使之長賤貧。賤貧滿世間，若個稱詩人。詩人葬空山，抔土亦有神。山鬼穿幽篁，人夜常相親。千秋此巖阿，永永栖吟魂。采菊爲君薦，聊此同清芬。惟長賤貧，故得成詩人。是天之厄之，正所以篤之也。然賤貧滿世間，而一人獨稱詩人，此又永夫之不負天，別於滿世間之賤貧者也。立意既高，筆復窈折，不使人一覽易盡。

長安秋日

薄雲天際浮，旅況不勝愁。空累猪肝餉，誰將馬骨收。歸家惟付夢，作客最憎秋。十載長安道，栖栖感舊遊。

登金山

萬頃驚濤孤岫懸，登臨身世兩茫然。飛樓倒瞰真無地，危磴高盤別有天。白下朱方頻戰伐，吴頭楚尾總雲煙。晚來擬放江心棹，欲試中泠第一泉。自注：泉在江心石簰側，月夜起沫，始可沉銅瓶汲之。○是登金山詩，移不得大孤、小孤等處。

歸鴉

稻粱計拙海田荒，薄暮哀鳴去路長。欲覓一枝何處所，滿天風雪漫回翔。作者留滯長安，欲歸無計，比擬歸鴉，直覺百端交集。

高不騫 字槎客，江南華亭人。官翰林院待詔。

雨餘渡澄照塔院

湖雨過前汀，行舟出杳冥。山舍九朵白，塔聳一痕青。風幔蒼茫捲，晴鐘次第聽。城陽歸路遠，不上水心亭。

王時翔

字皋謨，江南太倉人。以諸生薦舉，官至成都太守。著有《小山詩鈔》。○小山初爲晋江令，前令尚擊斷，人皆股栗，小山曰：『此吾赤子，敢以盗賊視乎？』自是歷任守此心，外嚴内寬，一歸仁厚，所謂經術飭吏治者也。詩能從情性中出，往往清絶。

于忠肅公墓

北狩倉皇日，孫申爲鄭謀。變疑鸜鵒讖，冤起鷺鷥謳。社稷功千載，湖山土一抔。嗟哉徐石輩，青史祇遺羞。鸜鵒讖，以昭、定兄弟之變，比英宗、郕王也。于公被禍後，時民謡云：『鷺鷥冰上走，何處覓魚嗛。』魚嗛，音同『于謙』，蓋鳴其冤也。以此屬對，工而能切。

贈金東塘

五字隨州擅，君家許問津。自逢彈古調，不敢薄今人。楓影寒孤榻，鐘聲浄六塵。隱居兼德耀，酬唱共忘貧。東塘詩長于五言，以清勝人，篇中正賞其清也。配亦能詩，故有末二語。

過戴高士南枝舊寓

短簿祠前路，遺民寄旅魂。誰憐晞髮叟，未葬白雲村。南枝嘗傭書葬徐俟齋先生，而己之遺棺未葬，宜小山感慨係之。

寄范聲佩進士都門

我占湖濱一釣竿，相思有夢到長安。美人何處碧雲合，欲贈芙蓉江水寒。遠韻遠神。

賽音布 字九如，遼陽人。

贈吴四師牧

少小負奇氣，長爲邊塞遊。合圍秋射虎，聚讌夜椎牛。幾奪匈奴幟，曾分天漢憂。即今年七十，不肯解吳鈎。

杜曉峰出塞

龍庭余舊到，送子淚沾衣。風定樹猶怒，日高霜正飛。嘯陰山鬼過，叫月野駝歸。常使心魂感，還家夢亦稀。邊庭詩每多擬作，九如身歷其境，故於贈送人出塞，尤能傳出沙漠之苦，軍中之豪，幾欲與崔司勛、岑嘉州比埒。

劉廷璣

字玉衡，遼陽人。官至江南淮徐道。著有《葛莊詩鈔》。

折楊柳歌辭

含泪送君行，送君到南浦。楊柳最無情，不知離別苦。折取煙中枝，千絲與萬絲。人從此時去，却向何時歸。有言未盡中心曲，長條難繫斑騅足。望中不見遠行人，河橋搖曳傷心緑。詩亦以摇曳取神。

晚投村莊

白草荒煙澹，蒼山古道斜。雁將天作路，雀以樹爲家。日暮樵歌返，秋成社鼓撾。村民性淳朴，留客話桑麻。頗能造句。

班竹嶺早發

雞鳴催客起，帶夢走江鄉。竹似嫌人俗，山應笑我忙。兩溪分燕尾，一徑轉羊腸。不是勤民事，何緣破曉霜。

題韓王故里

釣魚城下餓王孫，一旦登壇九命尊。進飯不忘猶報德，解衣常念肯孤恩。抑天若挈陳豨臂，相背應聽蒯徹言。隆準也同烏喙忌，功臣千古共銜冤。明淮陰之不反，即於本傳中辨之。比弇州、牧齋二作較勝。

蔣錫震

字契潛，江南宜興人。著有《清溪偶存》。◯契潛少參洞中呼崖和尚，後歸儒，師儲同人先生，學古文，制舉業非所好也。喜探奇，嘗獨經董山下，聞上有孫皓囤碑，日已没，步山椒觀之，夜半抵家，其好奇可知矣。詩亦有奇氣，惜不多見。

梅花

竹屋圍深雪，林間無路通。暗香留不住，多事是春風。

冬夜宿野人家，床無幃幕，屋破而多風，取積草障之，乃戲曰此汝家草屏風也，索句遂題

不藉籧篨自作扃，避風應笑肉爲屏。似渠雅製誰宜稱，合號乾坤一草亭。使俗事能雅，便是能手。

毛錫繁

字繁弱，江南吴江人。國學生。

沈石田《秋林讀書圖》

讀書秋樹根，我愛杜陵句。風流白石翁，灑翰有同趣。高齋傍疎林，落葉紛無數。天空景物澄，幽人獨寐寤。臨窓手一編，遊目屏繁慮。由淺漸入深，得新詎忘故。所樂難强名，終身無饜飫。據梧吟高風，時與黄炎晤。『由淺漸入深』二句，示人讀書自得之妙。結二語回顧秋林。

施　晦

字每餘，江南宣城人。○此愚山先生弟也。詩不宗愚山，恐於雷同，此即其志趣不凡處。

留别聶象鉉，時象鉉亦將行

風雨篝燈一載情，送君翻笑别君行。漫將老淚沾雙袖，已被狂名誤半生。杜甫秋吟多感慨，坡公春夢太分明。前途亦有謀生策，負郭閒田莫廢畊。

顧易

字中孚，江南崑山人。貢生。○中孚遇窮名達，身薄志厚，性情慕陶，故《律陶》諸詠風格天然，自在流出，忘其爲陶也。外有《譜陶》一卷，補本傳之缺略；《讀陶》一卷，表生平之篤好，並行于時。

律陶

伊余何爲者，誤落塵網中。飲酒不得足，賦詩頗能工。百年會有役，一世皆尚同。多謝綺與甪，願言躡輕風。

養真衡茅下，甘以辭華軒。但道桑麻長，而無車馬喧。厭聞世上語，寧效俗中言。高舉尋吾契，青松在東園。三、四語與戴無忝《集陶》相同，神到之候，自然遇之。予向亦集此二語，揭之蓬門，未嘗見二君詩也。

步止蓽門裏，遥遥望白雲。幾人得其趣，即事多所欣。虚室絶塵想，閒居離世紛。苗生滿阡陌，轉欲志長勤。

冷風送餘善，閒雨紛微微。萬物各有託，一觴聊可揮。安知物爲貴，但使願無違。盥濯息簷下，固窮夙所歸。

露凄暄風息，白日掩荆扉。衆鳥欣有託，孤雲獨無依。四時自成歲，百卉具已腓。凍餒固纏己，泫然沾我衣。

清凉素秋節，業雁鳴雲霄。量力守故轍，高酣發新謡。敝廬何必廣，濁酒且自陶。誠願遊崑華，遠招王子喬。

錢中樞 字秋水，江南常熟人。

嘉定州

地勢九峰合，人煙四望稠。江流清見底，木葉翠無秋。漁户獺爲網，山家竹作樓。亦知漢嘉守，真個勝封侯。翠無秋，言地氣暖，不凋傷也，用東坡詩意。

登白雲寺途中即景

日日泥途困客程，穿巖還仗篋兜輕。人間險阻窮今日，眼底山川冠此生。黄蝶趂花紛夢影，飛泉落石走雷聲。白雲已别吾心在，松柏森森逗晚晴。

吴承泰

字讓三，浙江烏程人。

山行柬周鍊師

蒼峰落日寒，萬壑秋聲起。白日逐雲歸，行人猶未已。只二十字，可抵一篇山中晚行遊記。

錢之青

字鳳文，浙江烏程人。太學生。

風阻岳州

帆指瀟湘去，其如風雨何。秋聲岳陽樹，寒色洞庭波。欸乃漁歌起，微茫雁影過。昔賢臨望處，觸緒感懷多。

極自在，苦索恐轉不能得。

張安絃

字琴父，浙江烏程人。

送燕

節届秋分社事忙，送君前路入蒼茫。年年不作無家别，半在他鄉半故鄉。

言外感己之無家。

徐洪鈞

字雙南，江南宜興人。諸生。○雙南喜鈔書，經、史、子、籍、詩、賦、駢語，會於心者，必手録，出遊，必載箱篚以行。年六十，右體患拘攣疾，仍用左手書，弗輟也。詩意以沉著爲主，品炙本朝人詩共五十餘章，多平允者。

和昌黎《秋懷》詩

萬靈均有知，露零鶴自警。修士多感秋，日短志彌永。學道已苦遲，精進詎嫌猛。尋源有深淺，脩短視我綆。耳目浄浮華，寧謐差可幸。會心正非遥，頓使煩慮屏。下一分功力，得一分道趣。百倍千倍，所得因之，所謂『修短視我綆』也。

書懷

讀書貴神解，無事守章句。混茫萬古心，每於故紙寓。憶昔就傅時，端受鹵莽誤。年來發深省，頗領此中趣。中夜每獨坐，睒睒燈火聚。到眼初茫然，思力未能赴。朗吟一再過，旨趣或流露。迴環三復餘，延緣得津路。此時萬籟寂，炯炯一心注。若距且若迎，逌爾忽來悟。頓令千載人，精魄宛相遇。掩書起推牕，皎月挂高樹。秦會之謂書快讀則無味，姦人能道著讀書趣也。篇中寫巽入工夫，語語心得。一結超然，妙在結出題外。

過梁溪

東風作意送歸艭，舟子吴歌盡短腔。一枕夢回天已曙，九龍峰影落篷窗。

繆　謨

字虞臯，江南華亭人。歲貢生。

出門

四日猶新婚，出門何草草。離别有千名，此别古來少。簫聲絶不歡，爝氣偏可惱。本是吉時辰，翻爲惡懷抱。羞澀紅燭枝，髣髴顔色好。焉能識心性，尚未辨手爪。墻下花娟娟，籬邊竹裊裊。春光豈别時，况走燕京道。念子嫁已遲，恐我歸復老。杜詩『暮婚晨告别』，爲出師也。太平無事，四日出門，毋乃太匆忙乎？『妾身未分明，何以拜姑嫜』，是新婦不識堂上。『焉能識心性，尚未辨手爪』，是遊子不識新婦，各極其妙。

舟次

絲雨羃殘春，春江一問津。潮生柔櫓逸，風轉片帆伸。芳草疑無路，垂楊若有人。暫依煙渚宿，未必白鷗馴。

蔣溥

字蒼存，江南吴縣人。◯蒼存不事生産，窮居山郭，於吴門族屬，猶北阮、南阮之分也。然能守於陵之節，讀書自好。至今過其故居，疑有清風拂人。

桐花歌

山牕三見桐著花，先生三載兹爲家。老樹不知壽幾許，窮村偃蹇無精華。刳心竟作蟻鄉里，抱花頻有蜂乾死。先生得毋類一蟲，眼前生趣還餘幾。桐陰瑟瑟摇微風，桐花垂垂香滿空。壓檐一枝早開謝，花朵歷落庭階中。踈簾一幅瀟湘雨，老鶯作歌雛燕舞。朝暉散影何娟娟，山牕寂然人正眠。純乎天趣。自稱先生，宋人每有之。

朱奕恂

字恭季，江南長洲人。廪生。◯恭季二十餘歲，《詠懷》詩落句云：『男兒意氣原無改，哭向窮途笑向天。』抑塞磊落乃爾。後學日進，行日醇，遠近稱長者。四十後不復吟詩，謂於道未尊者也。兹所録四章，皆壯歲時作。

擬古出塞

束裝赴青海，醉裹別鄉關。少婦識雄心，不復問刀環。笑彼馬伏波，猶戀裹屍還。埋身青塚側，陰雲黯天山。極形義勇，翻盡臼窠。

荷珠

小雨林塘浄碧羅，田田分得夜光多。江妹唾逐天風落，仙掌晴分曙月過。幸未贈來愁結佩，若爲采去誤淩波。蕩舟耶女休相妬，樂府虚裁一斛歌。刻畫已極，却似未嘗刻畫者然，此詩品也。往時詩社中作，衆人傳寫，今稿中散失矣，予以舊所記憶存之。

秋日雜感

短蒯長歌二十年，不羈天地總翛然。監河賒許供江水，營室虚償貸聘錢。婦索短緪枯井畔，兒猥半芋敗鑪邊。日高顔巷西風急，傲骨嶙峋萬仞巔。

五人墓

花市東頭俠骨香，斷碑和雨立寒塘。屠沽能碧千年血，松檜猶飛六月霜。翠石夜通金虎氣，荒丘晴貫斗牛芒。片帆落處搴清藻，幾伴歸鴉弔夕陽。不須徵實，自無浮響。

王景琦

字韓起，江南江陰人。貢生。○韓起名節自負，康熙中，學使者魏以太夫人壽，建水陸道場于古寺，寺僧懸《孔子拜釋迦像》，韓起見之，勃然卷畫像歸。胥役訴之學使，學使怒，拘韓起至，韓起曰：『生恐累公得罪名教，故奉聖像歸，此舉正爲公也。且不獨爲公，爲天下萬世道統計，天下有聖人拜異教者乎？』學使詘于義，婉言謝韓起，裂去佛像，拜而焚之。即此一事，知其正直矣。録韓起詩，附記于此。

詠淳化里

澆薄已成俗，淳風世所難。兒童知禮讓，父老重衣冠。耕稼惟同井，催科不用官。鄉邦能化此，便作上皇看。朴老，得力於杜。

同錢青在夜飲賦此贈别

青鐙酒數巡，寒夜獨相親。以我無家客，逢君失路人。吟魂清遠道，堅骨鍊長貧。又逐征鴻去，輕車少住輪。唐人風度。

侯　銓

字秉衡，江南嘉定人。廪生。◯秉衡，太常諱震暘曾孫，國學諱岐曾之孫。修髯長身，談及忠義，觥觥嶽嶽。從嘉定寓居虞山，與陳見復、汪西京諸君結詩社，予亦與定交。友朋有闕失，必直言箴規，不失先世風。秉衡没，同學中直諒者少矣。録其詩，因追憶其風概如此。

南屏晚鐘

聲喧百八起西泠，敲徹斜陽近翠屏。閑逐野雲停半壑，遠隨孤棹落前汀。六橋金粉人初散，十里鶯花夢乍醒。斷續聽來何處好，碧煙明月冷泉亭。妙在語語是晚鐘，粗心人不解辨此。

清明日作自注：時鄉試報罷。

連日陰寒乍放晴，愁邊不覺是清明。漫從榆柳分新火，枉向鶯花憶上京。得失已空蕉鹿夢，浮沈聊結鷺鷗盟。宵來眄斷松楸路，有淚無言對短檠。

蹉跎身世苦無悰，開遍來禽興轉慵。璞玉無言寧自炫，蛾眉已老爲誰容。餘光猶鑿鄰家壁，浪迹休嫌廡下舂。安得故園營十畝，一犂煙雨傍吴淞。隔斷故園，又傷濩落。懷鄉感舊，情見乎詞。

送西京再至京師，次西澗翁韻

才得言歸又欲行，黄梅雨過片帆輕。家庭兩月團圞話，客路三千去住情。梁穩香泥憐燕子，花飛柳陌怨鶯聲。匆匆便作臨河别，離緒無端觸處生。作客苦況，領聯道盡。

不寐

露滴寒蛩咽，風高枕簟凉。歸心憑短夢，一夜幾還鄉。

題《桃花扇傳奇》

青蓋黄旗事可羞，鍾山王氣水東流。滄桑眼底傷心淚，付與詞場鬭部頭。賦此題者甚多，未免過於瑣屑。著筆滄桑，不粘兒女，故爲雅音。

臙脂井畔事如何，扇底桃花濺血多。長板橋頭尋舊跡，零香斷粉滿青莎。

葉舒璐

字景鴻，江南吴江人。歲貢生。著有《分干詩鈔》。○已畦先生群從皆能詩，學山、景鴻，尤表表者。今景鴻集已采，而學山詩無從訪求，甚惋惜之。

孟夏同沈公倚昆季暨家弟姪輩泛舟，登斗姥閣，讌集，劇談寓都門事，帶月而還，集杜三十六韻

我衰易傷感，《甘林》。憶昔少壯日。《垂老别》。脱略小時輩，《壯遊》。人寰可超越。《畫鶻行》。惆悵年半百，《立秋》。平生心已折。《地隅》。愁寂意不愜，《李公光弼》。賴有杯中物。

《巴西驛亭》。但遇新少年，《上水》。老矣逢迎拙。《贈盧丈琚》。通家惟沈氏，《沈八丈》。早通交契密。《寄張彪》。同姓古所敦，《示從孫濟》。嗣宗諸子姪。《示姪佐》。痛飲情相親，《寄薛郎中》。入門高興發。《與李白尋范十》。招邀屢有期，《陪李司馬》。交會未斷絶。《喜雨》。今夏草木長，《述懷》。甘酸齊結實。《北征》。四月熟黄梅，《梅雨》。薰風行應律。《暮春江陵》。雲溪花澹澹，《次鹽亭驛》。霽潭鱣發發。《題張隱居》。景從陪群公，《往在》。差池上舟檝。《白沙渡》。灘淺正相依，《陪王漢州》。一丘藏曲折。《早起》。隨喜給孤園，《望兜律寺》。野寺江天豁。《遊西寺》。樓角凌風迥，《東樓》。仰穿龍虵窟。《登慈恩寺塔》。築居仙縹緲，《贈陳諫議》。得非元圃裂。《奉先劉少府》。澤國繞回旋，《秋日夔府》。原野轉蕭瑟。《留花門》。恣意同遠步，《西枝村》。力稀經樹歇。《九月一日》。進舟泛迴溪，《泛溪》。水深波浪闊。《夢李白》。展席俯長流，《李公見訪》。斑白居上列。《後出塞二》。勑厨倍常羞，《鄭典設》。嘉蔬既不一。《暇日》。香芹碧澗羹，《陪鄭廣文》。經齒冷於雪。《槐葉冷淘》。嗜酒益踈放，《故鄭公虔》。劇談憐野逸。《寄李白》。斜暉轉樹腰，《絶句》。凉風起天末。《懷李白》。餘酣漱晚汀，《軍中飲酒》。飄蕭覺素髮。《義鶻行》。時復問京華，《溪上》。軒冕羅天闕。《贈奉常張卿》。南宫吾故人，《别唐誠》。時來知宦達。《寄高詹事》。文章實致身，《贈鮮于京兆》。聲華當健筆。《故李公邕》。嗟余竟轗軻，《詠懷》。江湖漂短褐。《寄韋丈》。雲泥相望懸，《送韋書記》。不才甘朽質。《宴王定》。歌長擊樽破，《屏跡》。回首肝肺熱。《鐵堂峽》。慷慨有餘悲，《水檻》。歡樂曾倏忽。《七月》。此會共能幾，《送嚴侍御》。舊遊易磨滅。《贈汝陽王》。同人惜解携，《水宿》。臨岐意頗切。《送李校書》。遲遲歸路賒，《入喬口》。江城帶素月。《聽楊氏歌》。○集杜成古詩，前人未開此體。隨題段落，屈折迤邐，幾如無縫天衣。

讀杜白二集

子美千間厦，香山萬里裘。迴殊魏晋士，熟醉但身謀。拈出二公大節，知人論世，不當如是耶？

索得學山兄遺稿

忘年群從絶追攀，入夢遺容想像間。秃筆纍纍猶作冢，可堪埋骨欠青山。

南北馳驅客路長，依人空辦嫁衣忙。阿連自爲文章哭，豈特傷心舊雁行。首篇悲其未葬，次篇表其文章，而昆弟之誼，自在言下。

司馬相如

挑得琴心正倦遊，壚邊尚典鷫鸘裘。《長門》解爲他人賦，却惹閨中怨《白頭》。

索人題照

鍼孔流光露電身，靈臺本合浄根塵。君能索我形骸外，翻覺廬山面目真。此不取形，而取神也。七言斷句都能翻空，回視死煞句内者，有床上下之分。

宋樂

字玉才，江南常熟人。廩生。◯玉才少年多才，以嘔血卒。陳亦韓司成囑予定其遺詩，七言絶尤工，向未鎸板，已散佚矣，祇存其能記憶者四章。

送别

别路風光早，江南芳草天。人心似春色，千里逐君船。

瀟湘曲

楓落早鴻過，洞庭無限波。相望終不見，只是白雲多。意不必深，風神絶世。

答揚州喬子

病餘纏縛似春蠶，詩酒風情亦尚堪。日落離心滿揚子，知君江北望江南。近劉賓客。

蘇臺柳枝詞

十里珠簾映碧流，絲絲金線拂船頭。閶門過去盤門路，一樹垂楊一畫樓。又有句云：『不如飛絮隨流水，化作浮萍箇箇圓。』上言思婦之感别離也，失記全文，附録於此。

鄭玉珩

字荆璞，江南江都人。著有《止心樓詩》。◯荆璞大父爲名侍御晦中先生，文章諫草，著聲於時。荆璞述祖勵行，詩特餘事也。采取二章，矯矯拔俗，知留心此藝者久。

銅雀臺

露下金鳧冷，風來玉座清。美人掩瑶瑟，獨對月華明。横槊虚豪氣，分香感故情。西陵松柏響，猶似管絃聲。微諷高於痛斥，是爲詩品。

渡江

鐵甕城高落日沉，秋濤滚滚起層陰。天教設險分南北，水識朝宗自古今。風急江豘吹白浪，月明烏鵲繞空林。千年銷盡英雄氣，留與吾儕擊楫吟。

國朝詩別裁集卷二十八

長洲沈德潛歸愚纂評　男　種松校字

江陰翁　照霽堂　長洲周　準欽萊同輯

萬夔輔

字伯安，江南宜興人。貢生。著有《鯖餘集》。◯先生孤介正直，爲宵人搆陷，繫獄，久而得白，然孤介之性終不改也。韻語不尚風格，一歸真摯。於倫常日用，三致意焉。令嗣星鍾太史，以詩鳴，紹家學也。星鍾爲畫山儲太史女夫，畫山爲余詳述之。

孤鴈

淒絶雲邊雁，高飛忽斷行。一聲哀夜月，孤影怯秋霜。汾水蒹葭冷，衡陽道路長。客中愁見汝，憶弟淚沾裳。少陵詠物不取形而取意，此篇得其宗法。

中秋獄中作寄老妻

此生此月獄中看，分照纍人不算圓。泣憶牛衣心並瘁，坐當木榻膝俱穿。自注：獄中只一木榻，坐卧其上。《明夷》曾卜周文《易》，《惜誓》還吟屈子篇。生我恩深慚未報，夜深長跪禮金仙。自注：廿二爲先慈忌日。○於極顛沛中，不忘《明夷》《惜誓》，視『夢繞雲山心似鹿，魂飛湯火命如鷄』者，較有定守。

故明魯王廢宫

當年賜履盡銀潢，禽父山川此啓疆。矢到十傳知肅慎，宫留千尺識靈光。無端白馬屯河朔，曾見青衣泣路旁。甲帳已空遺楔在，自注：有仁孝坊尚存。冷煙殘照過莓墻。懷古詩，許渾、劉滄，不免落套。此篇勝人，在處處切定魯地。

九日

尋詩繞遍一籬花，落葉聲中日易斜。憶得高堂臨别語，授衣時節望還家。

丘　迥

字翼堂，江南山陽人。貢生。◯先生冲和謙抑，接童稚以禮。及讀書發論，不受前人束縛。有友人贈以詩，中云『小心友天下，大論貫古今』，藝林傳述，謂足當此二語。

烏鰂行

烏鰂吐沫如玄雲，妄冀屏蔽藏其身。漁師卻認雲生處，以網投之百無誤。遠害焉知適見招，紛紜小智空心勞。鯤魚一舉渺無極，浩蕩江湖隨所適。見任智不如任天也。

岳忠武王墓

明聖湖頭宋將塋，神州戮力想精誠。闗張義勇原無敵，李郭功名竟未成。沙漠何期歸故主，權姦乃敢壞長城。孤忠遺恨千秋在，大樹悲風日夜鳴。不填故實，自然不可移易。

喬崇脩

字介夫，江南寶應人。貢生，官銅陵縣教諭。著有《樂玩齋集》。○介夫爲石林先生克家子，不矜門閥，自尊良貴。以薦舉祇就廣文，旋復歸里，生平志趣可知矣。不欲以詩人自鳴，没世後，搜遺稿數篇，亦足想其大概。

挽方石川

風雨晝如晦，嚶鳴何所求。含悽念君子，逝矣不復留。緬想結誼初，把臂在邗溝。俯仰三十載，於義誠不偷。君昔官京師，良讌間從遊。豈伊文酒會，中心結綢繆。迨君入西川，視學三歲周。自兹音塵隔，合并嗟無由。白日不停晷，江河馳急流。君時尚無恙，遠念心悠悠。去春奉王事，按節向越州。便道過白田，訊我暫維舟。論舊語未畢，薦禰擬見收。余曰老矣夫，田園方退休。五月楊梅熟，連林叫鉤輈。放我湖上棹，酌酒與君酬。汝南高月旦，歎余竟白頭。咄嗟事如昨，百年君已遒。昨往視君疾，撫榻心獨憂。勿藥望有喜，詎意遂弗瘳。路人且愴惻，况我重交遊。因哀遂成賦，泣獻君知不。平叙交遊，哀戚自見，次山《篋中集》内每有此種。

寄楊千木僉事

二年投老淛江東，强健寧甘萬事慵。四海交遊重文舉，半生毫氣邁元龍。嵇山瑶草春應長，鏡水寒波緑未濃。此際由來可乘興，扁舟雪夜許相從。

喬　肅

字敬哉，江南寶應人。歲貢生。

八月十五夜侍母宴，時大人客上黨，大兄客夔州，即事書情，次蘇長公《中秋見月寄子由》韻

積陰一掃冰輪高，洞澈直欲明秋毫。北堂清敞宴初設，棲禽夜驚松間濤。肩隨弟妹率稚子，

恪立庭除歡菽水。進觴再拜悄無言，孤雲帶雁西風起。流光迅速奔雙丸，父年半百霜毛皤。書來自言日健飯，太行西去秋多寒。憶從燕薊遊梁汴，歲歲秋風客程變。征車何日毀雙輪，課子前經閉庭院。伯兄面壁赤甲山，寶棄不怨志益堅。劒閣每從雲際上，陣圖時向江邊看。宵深氣肅月更好，露湛金罍泫階草。天涯此夕知何如，庭桂香濃秋未老。閒居色養豈辭貧，願得門無離別人。酒肴既徹啓明出，寒芒獨照無眠客。如題安放，喜懼交并。

過留雲堂書姪邃墨蹟後

筆陣走蛟虬，縱横孰汝儔。兩行清淚落，一曲廣陵休。薄俗無青眼，斯人未白頭。空教竹林下，掩卷獨淹留。

葉永年

字硯孫，江南上海人。貢生，官贛榆訓導。著有《玉壺詩稿》。

虎丘山樓即目

闔閭城南桑滿枝，闔閭城西柳絲絲。一百五日雨過候，二十四番春盡時。花妥真孃曾入夢，月明山鬼亦題詩。何妨索取銀瓶酒，一醉前山短薄祠。不必奇警，風格自高。

燕

芹泥重葺舊巢新，記取年年及社辰。入幕不驚揮麈客，巡簷如唤卷簾人。鴛鴦樓外春如海，玳瑁梁間月似銀。閑向主家談故事，昭陽臺榭已凝塵。五、六空寫一聯妙，仍是不即不離，李樊南時用此法。

方還

字蓂朔，廣東番禺人。貢生。著有《靈洲詩集》。○蓂朔爲九谷先生長子，所學一本庭訓。移家於吴，倡詩教，喜賓客。四方詩人來吴者，每登方氏廣歌堂，賦詩讌飲，稱一時之盛。知廣南屈、梁、陳三家外，别有方氏派衍云。

舊邊詩九首

鐵嶺迢迢接錦川，關城三面繞烽煙。春深秣馬蒲河北，秋老連營木葉前。滄海舊聞通運舶，金州誰解議屯田。諸軍自失橫江險，白草黄沙暗朔天。

右遼東

北平雄鎮翼幽燕，千里潮河朔漠連。司馬高臺聞夜吹，盧龍古塞星入秋煙。開疆競説分三衛，籌國何因棄外邊。歎息寧封南徙後，遂令烽火達甘泉。初以大寧爲外邊。永樂中，寧王内徙，而薊始重内邊，此失策之大者，詩中暢言之。

右薊州

萬全八驛接神京，上谷千年漢將營。地險旌旗藏殺氣，山盤鼓角壯軍聲。邊歌竟日來紅石，鐵騎中宵度赤城。誰識興寧殘廢後，漠南無計援開平。棄大寧，後土木之變，又棄興和，則開平亦不能守。

右宣府

馬頭北去是雲中，極目川原處處通。繞鎮衛城分十五，沿邊都閫轄西東。自注：明初設山西行都司，管轄東西二路一十五衛。頹垣正接葫蘆海名月，曠野長吹鵰鶚堡名風。聞道頻年還調戍，諸臣何策建奇功。

右大同

三關平列勢逶迤，日落連城鼓角多。帳外深煙迷衆堡，營前孤月墜長河。赤山寒谷驚烽燧，青塚秋原入駱駝。誰使總戎移逸地，偏頭空曠牧人過。自注：嘉靖中，撫臣請移總兵于寧武，而偏頭一帶地皆空虚。

右山西

榆林四望黄沙際，千里連墩絶塞天。夾道陳兵横套口，長城環塹繞延川。徒邊御史籌無缺，自注：舊治，綏德、成化間，都御史余子俊建議移鎮榆林，内地遂安。折色司農計苟全。自注：弘治中，改延慶等府本鎮之税爲折色，軍用始窘。此地從來多勇敢，莫教枵腹事鳴弦。

右榆林

鎮城西倚賀蘭開，滿目沙飛筆篥哀。冰合黄河朝走馬，雲迷紅寺夜登臺。膏腴昔日稱蕃庶，蹂踐連年盡草萊。欲識金城舊方略，濬渠即是靖邊才。自注：自陜西築爲邊墻，窪爲溝渠，修復秦漢故跡，邊城外固，溝渠内深，以資灌溉，全陜之利也。

右寧夏

秋入平原動鼓鼙，弓鳴風勁塞雲低。漢家營壘沿山後，秦郡川原盡隴西。徵調頻年憂戍士，逃亡何計復蒸黎。徘徊險阻誰爲守，花馬池邊落日迷。固原爲八郡咽喉之地，虞詡守階州，招流亡，開漕道，羌人慴服，即其地也。明代頻調臨鞏、西鳳兵防守，芻糧在本軍額内支給，乖前人策矣。詩中見及之。

右固原

風急荒原落雁聲，西河霜氣逼嚴城。金笳幾處秋乘障，鐵馬連群夜點兵。充國留屯沙際没，嫖姚遺壘月中明。古來無限安邊策，哈密徒勞苦戰争。丁酉秋，同人集廣歌堂，賦舊邊詩。時家方舟、劉東郊、李客山、孫丕文及予，諸人俱在。或成一、二首，多者四、五首。蓂朔，日纔亭午，已成全詩，又皆按切時勢，同人歎服，選中因全録之。

右甘肅

鎮海樓

獨立危城城上樓，層層遥接大荒秋。三條江色來千里，四面山光盡十洲。東海雞鳴紅日擁，南溟鵬徙白雲流。試觀百粤聲名盛，離火文明貫斗牛。

少年行

不解《陰符》與《六韜》，似知名姓五陵豪。此身未識爲誰用，慷慨長歌看寶刀。傳出聶政、荆軻心事，視『不通名姓粗豪甚』及『繫馬高樓垂柳邊』，皆皮膚語耳。

方朝

字東華，廣東番禺人。國學生。著有《勺湖集》。◯東華幼歲失明，復明時，年十三、四矣。考九谷先生不令習時藝，文讀諸子，詩讀漢、魏、盛唐、宋、元以下書，均未寓目，故著述無時下一點習氣。喜結賓客，與乃兄莫朔同二方之名，遠近交推之，而弟名尤著。集中尤長五古，故所收諸體從略。

中宿峽

滄海雲際來，一瀉開地軸。嵚岑雙屏轉，坱軋森草木。仰窺流光短，益覺日晷速。乃知東南天，於此亦不足。鮫宫倚禪房，魚梁飲麢鹿。帝子去杳然，清光映江曲。維舟探遺蹤，雲旗想幽谷。起步突兀，東南天亦不足，此景此意，無人道過。

出峽

煙横山根青，日落水面赤。孤村牛羊下，出峽景已夕。網罟歸澄潭，麏麚戀幽石。蒼然前林遠，江天月流碧。山水信足佳，其如在于役。

由臨川北道抵餘干山行五首

雞鳴發征夫，驅馬萬壑黑。仰觀參星横，俯怯厓石昃。烽迴溪流轉，林密寒光逼。空山鳥吟悲，百里無人跡。安知叢莽中，不有猛獸匿。驚風吹客衣，佇立增太息。

寒泉瀉崇阿，絶壁開古道。暮投漁樵煙，朝拂谿澗藻。征雲遘微風，相隨越林表。出門聞雁聲，客舍非春草。江湖風波輕，夢寐問關杳。蒼茫問前途，下視見飛鳥。

炎暉焦林木，客子朝雨汗。側見垂蘿静，四嶺雲氣斷。幽崖響淙潺，竹泉遠分灌。行行度谷口，黯淡驚雷雹。馬頭風雲興，澗底蛟龍見。蒼黄顧僮僕，中道已失散。

出郭落月輝，涉澗山日晝。客行路迂迴，我影忽左右。懸猿嘯風枝，飛鳥來煙竇。回瞻寒潭口，瀟灑石泉溜。東皋苗尚青，溪南稻多秀。神明何施爲，物情自爲候。

山行宿常遲，白日忽已墜。美人在天末，明霞倩誰佩。總角事遠遊，夙昔臨東岱。中懷念舊丘，極目炎雲外。奈何來豫章，咫尺庾關在。明朝乃迴車，轉欲向吴會。『老莊告退，山水方滋』，昔人以品謝公者，請移贈斯人，以品地風格，略近前賢也。末章已近庾嶺，未返南粤。惓惓有故國之思焉。

開先寺觀瀑布

客尋瀑布來，恰到雲歸處。層巒聳萬叠，懸霤空中注。白晝瀉銀潢，中天昭太素。逝者無終窮，千秋等朝暮。古寺枕寒淵，蒼崖噴長霧。蛟龍卜靈窟，形神洽幽趣。洗心視聽外，無言發清悟。可參『子在川上』章，不止清言起悟，視東坡作，境界又開矣。

三峽澗

宿昔夢龍門，茲晨越三峽。湍雷翻水花，林風墜霜葉。行人與飛鳥，邂逅忽相接。寺門蒼崖削，松臺紫雲疊。我欲窮源泉，於茲將遠涉。所恐觸潛虬，俯視爲氣懾。

碧落洞

日暮棹秋水，煙花滿江曲。翠壁何嵯峨，幽巖鑿山麓。我來縱遊觀，天風振樛木。其外不可攀，其内可以屋。洞底上迴磴，茲山乃空腹。石閣兩三層，蒼蓮根地軸。香煙老苔蘚，佛床女蘿緑。老僧擊晚磬，寂寞共雲宿。會稽吼山，鑿山空腹，人力既盡，轉近天工。『洞底』十字，令我如遇舊遊。

力田

躬耕習農時，豈敢稱高蹈。侯門不可干，聊以從吾好。方春理耒耜，隨時調水潦。布衣足掩形，茅檐頻酒掃。日暮耕者還，斗酒相歡勞。四運有常功，吾生復何校。

倉庚鳴桑林，喚我荷鉏子。雨澤一以降，耕作從玆始。黄犢分我勞，葛條繫我履。行行石梁畔，澗道多新水。草花紛芳菲，山光無表裏。乘閒偶流眄，木末春雲起。胎原陶公，起四語已到自然地位。

春日自鄧尉移櫂支硎山中信宿

川原既逶迤，我遊亦無定。甫别湖上峰，旋躡雲中磴。臨淵想修鱗，過寺聞清磬。漁樵相引接，水石交緜亘。野風吹春服，低回發清興。林端斂斜陽，浦上輕雲暝。

月下自寒山還至蓮花峰下

西閣寒日没，策杖尋松徑。歸鳥半在巢，山家煙火静。清月流素輝，幽篁生虚聽。依然向來路，雲影飛無定。欲逐樵人蹤，盡識山中勝。行行見柴門，寒潭似清鏡。

大江吟

大江曲，山樹秋。天寒日暮，野鳥啁啾，中流激蕩風瀏瀏。北兼漢沔，東下揚州，滄波浩瀚誰能收。江上何所有？芙蓉北渚，葭菼中洲。江中何所有？鯨魚鼓浪，天吳嬉遊。峨嵋雪消春水漲，瞿唐巴峽猿啼幽。奔濤瞬息千里瀉，雷霆憚赫日月愁，思欲一濟無方舟。美人旌旆雲外浮，乍去乍來不我求，青鳥欲語意夷猶。天路險阻懷靈修，白日西馳不我留，長歌徙倚增離憂。末段緬雲路之阻長，歎蹇修之未遇，正則遺音，耐人吟諷。

藐姑山

一角青天缺，孤峰補白雲。洞深泉自出，山險路難分。日月愁關鎖，風雷亂見聞。但令栖隱去，何必遇神君。『風雷亂見聞』，深山中疑鬼疑神，真寫得出。予遊良常山，有『風雷生絶壑』句，然自視覺平近矣。

菭

偶爾逢時雨，延生過井欄。託根多在石，爲性不知寒。古洞封長滿，陰崖濕未乾。是誰留屐印，幽處久盤桓。水流濕，水不知濕也。火就燥，火不知燥也，唯其性生也。性本寒，故不知寒，五字可以見道。

江夜有懷

風力捲雲霾，孤舟傍翠崖。江星動魚脊，山果落猿懷。旅夢灘聲斷，鄉心驛路乖。不知蓮社客，誰最念天涯。『江星』二語，字字生新，而『山果落猿懷』，尤極自然，却又無人寫到。或謂近賈長江，愚意轉覺過之。

清溪

清溪知幾曲，深處有樓臺。樹杪江帆去，門前潮水來。温風丹荔熟，明月素馨開。童稚歌連袂，橋南浴始回。

峽口

峽口波濤壯，居人不滿村。衆山風落木，深洞月歸猿。水并星河瀉，雲兼石壁翻。千秋追帝子，如可夢精魂。

聽撫《洞庭秋思曲》

曾放扁舟泝楚天，清猿淚竹思凄然。廿年夢裏湘山月，今夜分明在七絃。只末句寫聽曲，作法最工。

屈復

字悔翁，陝西蒲城人。著有《弱水集》。○悔翁以布衣遨遊公侯間，不屈志節，固有守士也。詩雖未純，亦時露奇氣，惟過自矜許，好爲大言，而一二標榜之人，至欲以一悔翁抹到古今詩家，於是學者毛舉疵瘢而苛責之，悔翁無完膚矣。余所采數章，皆鋟刃不頓，人宜厭心者。

魯隱公菟裘

菟裘未營，友愛殺身。爲我殺人者，即爲殺我人，鍾巫之祭徒紛紛。羽父之惡，寫來可畏。

力士椎

力士誤椎人共惜，搜之無跡疑鬼伯。天地且震動，日月亦變色。祖龍不死安可得，輼凉車已先褫魄。

鄧通錢

黄頭郎君忽有錢，王侯公卿皆比肩。爾錢來何路，乃敢淩豪賢，古無不崩之銅山。日中有錢人所羡，日夕餓死人誰憐。舉一鄧通，警世之多錢自雄者。

王母廟

七日龍鸞未可憑，終南遺廟白雲層。階前古柏寒無葉，門外瑶池積有冰。秦地山河留落日，漢家宫闕見孤燈。如今應是蟠桃熟，寂寞何人薦茂陵。見求仙之無益，茂陵有知，應亦啞然失笑。◯七言律，悔翁有《書中乾蝴蝶》詩、《水中雁字》詩，皆二十餘章，此種最足減損詩品，愚故獨取此篇。

偶然作

百金買駿馬，千金買美人，萬金買高爵，何處買青春？欲覺晨鐘，但恐買駿馬、買美人、買高爵者俱不聞耳。

黄粱夢盧生祠

夢作公侯醒作仙，人間願欲那能全。從知秦漢真天子，不及盧生一餉眠。從來作者總言盧生之癡心，此更翻得有味。

題漢樂府後

李陵蘇武少陵師，直掩曹家橫槊時。更有房中傳樂府，漢京開國勝男兒。唐山夫人樂府更在李延年、司馬相如之先，特爲拈出。

題元遺山論詩後

鴛鴦繡出一生心，野史亭中帶淚吟。今古寧無煉石手，補天原不用金針。所見者大。

徐　珽

字紫長，江南無錫人。著有《香樹齋詩》。◯香樹以詩受知聖祖，修書內廷，常追隨屬車豹尾間，故其詩多近唐人應制。

大獵

聖主親臨講武臺，風沙漠漠陣圖開。四山旗似晴霞捲，萬馬蹄如驟雨來。壯士晾鷹森勇氣，將軍射虎老邊才。雅歌沮漆誇從狩，樂勝軍前奏凱回。

程鳴 字友聲，江南歙縣人。

論畫答王耕南

杜陵贈畫師，五日畫一水。意在落墨先，苦心究終始。前賢論惜墨，其意端在此。第云墨如金，祇取減省耳。王洽米襄陽，煙雲常滿紙。學古希古心，不學古人面。荆關境在胸，揮灑付柔翰。規矩雖具陳，神明取能變。試看造化鑪，新機異昏旦。而胡丹青家，刻舟以求劍。爲臨摹古人者更進一解。

顧我錡

字湘南，江南吴江人。廪生。○鄂文端任江蘇藩使時，古學試士，得五十三人，湘南爲冠。後舉博學鴻詞，文端奏請，若爲湘南設也。及詔下，而湘南殁矣。豐於才，嗇於命，文端歎息彌襟。

趵突泉

泰山之水環山來，陰崖汩汩逝不迴。自注：源發于岱崖之陰，至渴馬崖始伏。陡然一落不復見，渴馬立壁空崔嵬。濟南城西天下絶，珎珠金線交横發。伏流到此倏復通，平地跳出三白龍。初疑風雨至，萬籟翻空波撼地。繼若驪宫傾，珠璣瑟瑟騰光晶。雷奔箭激不可以逼視，夭矯勢欲升天行。其旁有高樓，縹緲如仙靈。流丹百仞映涯涘，飛沫萬點噴簷楹。揮手倚樓坐，對此可以傾醁醽。吾聞匡廬瀑，天紳倒挂雙峰巃。又聞太華頂，緑浄紅酣池萬頃。未若兹水虚可驚，倒行逆出相喧争。乘風我欲破空去，轉恐平地洪濤生。寫倒出數語，離奇夭矯，有勢有聲，令讀者如置身其間。

海山亭觀落日歌

羲和鞭日聲隆隆，朱輪丹轂雙碾空。塗窮猝入大瀛海，迴光倒燭深潭龍。海水忽湧沸，銀濤如屋相撞舂。欲吞下吞吐不吐，但見萬里鎔紅銅。陽侯驚詫海若笑，幻出萬象真無窮。夭矯一金蛇，獨卧洪波中。連蜷㬰窕千萬丈，小虵蜿蜿來相從。熠然變火光，傾瀉玻璃宫。浮光照曜際窮髮，餘光溢出難爲容。飄飄海山亭，結構當海衝。我來露頂坐其上，放眼頓覺開心胸。霞收景滅忽不見，皎皎玉鏡升天東。正寫落照，旁寫餘光，真能狀難狀之象。

九日登縹緲峰

太湖湖水平如油，南臨吴興北常州。雲濤澒洞千萬頃，天遣峭石支中流。奇峰羅列七十二，有如端意象岸㟁窮雕鎪。青螺勢緜延，支聯脈綴相沉浮。就中一峰起天半，孤撑磔卓無朋仇。有如端拱坐清殿，奔走萬國朝群侯。置身峰巔斷塵土，縹緲雲煙㬰孤柱。微波一曲辨荆溪，頑石數拳窺巓渚。未知大地竟安窮？但覺長空浩無主。孤舟遠泛若停橈，斷雁低飛如綴羽。是時秋空方泬寥，丹楓黄葉山之椒。彭澤把盞正采菊，中山摇筆還題糕。我貧無物作重九，憑仗兩脚升青霄。

指揮雲物作几案，呼叱嵂崒同兒曹。吴山簫鼓真一笑，苦向平地誇登高。峰爲七十二峰最高，俯見荆溪道場山等處，然自下而上，無亭臺樹木，有登無頓，不易造極也。作者浩氣孤行，豪情直上，不負登高之目。末言吴山簫鼓，平地登高，真堪一笑。

龔　誠

字羽階，江南常熟人。布衣。◯羽階，寒士也。王僉憲西澗愛其詩，時遺以粟，後西澗亦處窘迫，無周卹羽階者矣。某歲除爲人草壽序，携所酬值歸，溺水死。同人醵金殮之，并刻遺集，至今知有羽階姓名者。

却寄

江東才人才厲鋭，之子拔戟樹一隊。用師可進不可退，攻無堅城當者碎。扁舟曾夢浮吴淞，雲帆高挂拂九峰。割鮮三泖鱸腮紅，入門大笑四壁空，東頭老屋陸士龍。

二月望日西澗僉憲招飲

杏花滿地春狼藉，獺髓鸞膠醫不得。玉蘭楊柳鎖東風，絶世芳華更誰惜。低頭客館歎無聊，悶過春光五十朝。黄岡先生老好事，高齋置酒歡相招。酒徒嗜酒慙户小，飲未三升迷白皂。許髯汪叟但長吟，醒眼相看應絶倒。遇酒不飲負主人，遇春不醉還負春。酒徒平生願無負，明朝卻叩誰家門。負主人猶可，負春真可惜矣。末同杜老旅食京華心事，妙在不諱。

春日次韓耕雲韻

萬里休論野鶴心，東來聊復寫幽襟。山中故舊蒼松老，柳外人家畫閣深。渺渺溪煙新雨後，離離春草舊城陰。風波滿眼驚頭白，破屋青鐙一悵吟。

朱鼎鋐

字楚禎，浙江海鹽人。貢生。著有《豐岩詩鈔》。◯豐岩性孝友，嘗成《孝經補注》，私淑陸清獻公，嘗成《理學淵源録》，不欲以詩名也。而詩亦近唐賢風格，朱竹垞先生於後輩中每推獎之。

擬西北有高樓

高樓矗層雲，清夜焚蘭熏。素幃先受月，悄然照羅帬。借問月中人，顧我何慇懃。相憐必同病，各自愛清芬。月即不自語，我意轉自殷。中心如皎月，清光常爲君。天邊見月光，千里憶離群。

雨後放舟

小蜑連旬雨，輕橈泛緑溪。春寒花信晚，水漲野橋低。漠漠煙中柳，膠膠午後雞。亂雲飛不盡，又過夕陽西。昔人以『柳塘春水漫，花塢夕陽遲』爲中唐神來之筆，此故得其氣味。

秋齋雜興

觸景皆堪適，惟秋更灑然。白雲飄似絮，空水碧於天。漸覺輕綃爽，渾忘小扇捐。誰憐憑弔客，猶有續《騷》篇。三、四語雲是秋雲，水是秋水，移三時不得。

倪　濂

字公介，浙江仁和人。

客中除夕次結蒼韻

駒影難留住，驚看歲又更。星河低遠樹，霜柝急高城。旅食鄉心切，浮踪世累輕。寧知寒漏下，春已逐愁生。

聞角

銀漢澹遥空，邊聲四野同。高城吹早月，孤忱動秋風。地白驅原鹿，雲黄斷塞鴻。今宵鄉思遠，砧杵萬家中。

雪霽古直結蒼過宿旅齋同賦

貧巷荒齋寂，荊扉晝掩時。冷吟依宿火，軟語把深卮。雪浄鴉歸晚，泥融馬到遲。夜寒眠不穩，燒燭共論詩。三詠平易近人，無餖飣撏撦之迹。

王蒼璧

字攻玉，江南崑山人。國學生。

詠古

致身非不榮，而貴辨出處。始進不以正，功業何足語。孔明人中龍，君臣實心膂。三分定制益，一德並伊吕。當其未遇時，夷然視圭組。鹿門拜龐公，南陽詠《梁父》。向非昭烈賢，三顧猶未許。君子慎自藏，守身如處女。當與荀文若對看。

童謡

賑飢民，吏胥飽。飢民泣，吏胥惱。吏胥勿惱爾當喜，官府明朝糶官米。恐官府分多，吏胥分少，不容不惱也。

周　遠

字少逸，江南吴縣人。

京師九日城南黑窑廠登高

愁思天涯九日晴，憑高閑望夕陽明。天清萬丈秋潭影，風意三關落木聲。雙闕參差連御苑，亂山合沓入邊城。懸軍絶幕思飛將，聞道河西已厭兵。明後七子中最近滄溟。

高　炳

字滸文，江南金壇人。諸生。◯雲衢王丈不肯輕許人，而於滸文獨下東野之拜。今讀其遺集，每負奇氣。寧瑕疵，無庸近，故是徐文長一輩人。

天生橋自注：在萬縣。

兩崖臨絶澗，微徑垂一縷。中間橫巨石，足可容百堵。鑿空非人力，枝撑自太古。奔泉噴雪下，轟若雷震怒。長天慘白日，六月失炎暑。平生輕波濤，三峽未足數。中流揮羽扇，嘯咏狎飛鯆。迨兹翻凛然，頓覺毛髮豎。勇怯亦何常，擇地自可賈。因思昆陽捷，千載稱光武。卻笑李將軍，徒誇射猛虎。見人無勇怯，氣盛則險處皆夷也。寫境地中有議論在。

渝州重逢芮文彬賦詩道別

君家瀨水灣，我住錢溪側。兩家南北對洮湖，朝夕往來不相識。今年四月朔，我正在荆州。隔牕忽聽故鄉語，招手同上江陵樓。江陵城邊酒如乳，笑脱青衫典春酤。爲君一飲盡百觴，挂帆西去適渺茫。此去亦何期，風波夢裏思。恨我何早發，思君行太遲。昨到渝州屢回首，一見行人君在口。聞君尚住巴江東，不意君來我翻後。相逢一笑酒重傾，樽前且聽風雨聲。何時歸去復攜手，明日拂衣還獨行。初不相識，既成相知，先發渝州，到偏在後。叙事中有無限波瀾。

讀昌谷集

帝闕飄飖邈何許，龐眉書客天人語。興來倒吸海底乾，八荒并入秋毫端。瑶姬仙史不能讀，留向人間問空谷。風吟雨怨幾多年，南山石爛真可憐。不須嗚咽隴頭水，隴西長吉今未死。讀昌谷集，便學昌谷。

朱厚章

字以載，江南崑山人，寓居嘉定。廪生。著有《多師集》。○以載長身鶴立，言論侃侃。嘗於座間，見旁列二人，各操紙墨，以載口授，一成四六序，一改友人長律，而已又謄《孝子傳》。有所得，使二人參錯書之。序、長律俱工，已所録無譌字，五官並用人也。徵博學鴻詞，病卒。門下士金君昂午刻其集，行心喪禮，鄉邦並重之。

拜方正學祠

秋氣凛毛髮，祠門弔落暉。何人加白帽，大節在麻衣。草亂疑瓜蔓，庭空絶燕飛。景公遺廟近，化鶴並來歸。

寄答王千里

留滯通侯邸，真成客裏家。高門賀燕雀，華髮吐煙霞。逸士方三拜，才人温八叉。知君懷故里，丘隴有梨花。千里客徹侯張氏，廿年不歸，作詩諷之，猶古道交也。

題青溪集

黄柳花飛撲醉巾，六朝滚滚馬頭塵。也知李嶠真才子，可但江淹是恨人。澹粉輕煙疑在眼，珠簾甲帳最傷神。倩誰譜入參差玉，訴與無情古月輪。

九日登東城寄南華

蒼煙影裏獨憑高，瑟瑟寒生薜荔袍。我願滿頭常插菊，天生左手爲持螯。雲隨暮鳥歸村樹，風捲秋鐘撼海濤。佳節一杯桑落酒，故人何處鬭詩豪。

歲暮雜詩

吴氓殫力辦租庸，霖潦深秋駭老農。信有橧巢師鳥雀，盡拋穲稏豢魚龍。漫空水氣難爲雪，照野陽威未化凇。聞道中丞能入告，便令寒谷轉春客。雍正丙午七月，連雨，至明春始晴，禾稼不堪問矣。領聯寫景紀實，中丞入告，而曰聞道，詩人婉諷之詞。

秦淮絶句

風花無力撲簾波，佳節偏從客裏過。聽説兒童挑薺菜，青青只有故宫多。

觀柳河東初訪半野堂小像

蘼蕪脉脈柳疎疎，想見文君放誕初。誰識秋風摇落後，獨將一死報尚書。詞婉意微，當於言外領取。◯蘼蕪，河東君小字。

蔣夢蘭

字香山，江南金壇人，吴縣籍。諸生。

鵓鳩啼

晚來鵓鳩鳴不已，鳩婦含愁農婦喜。饁餉纔歸又出門，仰望烏雲何處起。鵓鳩鵓鳩願爾鳴，明朝可免車河水。兒夫肌肉日炙焦，鳩婦休傷雨濡尾。

方貞觀

字履安，江南桐城人。◯康熙癸巳歲，履安以負罪者累，詔隸歸旗籍。雍正癸卯，奉旨復歸江南。十年中，别母妻，棄丘壠，行動羈縶，極人世之困窮，然境窮而詩乃工矣。卷中所采，多流離抑鬱時作。

平陵公子歌

家世平陵東曲住，生長輕肥恥紈袴。夷門曾訪鼓刀人，趙州一拜平原墓。殺身不惜爲知己，鄉閭但道酒人耳。北上邊城望大荒，南尋禹穴西衡湘。萬里陰相天下士，眼中彼彼止如是。一笑歸來更讀書，十年折節爲名儒。當時心慕要離勇，今笑荆軻徒匹夫。氣矜之勇，不如義理之勇爲大勇也。妙在寫來不腐。

敝袍

故友綈袍意，今經幾歲寒。補多微覺重，老瘦漸嫌寬。色已隨年盡，緜因屢洗殘。更新吾豈敢，還作贈時看。

送渤海公回吴門

傾蓋即成故，因之離恨生。談空不得力，此别若爲情。渚白煙無際，江流月有聲。遥知松偃處，童子下山迎。渤海公應是吴僧，『江流月有聲』，有竊其句成名者。

出宗陽

回首故山盡，前途直北長。萍蓬自兹去，鄉國永相望。短草寒煙白，孤村落日黄。生逢擊壤世，不得守耕桑。

抵家

行衣乍脱喜還悲，仍似桑乾入夢時。親老幸邀天與健，家傾翻痛婦能持。山田白露登新穀，籬落黄花發故枝。歡捧一尊爲母壽，阿奴不道有歸期。玩詩集，非赦歸抵家，是許抵家省親，仍隸旗籍也。喜處正是悲處。

題《侯家鷓鴣》

誰將越鳥到京華，一入侯門閉籠筊。道是珍奇翻累汝，可能流浪便爲家。魂依苦竹嶺頭月，夢落黄陵廟裏花。未免輸他秦吉了，卻安飲啄在天涯。

謝芳連

字皆人，江南宜興人。國學生。著有《香祖詩》。○皆人工短篇，品地在色香臭味之外。新月在天，殘雪在地，可以想象其詩。

月夜汲中泠泉

新月泉上出，江華照衣冷。扁舟蕩秋槳，汲取波中影。昨與山僧期，煮月翻瓦鼎。

孟夏山中晚坐

孟夏變物候，景仄風光稀。石林湛雨氣，山月連陽暉。鳥語遍幽澗，人聲隔翠微。彈琴遲漁者，衣上落英飛。

溪村早起即事同邵八丈子湘

早起杏花白，飯牛人出門。野田多傍水，深柳自爲村。比屋盡耕稼，服疇皆弟昆。爨煙猶未散，林鳥亂朝暾。妙在絶不用力。惟不用力，人不易到。

宿山園

小雨松逕寒，人歸夜深火。宿鳥栖未安，驚飛落山果。輞川外，又開一境。

密雪望行人

人行犬寒吠，密雪迷村影。欲扣酒家扉，山橋一蓑冷。『山橋』五字入畫。

題李百藥三十六湖草堂

釣罷歸來解釣筒，題詩燈火夜深紅。湖村犬吠人眠盡，商女棹歌煙月中。

吴詡

字砥亭，江南太倉人。貢生。

登州蓬萊閣

山連漢武候神處，閣在田横舊砦東。五島亂浮雲氣裏，雙城渾住水聲中。遥灘夕漲生空緑，古廟殘陽曳斷虹。便欲刺舟從此去，七條絃上響天風。

孫宏 字量如，江南桐城人。國學生。

過倪雲林祠

玉山池館已荒煙，清閟祠堂尚儼然。破産放情多難日，無家投老太平年。碧梧修竹騷人節，遠岫平林水墨仙。應與所南同俎豆，遺民心事畫中傳。自注：雲林山水不畫人，所南畫蘭不著土，兩公宜並祀一堂。○三語指元時，四語指易代時，下半人品、畫品俱見。

黄侍中祠

金川萬騎蹴煙塵，叩馬難將大義陳。妻女一時同殉節，君臣千古有完人。魂歸羅刹江聲壯，碑照秦淮血影新。咫尺孝陵松柏路，夜深風雨走青燐。

葉錦

字子美，江南上海人。諸生。

渡泖

孤舟迎夕照，入望總蒼茫。月上潮三尺，天空雁一行。暮山隨意遠，客思與波長。指點茸城近，村煙滿野塘。

曉渡

隔岸疎鐘動，平林宿鳥飛。夜潮隨月落，小艇帶煙歸。

熊良輩 字弼士，江南潛山人。諸生。

客邸思歸

静聽木葉下西風，燈影昏昏照病容。滴碎愁心秋夜雨，敲殘客夢寺樓鐘。衡陽雁斷三千里，巫峽猿啼十二峰。我久欲歸歸未得，雲山叠叠水重重。大曆十子風格。

康 瑄 字雅六，陝西涇陽人。歲貢生。

擬將進酒

嬌絲脆竹陳高堂，明燈煌煌出洞房。美人羅袖怨清商，一曲哀歌君斷腸。博山香鑪金絡索，上有仙人駕鸞鶴。同心歡樂壽萬年，不用三山覓仙藥。何如小槽滴瀝琥珀濃，澆胸頓使金罍空。

醉鄉乃在太古世，後輩堯禹輕羲農。酒中之樂人不省，勸君飲酒君自領。

孫陽顧

字秦邠，浙江□□人。

登塔

半空身忽住，飛鳥共經過。江海掌中攬，煙雲足下多。四圍叢苑樹，一氣接銀河。欲向高天問，無言對我何。

章八元《登塔》詩當時盛稱，幾同魔道。此作突過前人，全在雅俗之别。

吴學濂

字曦洲，江南休寧人，浙江仁和籍。諸生。著有《香雪堂詩》。

送梅藕長令浙東

廿年卧對敬亭雲，名士如君始是真。太白樂章驚賀監，微之辭句誦宫人。素衣不受緇塵化，墨綬偏膺白髮新。山水永嘉堪眺覽，謝公遺跡未湮淪。

楊椒山公祠

祠宇重新古驛旁，姓名猶覺滿城香。五姦已褫權臣魄，一疏堪爭烈日光。謝卻蚺蛇真有膽，撐將鐵骨不隨楊。階前請鑄分宜像，斫地行人共激昂。『滿城香』『不隨楊』，皆椒山《朝審》詩中字也。末用岳墓鑄秦檜像事。

程　烈 字偉昭，江南桐城人。

浮山

縹緲接瀛洲，孤筇海上遊。山從波底出，入在鏡中浮。古樹風疑雨，陰巖夏亦秋。茫茫杳無際，隱約指丹丘。

朱國漢

字爲章，福建綏安人。布衣。◯爲章隱於賈，嘗遊金山，有貴人苦吟，未就，爲章得句云：『煙霞滅没三山外，江海蒼茫一氣中。』貴人大賞之，對曰：『偶記他人句也。』其厚自晦藏如此。

張中丞祠

繡帳煙沉鐵面灰，中丞生氣尚峨巍。孤城百戰鼠雀盡，長笛一聲天地哀。當日江淮資保障，至今號令肅風雷。賀蘭未滅英雄死，滾滾波流恨不回。睢陽有《軍中聞笛》詩，對『鼠雀』恰稱。

文丞相祠

丞相荒祠白日寒，直教一死寸心安。匡山激烈原非易，柴市從容更較難。窮海有人埋碧血，普天無地著黄冠。西臺慟哭悲風起，剩水殘山忍再看。無一浮語，『普天無地著黄冠』句尤警。

岳武穆墓

森森宰木戰英風，葛嶺高墳夕照中。白馬怒濤人共恨，黃龍痛飲事皆空。風波詔獄成三字，朔漠羈魂哭兩宮。從此君王無遠略，杭州可與汴州同。

劉正誼

字戒謀，浙江山陰人。著有《宛委山人詩集》。

自笑

自笑情何僻，謀生竟未能。鬻田買古硯，貸米給詩僧。花月躭成癖，禽魚狎似朋。室人交謫我，婦語不須譍。想見雅人風趣、僻士襟懷。

訪毛西河太史留贈

充棟書成自不刊，頻年握槧暑兼寒。魯魚舛後多釐正，秦火焚來盡補殘。畫舫兩湖明月共，籃輿十里好山看。感施餘論沾荒帙，白葦黄茅足改觀。三、四是西河身分，末二句應是西河作序詩以報之。

曹煜曾

字麓蒿，江南上海人。貢生。著有《道腴堂詩》。○曹丈詩得董蒼舒指授，故其品特高。

水仙花

江湍漱雲牙，夜濯宓妃魄。一洗羅襪塵，踏霜曉無迹。冰肌歸藥房，清芬襲巾舃。脈脈契素心，踈梅影横壁。清氣逼人。

曹炳曾

字爲章，江南上海人。諸生。著有《放言居詩》。○曹氏昆弟，人比之劉孝綽，三昆齊名，詩品亦復相當。

九日送人北歸

折取茱萸當柳條，送君明日上蘭橈。望鄉惜別分南北，并作離魂一夕銷。望鄉，指所送之客；惜別，指送客之人，兩層都到。

曹煐曾

字春浦，江南上海人。貢生。著有《長嘯軒詩》。

病中雨夜

鑪煙濃欲篆，夜色淡生陰。病骨秋花瘦，愁懷暮雨深。踈燈孤榻影，衰草亂蟲吟。無限關心事，朦朧夢裏尋。工於琢句，外此如『殘歲斜陽促，輕寒落葉知』『酒力緣愁薄，詩情到枕工』，語不必奇，耐人吟咀。

陳履平 字勉夫，河南商丘人。

花下獨酌

花枝婭姹摇春風，紛紛蜂蝶争繁叢。我來提壺飲花下，閒愁如雪皆消融。枝頭黄鳥聲更好，似惜春光怨春老。少年樂事那復得，只今空憶長安道。救人無術廿載中，歸來兩鬢已成翁。故交如花漸凋落，欲話衷曲誰人同。且拚爛醉花陰卧，明日呼童掃落紅。

秦時昌 字枚諤，江南震澤人。

方竹

舉世尚圓通，爾形獨合矩。不同睢園種，亦殊嶰谷侣。直方坤之德，鍾秀天特與。雖驚世人眼，實爲君子許。稜稜霜氣凝，矯矯峻節舉。宿土移數竿，歲久森圃墅。堅竹豎爲杖，登臨藉撐拄。毋令柔媚人，一朝削圓女。見君子當終守矩矱，勿慕圓通，改節未路也。前半自矢，結意自規。

朱肇璜

字待賓，福建建寧人。歲貢生。著有《槎亭詩鈔》。◯閩中詩林，膳部鴻高典籍棅以盛唐爲歸，故正聲也。後不善學者往往得其形似，本朝詩人起而非之，變爲清削。清削固佳，然緣此遂疑膳部典籍之非，則又偏矣。采待賓昆季詩，偶一論之。

寒夜讀書

朔風號紙窓，霜氣肅檐瓦。耿耿一燈明，虚室意瀟灑。簡編隨意讀，尋味我心寫。淡泊得膏腴，膚浮付土苴。上下觀古今，一一歸爐冶。此時天氣寒，瀹茗代杯斝。披幃盼高空，星河淡欲瀉。鄰雞凍不鳴，應知和者寡。

朱　霞

字天錦，福建建寧人。歲貢生。著有《曲廬詩鈔》。

書屋新成示兒子琪瑛猶子珏璠

矯矯松林下，山齋喜落成。積書須善讀，隙土可深耕。習禮束筋骨，安絃養性情。更期三益友，開徑每相迎。

汪　沅

字右湘，江南歙縣人。〇右湘少居歙之潛口砂泉，丹嶂拱列，户庭有園，適當林壑勝處。年少即以詩見重於老蒼，敦槃之會，無弗列也。二十九辭世，梅耦長序其遺詩，比唐之李昌谷、明之徐昌穀，不勝歎惋云。

謝皋羽西臺

何事西臺上，空山慟哭聲。風雲皆變色，天地竟無情。竹石敲新裂，江流恨不平。客星祠咫尺，萬古共澂清。

讀南渡野史作

過江名士競從龍，佐命先邀五等封。閫外新開都護府，師中群噪大司農。文章江令嫻歌譜，遊宴長星勸酒鍾。忽訝雙眉愁不展，佳伶稀選未央供。元旦，弘光忽鬱鬱不樂，臣下問：『意先帝讐未復，流寇未殄滅耶？』答曰：『無佳優伶耳。』

龍盤虎踞石頭城，跋扈親麾漢水兵。相國臨戎防北伐，將軍卷甲急南征。華林但問蝦蟆語，葛嶺惟聞蟋蟀聲。燕子春燈韜略在，不須司馬更連營。左良玉進兵漢水，以掃清君側爲名，而馬阮不防大兵北下，遣黃得功急禦左兵，此詩意也。時給事羅象觀疏有春燈謎燕子箋，即『枕上陰符』『袖中黄石』等語。

周　瓚 字黄在，雲南大姚人。官翰林院孔目。

柳絮曲

點點覺春深，飛飛恨不禁。露沾疑妾淚，風散比郎心。曉月隋堤畔，殘陽灞水陰。年年飄蕩處，腸斷白頭吟。

沈廷揚

字天將，江南吴縣人。諸生。

送友人屯田塞上

經國千年計，憑君此日行。官非漢司馬，人是趙營平。時雨兼兵洗，邊春帶雪耕。竚看成沃壤，勝築受降城。

劉宗霈

字蔚園，江南興化人。

看菜花

乍逢紅雨點迴塘，又見平畦千頃黄。色比散金無異種，香連繡壤不分疆。已娱老眼消春晝，旋引歸心立夕陽。自注：予家以園圃爲業。燕麥兔葵無感觸，不須佳句憶劉郎。通體俱著題，未免近板，得頸聯，空寫，上下六語皆活矣，李義山時有之。◯張翰『青條若總翠，黄花如散金』，指春日黄花也。唐代以黄花句試士，通場皆指菊花，無一合者，故太白云『張翰黄花句，風流五百年』，詩中第三語本此。

王　衜

字聖由，江南吴縣人。

過仙霞嶺

昔聞仙霞名，今上仙霞嶺。攀陟人力窮，賁育敢言猛。危峰插高空，奇壑俯深井。險絶猿鳥蹤，陰障羲娥影。歷盡廿八盤，始躡最高頂。史浩昔開鑿，閩越通兩境。而胡跋扈藩，恃險抗朝請。妖氛應遠寇，中原頗傳警。妄意蟠蛟龍，終類跳蛙黽。天兵一以加，鈇鉞膏首領。巖疆詎可恃，天道宜深省。承平今百年，嶺畔烽煙静。商旅日登陟，往來道無梗。盛德漸要荒，誰敢作不靖。爲語守土臣，設險謹藩屏。先寫關嶺之險隘，次寫逆藩之跋扈，次寫王師之蕩平，而終歸於設險守國。井井整整，不愧方家。◯《漢書注》春朝曰朝，冬朝曰請。請，去聲，在敬韵中。近多作造請之請，入梗韵矣。此未免從俗。

老將

百戰沙場功未酬，偏裨年少早封侯。敵人俯首驚無恙，法吏吹毛對若讐。老馬躡雲偏伏櫪，蒼鷹羈鏇欲騰韝。請看猿臂終强健，射虎南山氣尚遒。此白民自寫照也。三語暗用郭令公見回鶻事，四語暗用大將軍急責李廣對簿事。

孫璜

字彌邵，江南長洲人。諸生。

江干月夜

雪夜江干月倍清，推篷遥望正三更。天連玉嶠千山白，水漾金波萬里明。旅況每依甘露寺，名心遥繫石頭城。沙寒洲冷漁燈滅，倦聽鄰舟摘阮聲。康熙癸巳二月，省試，余與彌邵同泊江干，同賦是題。余詩廢棄久矣，披讀孫詩，恍如塵夢。

王應奎

字東溆，江南常熟人。諸生。著有《柳南詩鈔》。

箬包船紀事

有船鋭其首，以箬包裹之。名爲箬包船，聚泊疑茅茨。浮家無定所，忽湖忽江濱。居貨挾土産，擅技兼卜醫。中有無良者，行乞同殘黎。詎料豺狼心，所志竊童兒。神咒與餅餌，紿兒兒輒迷。牽引至船中，毒手恣所爲。或爲矐其目，或爲攦其肢。或屈曲其體，如籧篨戚施。形骸幾變盡，父母居然疑。清晨負之出，索錢號九逵。夕仍負以入，傾倒囊中資。數倘有不充，攢刺加鞭笞。苟延此殘喘，性命危如絲。有時更肆惡，視彼軀幹肥。入之人鲊甕，飽啖若餔糜。吸兒腦與髓，嚼兒肝與脾。從此筋骨强，便堪耐刀錐。更聞藏秘器，賣以療尫羸。一匕爲神膏，索值恒不訾。淫人祈長生，食之甘如飴。又聞湖海濱，茫洋有神祠。神曰抽筋姆，此輩所皈依。重午暨中秋，廟門搴靈旗。群船普祭賽，以兒爲牲犧。祭罷飲福酒，狼籍骼與胔。年來迭敗露，官長胥周知。勿問所從來，立斃陳其屍。謂足抵兒命，此外無窮治。不究其本根，徒然剪旁枝。官長法深刻，胡獨偏仁慈。其毒仍滋蔓，其故難尋窺。誰爲采風者，聽我歌此詩。此皆一一紀實。曹惡敗露後，被殘肢體女子詳述于公堂、詳述于父母者也。獨是官長祗甆所獲者命，不窮根株，此意作者不解，吾亦不解。

湯懋統

字建三，江南巢縣人。官遷江知縣。◯兄名懋建，官刑部郎。詩品清高，今家居著述，弟兄均擅清名，此居巢所僅見者。

歲暮得家書

冉冉逢殘歲，迢迢隔故廬。一燈遊子夢，雙淚老親書。敢怨功名薄，深慙菽水疎。卻思諸弟妹，繞膝意何如。情真語，不凋琢而自工。

除夕

殘臈辭人逐漏頻，寒氊堪笑獨吟身。僅支鶴俸能供歲，輕擲魚竿自取貧。柏酒竟疎婪尾醮，梅花虛擬故園春。遥思伯氏京華久，一樣燈前憶老親。

故衣

檢點衣衫敝篋存，十年相與歷寒温。香塵慣惹春風陌，寒杵多敲落月村。贈友未堪酬縞帶，思親每爲染啼痕。貧居賴酒消岑寂，曾典青錢向市門。四語不離不即，前人所謂取詩之魂也。六語著題中傳出孝思，尤爲難事。

金衡

字平仲，江南吴縣人。○隱居洞庭東山，以詩自娱，不求聞達。徐壇長先生愛其詩，每摘佳句賞之。

自律

托迹從嘉遯，居心合守謙。畋漁憑典籍，饜飫仗虀鹽。蠻觸毋相鬬，熊魚未可兼。古人吾尚友，高枕到羲炎。

過友人別館

竹靜江喧稱隱居，席門久矣斷軒車。寒香入座花開半，清影穿窗月上餘。倚枕相忘人化蝶。臨流安見我非魚。耦耕夙約行當踐，有伴巢由合荷鋤。

趙　虹

字欽谷，江南嘉定人。布衣。

戊午七月，自大梁東歸，感喟成詩，用以自贈

飄零淮楚踰河朔，轉徙幽州更大梁。迢遞關河雙去鴈，古今歧路幾亡羊。時無燕趙悲歌士，坐有邯鄲挾瑟倡。但得翠娥深勸酒，不辭酩酊罄清觴。問訊滄浪舊釣磯，樵兄漁弟共相依。眼看西北高樓遠，心逐東南孔雀飛。園吏好尋濠上樂，丈人已息漢陰機。浚郊不用弓旌辟，自署中吴老布衣。此欽谷倦遊後作，年七十餘，未除芒角，宜壯盛時能以高談雄辯屈服衆人。

汪　洋　字萬育，江南休寧人，寄籍崑山。國學生。

秋霖

君不見，千村白水溝塍合，陰雨兼旬雲百匝。禾沉水底不得收，腐爛只堪飽鵞鴨。書生空有恤民心，無路排雲叫閶闔。

閻陳二公祠

閻諱應元，河間人，故江陰典史。遷英德薄，未去任，大兵圍城，與新典史陳明選，誓死守城，百戰不屈。三閱月城陷，同被戮，兩家百口俱盡。今祠在江陰棲鴉寺。

奉職同時尉海濱，微官誓死各捐身。原知苦戰違天意，甘守危城識大倫。南國比肩雙烈士，自注：《宋史·忠義傳》元伯顔攻常州，知州姚訔與通判陳照率義兵戰禦，城破，皆死之。睢陽合節兩忠臣。百年論定還祠廟，媿爾軍前納欵人。邵青門《閻典史傳》生氣勃勃，昌黎書《張巡傳》

後復見此篇，真奇文也。作者渾括成詩，精力團聚，亦屬傑作。

王泌

字儕鄴，江南元和人。諸生。

越女祠

一曲菱歌韻碧瀾，耶溪歸櫂日將殘。情多自易含惆悵，不爲秋深怨路寒。哀怨起騷人，極低徊掩抑之致。

周焯

字月東，直隸天津人。布衣。

五十

人壽罕百年，五十倐焉至。至道了無聞，容髩日凋瘁。樫老質易朽，松蒼色彌翠。令德不克崇，年高反滋累。當及未衰時，晚節早自勵。衛武公年九十餘猶作賓筵，抑戒以自警，恐年高反爲累也。此種詩，吾輩亦當時時誦之。

陳倫

字遜其，江南無錫人。諸生。

張循王墓

六丁不下驅天驕，宫車碾雪夜渡遼。白頭烏啄大家屋，衣錦王孫路傍哭。一馬化龍浮渡江，臨安王氣於斯卜。烽火江淮草木殘，中原血戰腥風寒。揮戈誰洗靖康恥，屈指英雄岳與韓。區區子英奚爲者，片紙賡書背人寫。風波萬里壞長城，三字翻稱廷尉平。北人歌舞南人泣，賀蘭鐵騎仍縱横。兩宫魄冷冰天月，配饗反旌讒諂骨。麒麟墓道枕蒼煙，御墨淋灕灑碑碣。墓門高揭對晴湖，松栝深深叫訓狐。金陵城外蒼茫處，醜繆堂封千載汙。張俊承秦檜意，鍛鍊張憲，至自爲獄辭，以成岳忠武之獄，益姦惡之甚者也。高宗賜葬，自製碑文，遺命身後以俊配享，是誠何心？詩中合全局言之。後以檜之穢冢作結，天然相對。惜無有人平其墓者！

朱蔚

字霞山，浙江桐鄉人。

送王仲山副使重往秦中

匣中寶劒夜有聲，蕭蕭班馬門前鳴。天明未明出門去，春風吹度平凉城。平凉城北將軍樹，舊是使君停騎處。十年摧抑今復來，歲月蒼茫感行路。丈夫志願樂長征，入海真能掣大鯨。自憐苦被儒冠誤，不得從君萬里行。

沈炯

字遜揚。江南吴江人。諸生。

過惶恐灘

疊疊青山勢鬱盤，片帆遥泝贛江瀾。危灘共指名惶恐，古縣空聞號萬安。自注：縣屬吉安府，灘在縣南三里許。風撼巔崖崩巨石，雷喧磵壑走驚湍。勞人略與孤臣似，不獨東坡泣路難。自注：東坡有『地名惶恐泣孤臣』句。◯惶恐、萬安，天然反對。灘本名黄公，東坡有慨于中，故云。

書懷

七度長江向石頭，依然蹤跡半沉浮。草玄字字翻成白，刻棘年年未類猴。老我也曾磨鐵硯，古人先已敝貂裘。從兹萬里堪乘興，浩蕩難馴似野鷗。

李天根

原名大本，字天根。江南無錫人。◯吾友芥軒子也。生平不妄言，不疾行，硜硜自守，人有假其名具呈當事者，知之，曰：『汙我名矣。』遂易之以字，余仍之，恐違其志也。

題聽松山人《雨蕉書屋圖》

江南六月時方旱，田中甲坼乾以熯。赤日當空無寸雲，四野農夫坐愁歎。聽松山人意奇特，腕底大有迴天力。潑墨寫作《雨蕉圖》，滿紙淋漓雲墨色。山童攜圖到茅舍，座客争看盡驚訝。

入手如聞風雨聲，開緘似見波濤瀉。吾聞古人畫月但畫雲，渲染巧妙妙入神。今君畫雨不著紙，雨聲卻在芭蕉裏。何須懷素手植千萬株，却疑湲川急雨直如矢。卷圖烈日忽遮藏，天半萋萋野雲起。自注：是晚果大雨。

程簡 字尊一，江南長洲人。

送春

九十韶光轉眼空，怪他青帝去匆匆。都將思婦勞人意，付與啼紅怨緑中。有恨催歸惟杜宇，無情相送是東風。仙山若果春長在，早覓丹砂訪葛洪。頷聯不染送春習氣，結意唤醒癡人，求仙者應爽然自失。

庭梅遲開詩以志慨

開遍南枝又北枝，小庭蓓蕾未逢時。嚴寒剥後冰心固，翠羽飛回芳信遲。豈爲十年高不字，劇憐終歲苦相思。主人事事居人後，因使幽花亦緩期。

冬夜讀書

讀書有味聊忘老，自注：放翁句。此意誰云只放翁。今古英雄當末路，消磨歲月短檠中。

有老驥伏櫪之意。

朱家瑞

字平津，江南吴縣人。

曉行

曉雞纔唱趣登車，拂被霜寒似月華。還喜夢魂清不減，卧遊山閣詠梅花。

石年

字能高，江南元和人。隱於市。

江上

春山春水碧迢迢，病起扶筇過野橋。幾日不尋江上夢，東風吹長杜蘅苗。以韵勝人，佳處在語言之外。

蔡書升

字廷彦，江南長洲人。官成縣知縣，改通政司經歷。

横塘道中時清明日

東鄰愁冷食，穉子叩柴門。舊俗分新火，三家共一村。草深眠鹿子，莊老出雞孫。細雨看荒塜，梨花開正繁。横塘西名三家村，天然屬對。

于 龍 字□□，遼陽人。官河工同知。

友人出示《河津龍門圖》

河山莽蒼上合，迴抱夏王宫。地拔雙峰表，天開一罅中。風雲雄氣象，筆墨闢鴻蒙。千古文章在，如逢太史公。

源從天上落，一氣撼乾坤。高峽千尋險，渾流萬里奔。晋秦平可攬，星斗仰堪捫。胸次涵中夏，澄清事討論。力大於身，無一弱句弱字。

國朝詩別裁集卷二十九

長洲沈德潛歸愚纂評　男　種松校字

江陰翁　照霽堂　長洲周　準欽萊同輯

沈榮儁

字謙之，浙江歸安人。乾隆丙辰舉人。○謙之少湛李義山詩，集李成律，至二十章。中道自悔，欲歸盛唐。然病中示予《桃花》二章，仍是玉溪生體也。

玉溪原本杜陵，須人善學耳。

書懷

丈夫無雄雌，時運有通塞。一身隔青雲，兩手滿荆棘。馬周困長安，行路愁偪側。卓見非常何，火色人誰識。古今英雄，人齊欲下淚，舉馬周，以例其餘。

桃花

柳暗花城夢不通，誰家姊妹倚東風。憑伊幾點清明雨，催出新粧試小紅。自注：玉溪生詩：『桃葉桃根雙姊妹。』

三千紅袖總無媒，蕋亂雲盤緑水隈。金屋有恩誰保得，故應怕向未央開。詠桃亦詠美人，而臣下承君之恩，言外可思。

枕上聞笛

孤燈黯黯月明明，院冷樓寒夢不成。離恨已無腸可斷，誰家猶送斷腸聲。

陳份

字古村，廣東順德人。乾隆丙辰舉人。

捉搦歌

瓜皮艇子長二丈，小姑十撑九不上。何如泊岸候潮長，免打江心逆流槳。

露勑祠迎神曲

秋雨兮冥冥，廟門兮水汀。葦葉兮簌簌，茨菇花兮青青。若有人兮美女，珮明璫兮飾翠羽。桂棟兮蕙幃，奠之兮椒醑。嗟行露兮無家，萎玉顔兮如花。甘捐生兮江滸，與白璧兮無瑕。粘著者固近於腐，而但工寫景，恐又失之太離。不離、不腐，此作得之。

錢之青

字恭李，江南震澤人。乾隆丙辰舉人，官寧武知縣，陞保德州牧，旋歸里。著有《數峰詩鈔》。○恭李少歲孤露，苦心力學。官寧武時，爲前明將軍周遇吉請祀典，勤政卹民，不媚上官，别於時下，所稱能員者。歸里後，杜門謹守，周卹親族，常以詩文自娱，遠近交重之。

鮮民悲罔極也

鮮民不如死，我生遭不造。父兮生不見，母兮喪何早。煢煢失所依，鞠育賴祖考。涕泣授

《詩》《書》，嘻笑索梨棗。弱冠未成人，吾祖復終老。困頓里閈間，奔走長安道。薄宦逾中年，牧民謝機巧。恐貽父母羞，中心石皓皓。所傷煢獨身，反哺媿禽鳥。雖有牲牢祭，何如菽水好。雖有錫命榮，拱木已枯槁。茫茫夜臺靈，漠漠故壠草。哀哉罔極恩，長號呼彼昊。發乎至性，不藉修飾，得風人之遺。

歸里後親朋枉過有作

吾家聚族居，比鄰皆親友。念我遠道歸，胥來問安否。回首出門初，變遷幾八九。門庭半更新，舊存惟榆柳。尊長既凋零，輩行俱老醜。遠歸非不適，離別苦太久。追往更撫今，恐作窮獨叟。重感丈人情，爲我治斗酒。連下一章，脱胎杜老《羌邨》之作，而情事各别，杜傷亂離，此感盛衰也。

斗酒不復却，丈人前致辭。消長各有數，聚散亦有時。陳迹已往矣，良會喜在兹。爾我不相見，誰爲把酒卮。況今逢令節，日永薰風吹。丹華耀榴火，圓葉滋荷池。子其愛景光，爛醉毋推辭。聞言散幽懷，醉鄉同赴之。去年當此日，觸熱方驅馳。

宿村家

入夜投村路，家家列炬迎。長官無善政，父老自多情。敢謝盤中黍，相期壠上耕。夜闌聞笑語，今歲喜豐盈。三、四不負心語，今之長民者，誰肯言之？

歸途作

客久餘蓬鬢，歸途負薜蘿。兒童皆晋語，舟子自吴歌。茆屋秋風破，原田荒草多。所欣安夢寐，依舊碩人薖。

中秋夜述懷

去年醉月曲江頭，緑酒紅牙記勝遊。今夜中秋形對影，故人還復上南樓。

張若需

字樹彤，江南桐城人。乾隆丁巳進士，官左春坊左贊善。著有《見吾軒詩》。

○宮贊爲藥齋公令嗣，孝友篤實。一承前人詩筆，各標面目，而性情温厚，異而仍同，人比之『蘇瓌有子』。

生日太夫人自乍浦寄衣適至

侵晨遠人至，寒衣寄江城。珍重一開緘，光采生敝籯。老親念幼子，稱體新裁成。書云禦爾寒，著以湖綿輕。寒燠隔異地，猶廑慈母情。憶兹初成時，長短勞經營。襟袖密密縫，十指鍼線縈。健婦把刀尺，指點熨貼平。感激母意厚，顧我非童嬰。二十要自立，儉素敦家聲。五陵自輕肥，温飽無令名。今兹茹冰蘗，用佐嚴君清。短褐取蔽體，寧羨羅綺榮。被服矢無斁，敢忘我初生。至性流出，不假雕琢。

望毉巫閭山

海門日出扶桑紅，朔天萬里霜煙空。馬前了了列巨嶂，隱然氣色雄關東。北鎮之山名最古，望秩遠稽堯典中。路遐逕僻到者少，林荒虎豹依榛叢。鞭痕天泐暴秦跡，煉餘尚緬媧皇工。空巖雪霽落飛瀑，寒光簸蕩銀河風。六山環抱互掩映，絶頂下瞰馮夷宫。我欲從之叫虞舜，蒼梧窅靄雲蓬蓬。兹山閲歷萬萬古，劒首一吷歸鴻濛。後王德薄乃尚鬼，鑿山起殿開窔巃。火龍金簡煩傳遽，千年火鑠香鑪銅。禱祈禳禬走氓庶，廟祝傴僂神爲聾。又疑兹山怪名字，佅僸頗類夷與戎。勛華不爲易華語，後來累譯無由通。職方紀載缺訓詁，郭生秖解箋魚蟲。遼陽壤地界蒙古，近拱三輔尊土中。内安外攘託保障，功德遠配岱華嵩。以兹廟食庶不忝，不然峻極塹穹窿。寒風刺面緊格格。馬蹄動地聲隆隆。揚鞭大笑入關去，他日來掛天山弓。『叫虞舜』以下，縱筆揮灑，精神全在後半。

徐州河決，瀰漫百餘里，舟行迷渡，俟僕馬不至，宿王莊逆旅

古渡茫茫野水屯，客來無路辨前村。孤舟飄泊朝乘漲，後騎蒼黄夜叩門。陸地風濤遊子淚，凶年雞黍主人恩。天涯骨肉寒燈共，濁酒中宵慰旅魂。自注：時家兄澄宇、姪翔羽同行。

陳思王墓

鄴水東流勢已分，空餘感激誦遺文。五官嬗代羞當璧，七子論才合冠軍。《白馬詩》篇悲逐

客，驚鴻詞賦比湘君。魚山縹緲留清梵，何處春蕪没故墳。《洛神賦》，猶屈子之詠湘君，後人以爲感甄，非也，作者故有特識。

五日潤州

第一江流盪畫橈，虚傳競渡踏風潮。五絲誰續庚寅命，雙槳人過丁卯橋。令節只今成寂寂，懷沙終古恨迢迢。何如滿泛菖蒲酒，快對金焦破泬寥。三語五日，四語潤州，天然典切。○金山競渡極盛，康熙某年，沈没幾舟，後遂禁止。詩中云『虚傳』，云『寂寂』，蓋爲此也。

包彬

字文在，江南江陰人。乾隆戊午舉人。

遊弘濟寺

秋江静無煙，山影恍圖畫。晨登燕子磯，塵鞅一時卸。徑轉直復曲，奇峰若相迓。岡巒中斷餘，兩崖仍可跨。迸石樹無皮，疑是白龍化。花宫隱深雲，香風逗林罅。娑羅落高陰，傍户枝柯亞。洞穴豁堂皇，禪房半相借。上有銜花鳥，下有投巖麝。緣壁陟高閣，山川拓眼界。江明匹練橫，天際波濤瀉。此境足勾留，儔侣催返駕。徘徊石磴旁，歸雲擁足下。只『秋江静無煙』五字近六朝人。

錢塘詠古

宋祚將移訝鬭星，君臣跡似浪中萍。黄龍出海朝廷小，白雁横江戰血腥。南國無家歸燕子，西臺有淚哭冬青。諸陵麥飯今誰薦，風雨蘭亭夜火熒。此詠宋亡國事。

金陵感懷

萬峰青拜故宫前，王氣收時總黯然。西下戈鋋飛畫鷁，北來笳鼓駴啼鵑。春風淚灑桃花扇，夜月歌殘燕子箋。彈盡凄凉天寶曲，江南愁殺李龜年。此詠前明南渡事。桃花扇、燕子箋，天然點綴。

次韻答薛彙仙

帶水難同李郭舟，鷓鴣枝上總勾留。新詩似錦惟緘恨，春夢如雲半結愁。馬剪焦毛嘶紫陌，鶴盤瘦影叫滄洲。天空地闊空疎放，祇有吾曹氣味投。

倪承茂

字稼咸，江南吴縣人。乾隆戊午舉人。著有《幀塘詩稿》。○幀塘得名最早，成名甚遲，藝苑方重望之，而倏焉辭世。予哭之以詩，末云：『比似方干差足慰，生前鄉舉已題名。』慰之，實悲之也。素長於詞，而詩亦工穩妥貼，不落宋人以後。

苦寒行

燕山九月即飛雪，玄冬寒氣更栗烈。河西冰膠午不開，山頭凍雀眼流血。荒城日暮少人行，茅簷幾處炊煙絶。雲黯風饕日色黄，槎枒老樹重陰結。朱門貴客狐白裘，擁爐酌酒羅珍羞。誰憐路有凍死骨，旬日委棄無人收。況聞淮南罹水患，十家八九趨他縣。窮途無食給饔飧，那有兼衣禦霜霰。昔年杜老憂民艱，願得廣厦千萬間。而今寒士流離轉，溝瀆雖有萬間知不足。杜陵心事，末一轉，更深一層。

九日道中

一年兩度涉淮黄，擾擾緇塵染素裳。衰柳共憐殘髩短，閒雲應笑客程忙。南歸無分吟風月，北去先愁飽雪霜。孤負故園叢菊好，不知今日是重陽。

錢塘懷古

五代興亡一夢中，射潮江滸想英雄。錦衣木石沾恩幸，鐵券山河誓始終。鳳舞龍飛形勝在，虎符玉節霸圖空。花開陌上年年好，無復行人指故宫。此獨詠吴越王事。

陶善圻 字樹聲，江南元和人。乾隆戊午副榜。

元日書懷

獻歲敞荆扉，歡言起痾瘝。空齋潔琴樽，閒居望親愛。日出鳥聲和，風暄草心快。行將整籃輿，探梅白雲外。氣體高潔，一『快』字，抵過『欣欣向榮』及『甲坼』等字。

鈕汝騏 字稼仙，浙江烏程人。乾隆己未進士，官翰林院編修。著有《南雅堂詩》。

題黄夫人寄升庵詩後

猜忌君臣際，自注：升庵諫議禮，謫戍後，世宗猶有餘憾，每問『楊慎云何』，侍臣以老病對，乃稍解，升庵聞之，遂佯狂以免。乖離夫婦間。百年悲死別，兩地夢生還。市上簪花髻，閨中損玉顔。至今傳錦字，流唱滿南蠻。此千秋恨事也。四十字中，委曲道盡。○原本『萬里夢生還』，句法劇佳，但蜀中距滇，初非萬里，故易二字。

辰龍關自注：吴逆作亂，時沉辰道梗，王師由此入黔滇。

飛將急前鋒，危關實要衝。虚聲經亥豕，間道出辰龍。自注：王師聲言由五溪入黔，故賊將不備此關。亥豕，溪名。六詔驚天降，群蠻掃地從。皇威清萬里，徼外樂畊農。王師入黔、滇意，西崖少宰渾言之，此暢言之。

舒瞻

字雲亭，遼陽人。乾隆己未進士，歷任浙江知縣。○雲亭親交衛霍，在京師，屏居委巷，如寒素然。既出仕，而浙東西頌其廉明，傳其風雅，古所云『文學飾吏治』者也。詩品在元、白之間，近情處，迥不易及。

别竹田

莫向風前折柳枝，柔條原不綰相思。人生難得惟知己，天下傷心是别離。半載篝燈同聽雨，何年把酒更論詩。西泠夜夜添新夢，多在煙江月上時。古之傷心人耶。讀竟，輒喚奈何！

留别當湖諸人士

萍絮何須問舊因，離筵開處對殘春。誰言琴鶴非家具，自喜溪山似故人。北道應牽歸客夢，東風偏上苦吟身。歸舟莫笑輕如葉，千卷殘書已不貧。不忘知己，不忘溪山，近日仕途中能有幾人？

偶占

芳草青青送馬蹄，垂楊深處畫樓西。流鶯自惜春將去，銜住飛花不忍啼。於無情中寫出情來。

爲朱藴千題《杏花春雨圖》

淺深春色幾枝含，翠影紅香半欲酣。簾外輕陰人未起，賣花聲裏夢江南。夢江南，本屬韻事，夢於賣花聲中，又添韻事一重矣。入唐人絶句中，亦稱中駟。

爲堇浦太史悼亡

工愁善病最憐君，夢裏啼鵑不忍聞。彷佛舊時蘇玉局，自將詩句哭朝雲。

陳景鐘

字几山，浙江錢塘人。乾隆辛酉舉人。

繅絲曲

三春雨足桑葉肥，家家飼蠶晝掩扉。三眠三起近小滿，桑葚垂垂葉已稀。盼得紅蠶齊上箔，更喜同功繭不薄。大婦收拾繅絲車，小婦安排湯滿鑊。銀絲抽繹比清霜，虛室堆床生白光。啞啞軋軋聲不絶，緑陰低處新絲香。小姑回頭笑問嫂，轉眼相看織成縞。茜紅鴨緑染隨心，長剪腰裙短裁襖。嫂云小姑爾未知，阿哥正苦賣絲遲。明朝抱入城中去，已值官糧徵比時。亦足備采風者采擇，詩不徒作。

張進

字翼庭，江南吴縣人。乾隆壬戌進士，官翰林院庶吉士。著有《緑野園詩》。○予與徐子龍友諸人結葑南詩課，翼庭與焉，許其清不染塵。選貢入都後，規撫臺閣體，不復唱《渭城》矣。今所録者，皆結詩課時作。

由空谷至中峰

出谷山路轉，松深餘落暉。隔林聞語響，始知人采薇。歸鳥引前路，磵花點客衣。倚笻憩梵宇，鐘鳴自掩扉。華鴻山學韋左司，可云循墻而走，作者似欲過之。

雪中憶家園池上草堂

客居常苦寒，况復積深雪。夜明山鳥驚，清響寒柯折。遥知池上園，虚白人蹤絶。

五人墓

意氣偶然激，成名竟殺身。空山餘落日，古木出青燐。地近要離墓，雲連胥水濱。匹夫能就義，嗟爾附炎人。恰是五人分量。結意指顧秉謙、魏廣微一輩，見纓冠中人不如市中人也。四十字，字字老成。

夢麟

字文子，蒙古人。乾隆乙丑進士，官至工部侍郎。◯樂府宗漢人，五古宗三謝，七古宗杜、韓，雖不能至，心嚮往之，不必議其不醇也。近日臺閣中無逾作者，倘天假以年，烏容量其所到？

雉朝飛

雉朝飛，其羽灼灼。雌前趒，子後躍。于田于薄，是飲是啄。我弗如爾行樂，爾樂我哀。朝行出遊，日暮獨歸。獨歸兮心悲，群嗷嗷兮夜飢。我無術兮哺兒，先我死者知之。借樂府題悼亡，詞古情摯，於安仁子荆外，又闢一門户。

哀歌行

諠者勿諠，歌者勿歌。嗚呼我哀，我哀奈何。父知兒寒，母知兒飢。我無父母，飢寒誰知。親在憶親，親没戀墳。魂斷難復，草荒更新。夜坐秉燭，兄右弟左。同爲孤兒，哀哉生我。抱女置膝，忍涕中悲。兒亦無母，我懷痛之。燭短夜寒，予心之酸。男兒低頭，顧影自憐。

《蓼莪》之詩，皆直白語，而千古哀痛，以此爲至，此作復相似。然前哀父母，後哀無母之女，與幼女之母，人倫缺陷，一身當之。日夕縈懷，宜年命之不永也！

西澗赴山將往雲罩憩天香禪剎

天雞叫海日，晴翠濃諸峰。丹崖媚朝霧，了了青芙蓉。尋溪背初旭，入谷聞鷙風。半嶺生飛煙，忽没巖邊松。仰睇辨蓮宇，稍見僧樓紅。流雲布群壑，清梵生虚空。石徑去不極，前路誰能窮。鉤索得懸解，妙寄饒歸宗。跏趺憩蓮社，歎息懷支公。

西澗一路，予曾早發，讀此，如置身其問。

由天香行藥西盤初入山口

巖秀澄孤懷，趣塗意先往。理策遵迴蹊，空林得樵響。幽悰眷岑寂，矧兹秋日爽。霜徑稍曲盤，虚翠忽晃朗。漸歷紆巒深，未識迴塗廣。孤暉隨趣濃，懸磴披煙上。杳藹接諸天，振衣發遐想。王裴不可作，丘壑誰心賞。何時飯名僧，松檜稅塵鞅。

朝往香山

夢覺鐘魚清，褰裳月在棟。盥濯辭精廬，山僧出林送。苔衣潤芒屩，昨宵知露重。亂泉聽乍失，溪澗澀餘凍。石骨生清涼，逼人寒欲中。日出照幽谷，山鳥發新哢。微風蕩空翠，流雲散巖洞。永懷煨芋者，隔岫聞清誦。曰清、曰新、曰生、曰真，四者兼之。此種詩，可以滌人塵俗，發端尤警。

夜過青浦

理棹投暮煙，餘暉黯遥巘。輕舸尋歸流，空波肆怡衍。野風送香氣，浩露滴微泫。重疊林景昏，微茫峰色淺。遠火辨孤城，隔岸聞亂犬。稍别林墟移，漸覿雉堞轉。華月澹始照，流雲蔚初展。一與清景俱，乍喜塵悰遣。怊悵懷前蹤，餘風動深緬。

臨江樓

亦知非故土，扶杖且登樓。落日萬古色，長江千里秋。浮雲蔽楚望，朔氣老邊州。無限關心事，憑欄起暮愁。

孫貽武

字紹衣，浙江歸安人。乾隆乙丑進士。

吴越王

鳳舞龍飛地脉優，挺生人傑説婆留。潮迴鼊赭三千弩，地擁金湯十四州。承寵樹皆披錦繡，稱藩臣自息戈矛。櫛風沐雨辛勤甚，圓木驚眠老未休。第六語，譏其不討朱温也。婉諷賢於直斥。

吳　檠

字青然，江南全椒人。乾隆乙丑進士，官刑部主事。◯青然舉鴻博不遇，放歸後，官西曹。決大獄，能不阿大吏意，衆論許其守官。

詠懷

曲徑非不捷，由之轉窮途。欲速嗟無成，蹇步愧亨衢。徘徊望觚稜，我思鬱以紆。致身有本末，朱茀難苟圖。突梯性不適，那敢輕賤軀。夢鹿忘覆蕉，伺兔笑守株。得失良偶然，豈必巧有餘。立身居官，可云不苟。

晚次彭城

薄暮荒城首重迴，雲煙芒碭客愁開。三齊驛路連天闊，萬里河流動地來。戲馬臺前寒日落，斬蛇溝外野風哀。狗屠獄掾皆黃土，感歎當年楚漢才。

蔡寅斗

字方三，江南江陰人。乾隆丁卯舉人，官國子助教。○方三工古今文及駢麗韻語，聞四方有才人，必遠道走訪，與之定交，蓋以文章、友生爲性命者也。壬申恩科會試，自經於號舍中，不解其故，人謂之遇祟。文人之厄，一至此耶！

坦坦碕

平橋跨曲池，池清波瀰瀰。沙沚聚閒鷗，塔影沉寒水。澄碧映琴書，浮光上棐几。日晚坐虛亭，悵然懷彼美。自注：徐高士介白。○此明瑟園景之一，與予同遊賦之，注中徐介白，明末遺老，隱居于此。

遊盤山

漁陽千里鬱巃嵸，第一名山壓薊東。白練粘天飛絶頂，自注：《水經注》，徐無山，山上水可高二十餘里。即今之盤山也。蒼龍裂石挂遥空。松名。茫茫雲氣長城入，漠漠風煙古塞通。何日相隨石門叟，掉頭還與問鴻濛。

雄奇形勝自天開，遥拱神京冠八垓。地勢直從滄海盡，山形還向太行迴。煙雲深處迷盤谷，風雨聲中嘯劍臺。聞道宸章燭霄漢，磨崖百丈破莓苔。領聯寫盤山形勢，有海涵地負之槩。此盤谷，非李愿栖息之地，上有李將軍舞劒臺，謂李靖也。

輓徐澄齋太史

倦飛孤鶴下煙霄，劫外靈光見後凋。海舶雲旗歸萬里，經筵雪鬌侍三朝。老餘秃管論删述，病卜青山卧寂寥。誰爲元亭重載酒，滿江楓葉盪寒潮。三語謂出使琉球，四語謂三朝講官。

林明倫

字穆安，廣東始興人。乾隆戊辰進士，官翰林院編修。記名御史，出爲衢州太守。◯穆安留心正學，嚴義利之介。方保舉御史時。有勸其謁掌院者，答曰：『御史以求而得，何以自立耶？』後守衢，潔己卹民，因謁上臺稍遲，疑其傲，以才力不及，劾之，落職，衢人哭而送之。

弔五人墓

西市繁霜日，南躔貫索中。歌詩憂板蕩，占象歎《屯蒙》。國柄歸旁落，刑餘蔽主聰。衣冠嬰赤族，屠狗叫蒼穹。竟觸貂璫怒，誰憐骨鯁忠。捐生片語易，仗義五人同。道直心寧悔，名存死不空。招魂隄水上，葬骨武丘東。墓草侵階緑，山鵑帶血紅。要離三尺土，千古共英風。

張　晼

字蓀九，江南長洲人。布衣。○蓀九窮居郊外，世緣半絶。素交二三人外，車騎造訪之弗接也。論詩必泝源唐人以前，有與争辨者，至面赤不顧，或目爲詩癖、爲詩愚，乃大喜。身後詩篇零落，衹存社中共賦一篇。

移木芙蓉植後圃

吟罷楚客辭，逍遥向園圃。緬彼拒霜花，一枝移帶雨。我生同弱植，終當委草莽。況兹摇落辰，孤芳誰搴取。淺土托根荄，松菊聊爲侶。借題自寓，品地如見。

張　鈺

字少弋，江南華亭人。布衣。

月夜黄姑灘露坐簡山中一二知己

明河浄無波，憩息愛幽境。良遊值杪秋，佳趣心各領。頽陽匿餘暉，微月揚清景。草中僧獨歸，煙際鐘初静。霜林颯有聲，風壑悄多警。悵與賞心違，長謡一延頸。『僧歸』二語，寫山寺晚景如畫。

閩中九日寄吴中諸兄弟

海天萬里獨登臺，佳節空嗟白髮催。愁絶雁聲從北至，蒼然秋色自西來。霜清烏石巒煙豁，潮落金崎越艇回。遥憶故園兄弟在，幾人同把菊花杯。

金義植

字立斯，江南吴縣人。諸生。○太白於右軍書，目以清真。清則不雜，真則不僞也。惟詩亦然，立斯之詩，清而真矣。與其配倡酬於楓江之濱，晚歲耳聾，不聞世事，尤得安分自適之趣焉。

高函三夜話

五載一相見，江邊落木風。那堪多難日，正在别離中。世事茫無定，吾生固有窮。夜吟須盡醉，秋雨一燈紅。

懷高武康侍御軍臺

身訝新擐甲，冠爲舊觸邪。一言陳白簡，萬里度黄沙。食禄應持論，投荒肯顧家。從戎堪報國，垂老莫長嗟。起二語，侍御及從軍皆見。下表其正直，勉以報國。得古人立言之體。

懷三弟

東粤携家遠，南荒作尉難。五旬雙白髩，萬里一微官。城郭新教築，衙齋未得安。遥憐蠻海畔，辛苦百憂攢。自注：陸豐，係新分邑。◯詩品之高，總不外一『真』字，本乎性情則真。

江上

江上不來雙鯉魚，隄邊空過七香車。結交無力緣金盡，泛宅何之且陸居。紫塞月明千帳外，緑窓人静卌年餘。此時聊得閒中趣，仲蔚蓬蒿亦自如。五句對第一句，猶《詩》之『彼采蕭兮』也。六句對第二句，猶《詩》之『出其東門』也。無力結交，無地泛宅，惟領閑居之趣可已。

尤怡

字在京，江南長洲人。布衣。◯昔皮襲美寓臨頓里，陸魯望自甫里至，與之定交倡和，其地爲皮市。在京居其地，周子迂村亦至自甫里，相與賦詩，恰符皮陸也。在京就韓伯休術，欲晦姓名。詩亦不求人知，而重其詩者，謂得唐賢三昧，遠近無異詞云。

雜感

春至陽氣動，輕雷殷方鼓。晴川泛朝光，草樹沐新雨。農人負耒出，操作及童豎。有生寧不勞，俯仰各有取。曰余本拙嬾，逝將事農圃。所急在治生，豈伊慕高古。貧賤惜筋力，憂傷亦何補。陶公心事，正於不諱治生傳出。

明月流素影，照我室中帷。清光缺復滿，佳人難再期。寶鏡不復開，玉琴生網絲。翩翩雙黃鳥，巢我庭樹枝。雄銜原上草，雌啄澤間泥。辛苦被流沴，一旦傷其雌。身死亦何言，悲此巢中兒。此首悼亡。

駑馬策蹇足，馳望崑崙丘。自非千里姿，焉得追驊騮。斥鷃翔數仞，黃鵠四海遊。豈不願高舉，羽翼非所儔。慎爾失故步，蹎蹶乃貽羞。天分固有定，躁進非良謀。此警躁進。

山居雜興

晨起草木濕，林霏散清曙。始知東峰雲，夜作澗上雨。光風葉上泛，新泉草下注。群鳥林際鳴，遊魚水面聚。萬物各有分，勞生轉多慕。倖中成虛名，多爲來者誤。君看區中緣，擾擾曷有數。

劉東郊歸自關中，述華山之遊，爲作詩紀之

劉君新從華陰歸，爲我口述華山遊。華山巀嵲五千仞，金精白氣西作秋。初向雲臺辨雲樹，已是希夷棲隱處。足捷如騎酒家龍，眼明未厭公超霧。徑迴路絶飛鳥還，青壁杳藹凌雲端。停策仰望坐歎息，安得羽翼臨風翻。垂垂鐵縆一千丈，烈日長風久摩盪。半足入壁出壁間，雙手緣雲上雲上。蒼龍當我來，兀奡露半背，我欲踏之勢恐墜。不知天際去之幾，俯視人間已無地。此時賈勇氣轉健，矯首三峰忽當面。峰頂玄鶴鳴向人，雲中玉女遥相見。仰天長嘯天宇空，浩浩萬里來罡風，幸不吹墮塵埃中。五陵北原青未已，黄河無聲流向東。平生浪跡長遊衍，太華峰頭足蕭散。以兹頓遣胸中憂，却使雲泉今尚婘。吾聞此語心茫然，天池仙掌紛眼前。忽憶十年意不樂，魂夢却墮東峰巔，何時拄杖凌紫煙。仙人金液非我意，試看峰頭玉井蓮。詳華山之奇險，然語語是友生所述，别於紀遊。結意撇開求仙，正見高曠。

寶劍

寶劍芙蓉鍔，韜光匣裏横。星辰秋忽動，風雨夜還驚。邊郡今多事，故人方遠征。徘徊欲相

贈，不獨爲平生。一氣鼓鑄，精力尤在後半，神到候自然遇之，人工不與。

秋晚登樓

澹雲含雨過城頭，獨自凭闌豁遠眸。萬木秋聲來大壑，亂山寒色上危樓。登臨不爲依人感，摇落應添攬鏡愁。聞道菊花堪泛酒，共誰來此一消憂。

館娃宫

峰頂曾聞置别宫，艷歌嬌舞欲無窮。美人一去碧雲冷，行客獨來山殿空。香徑落花春度曲，古廊依樹夜鳴風。登臨漫爲勾吴感，舊館荒臺處處同。

白秋海棠

誰將清淚洒幽墀，散作瑶華别有姿。最是玉人腸斷後，淡粧無語背人時。只『瑶華』二字點白，餘皆以神韻傳寫，悠然自遠。

江　聲　字飛濤，江南常熟人。

病起即事

日暖風恬春正酣，閒聽歸燕語喃喃。形同陌上三眠柳，心似筐中八繭蠶。洛下有書憑犬附，牀頭無易任雞談。拋荒殘卷塵凝榻，裘褐蕭然擁一龕。

柳絮次陶菴韻

茫茫如夢復如塵，時逐遊絲送暮春。連臂踏歌招不得，就中愁殺倚樓人。連臂踏歌，用楊白花事，落句傳出遠神。

喬　湜 字睦州，江南寶應人。歲貢生。

芭蕉

綠雲當窗翻，清音滿廊廡。風雨送秋寒，中心不言苦。古意，亦復古音。

周天藻 字掞之，江南吴江人。

題劍南詩後

歸老雲門著句多，往年豪氣未消磨。杜陵集裏收京詠，垂老懸懸望兩河。萬六千餘首中，標出北定中原之志，才是放翁知己。

病中遣興

量減三蕉衆所知，興來時復一中之。此生頗似靈均醒，也和淵明止酒詩。淵明之醉，與靈均之醒同一心事，詩中頗能見及。

孫　謨

字定叔，江南上元人。

遼東

遼陽形勝接幽燕，關塞中分勢極天。渤海東流環一面，渾河西去盡三邊。何年互市來良馬，此日屯畊有廢田。欲問開平舊功業，野狐山北徧荒煙。

陳燦霖 字雨巖，江南長洲人。諸生。

詠橘

洞庭朱實飽經霜，信手拈來滿座香。有柚願教兄弟合，自注：《淮南子》：槐榆與橘柚合而爲兄弟。成林休慮子孫忙。厥包錫貢來天府，作誦留名重楚湘。但得貞心能不改，縱令移植亦何妨。兄弟合、子孫忙，如玉合子底遇著蓋也。結意翻得獨高。

古怨

獨臥繡牕静，月明宿鳥啼。不嫌驚妾夢，羨汝是雙棲。妙在不怨之怨。

陸文銘

字書巖，江南吴縣人。諸生。◯書巖甘於食貧，舅氏爲荆山吴文恪公，居六卿之貴，無一語干瀆，品可知矣。詩亦戛戛獨異，適如其品。

擬古

明月在濁流，不改月色清。孤松盤曲徑，不改松性貞。君子遇險巇，此心恒蕩平。此見德性既貞，不隨物變也。詩中興體。

雜詩

天地不生成，古今有何事？茫茫萬劫中，生民多所嗜。黄金變爲土，盜跖亦柳季。造物起争端，無怪人趨利。有酒且斟酌，萬事付一醉。莊生之旨，見造物亦爲多事，何獨聖人？

利器行

干將之刃篠簵箭，斬騎貫革如飛電。不逢揮劒發機人，鋒銛未許傷縞練。鉛刀蓬矢各逞奇，光芒駭目莫敢携。風胡去兮養由逝，吾安歸兮長相思。不逢真識，利鈍混淆，感慨無盡。

日入行

崑崙山摧若木枯，虞淵泛濫沉金烏。羲和沉湎不肯醒，後羿奮臂關雕弧。八龍骨朽呼不起，石馬嘶煙寒月裏。玉桃潰裂飽青鸞，方朔偷兒今日死。茫茫元氣千古浮，劫灰飛盡天地愁。回頭長叫廣成子，黄帝何爲土一抔。全學昌谷。

李　璧

字雲和，江南句容人。

烏栖曲

花影參差覆轆轤，空房淚滴一燈孤。無端金井梧桐月，偏照雙栖白項烏。

馬長海

字匯川，遼陽人。著有《雷溪草堂詩》。○匯川遺棄纓芾，意氣自豪。嘗遇之琛亭都統席間，時琛亭防秋，匯川脱魚腸劍贈之，悲歌感慨，即生平之詩可知矣。

移居滄洲，蔡玉躬閣學以詩送行，次韻奉酬

仕宦亦人情，沉淪墮其志。徒深山水懷，喜無兒女累。期爲塵外遊，今鼓滄浪枻。峨峨黄閣老，瀟灑饒逸志。送我河之干，贈言有餘味。非不惜離别，孤懷喜能遂。滄洲海一隅，可訪安期輩。爲問天地根，果否生天地。長跪謝微言，我將從此逝。

再贈西山隱者

山路逶迤入杳冥，十年重訪枕煙庭。問名揩眼看蓬鬢，留客呼兒挈酒瓶。雲似客閑朝出岫，鶴如人立夜聽經。先生不與寰中事，長嘯一聲天地青。

讀陶詩

處士胸中別有春，田園寄託寫天真。羲熙尚有關心事，豈便羲皇以上人。窺見陶公心事。予亦有句云：『至今南村詩，可續西山歌。』予詩明言，匯川藴蓄，覺藴蓄者耐人尋思。

金綖

字絲五，江南吴縣人。官宣城訓導。著有《藴亭詩稿》。◯藴亭詩負奇氣，磊磊明明，不肯一語庸下。比之利劍，寧寸寸折，不爲繞指柔也。晚年研究《易》理，不復成詩。

自三山至牛渚，連山盤屈，舟出其下

晴日山照耀，林巒現金碧。何年浮屠宫，峙此奇險石。鐘磬不可聞，天風蕩虚壁。輕舟出其下，牽攬不得力。巉巖更陰森，使我毛髮磔。驚濤噴晴雪，盤屈增險阸。上視飛鳥絶，下瞰黿鼉逼。寒江静魚梁，細路隱樵迹。我欲逐孤猿，濟勝理輕策。高妙躡雲關，力扶羲御側。風水趁前

途，回首空歎息。熟老杜《發秦州》雜詩，有此筆力，有此神氣。

舟曉

寒潮月稍落，漁浦煙初起。蒼茫鐘出林，蕭瑟雁飛沚。須臾沉霧迷，不辨天與水。使我神恍惚，置身雲海裏。日出影漸開，遥山樹如薺。翠微半出没，滄波亦流綺。指顧遠帆生，一一勢千里。清景曠無垠，吾心淡如此。起繪舟曉，令讀者如置身其間。霧不生於平旦，而生於平旦以後，日高則散矣，老於道塗者始知。

采石磯

揚帆泝江濤，江闊沿叠嶂。詰屈百里間，一一奇鬼狀。篙師太鹵莽，撥石輕奔放。峥嶸屢縈迴，采石屹相向。天風颱惨來，險絶不可仰。昔聞忠武王，揮戈實開創。於此奮神威，力騰千仞上。真宰有驅除，中原氣自壯。至今三百年，談者神猶旺。龍虎一失險，洪波空蕩漾。鬱鬱松柏枝，鍾山日相望。

村居答社中諸子

柴桑有處士，襄陽有遺老。盡室入蓬蒿，終年顏色好。人生苦不足，吾道無求飽。願得同心人，浩歌藉芳草。入蓬蒿而顏色轉好，人情已難，況加以盡室、終年乎？惟梁鴻、王霸夫婦足以語此。

送劉東郊

木落嶺猿愁，江帆開素秋。寸心千里遠，孤劍一身留。閩海天垂盡，仙山雲半浮。安期方待子，且抱古琴遊。律詩最爭起手，起手得力，下迎刃而解，饜飫盛唐者能之。

寄芝仙西征幕府

枚生長托乘，王粲始從軍。會有平戎策，能開西極雲。令嚴千雪帳，犒士萬羊群。指日應降虜，鐃鼓奏凱聞。

周京

字少穆，浙江錢唐人。○少穆足迹遠到，欲結契宇内英傑。召試鴻博，不遇。歸時，偕一二友生，遊讌西湖，賦詩寫懷，蓋自此無四方之志矣。詩體和平中正，不爲鑱刻艱深之語。

武功縣望太白山

百里武功縣，明當太白山。雪從何代積，春到幾時還？清霽迴晴昊，高寒指翠巒。軍行休鼓角，風色正愁顔。

褒斜谷

閣道横空去，連峰疊嶂開。地隨秦塞盡，山自漢中來。行蟻緣旋磨，黏蝸上古臺。當年轉戰處，彌望滿蒿萊。自注：黄牛舖，爲吴康卿戰金兵處。○十字包括秦漢，力大於身。

代州

青巒萬壑鎖巖疆，舊繞樓煩古戰場。冷磧雨收秋草緑，大荒日落塞雲黄。滹沱河去包并冀，句注山横下狄羌。惟有年年關外雁，不妨迢遞到衡陽。

燕來

煙雨疎疎覆緑苔，海棠時節燕重來。不辭故國三千里，還認雕梁十二回。荒草誰家深院落，繁花何處好池臺。却憐舊館曾相識，爲把湘簾手自開。

楊花

南陌風光劇可憐，楊花撩亂撲鞦韆。一年春事拋流水，半醉心情付别筵。冉冉慣尋芳草岸，濛濛欲下夕陽天。殘紅同盡無消息，又化浮萍上釣船。三、四空寫一聯，離形取神，晚唐時有此格。○同友人湖上有句云：『野鷗導我有閑意，新柳笑人成老夫。』風趣可挹。

二十六日曉過德州河

即次停驂客夢殘，又携殘夢上征鞍。小人有母憶嘗食，遊子離家空復還。沙月渡頭斜欲落，野風林外曉生寒。廿年明發天涯淚，到此真成行路難。

方肇夔

字引諧，江南江都人。諸生。

客中送春

記得離家是首春，與春相伴走風塵。而今杜宇頻頻喚，半餞春歸半勸人。感春歸，而已不能歸也。語近情遥，得司空表聖『俯拾即是，觸手成春』之方。

桃花塢弔唐六如墓

先生胸次海天寬，只愛桃花不愛官。荒土一抔魂魄在，滿溪紅雨落春寒。唐墓在横塘桃花塢讀書處也，誤認者多。此從桃花着筆，而六如襟抱，如或見之。

繆宗儼

字敬思，江南吴縣人。

虎山橋玩月

山白月當空，平波乍摩瑩。入雲淡欲無，蕩水光難定。長松倚層崖，風吹韻笙磬。橋下漁舟歸，櫂歌入清聽。夜深群動息，一嘯衆山應。清絶。

洪嘉植

字去蕪，江南歙縣人。

蘄州禹廟

羅州之臺蘄水東，江聲千古環卑宫。盤龍山高風落石，乾明巖斷雲迴空。地平天成豈蒼水，九州四載疑玄熊。朝宗於海自江漢，巍巍黻冕思神功。以古詩行律體，胎原少陵，東坡亦嘗爲之。

鄧尉看梅

停舟策杖屢攀躋，石路初消雪後泥。竹徑參差逢野寺，人家一半住花溪。寒生夜磬行來遠，天壓春山望處迷。萬樹香風偏渡水，莫釐雲斷兩峰西。

朱　瑄 字樞臣，江南吴縣人。

鍾山拜孝陵并瞻遺像

蔣山山下弔松楸，瞻拜遺容識冕旒。鳳目龍瞳存尺幅，珠襦玉匣自千秋。林間片壤依元子，石畔荒原附列侯。更望孤恤埂邊路，離離禾黍滿平疇。端重有體。依元子，謂懿文太子，附列侯，謂中山諸王侯也。

祖龍引

徐市樓船竟不還，祖龍旋已葬驪山。瓊田倘致長生草，眼見諸侯盡入關。嘲笑求仙，祖龍有知，亦應齒冷。

漢宮詞

閬苑瑶池路邈然，延靈高築迓群仙。豈知待詔金門客，偷墮塵寰十八年。連上一章，神似義山斷句。

周　杭

字祖望，江南吴江人。諸生。

題《倚劍牧馬圖》

百金買一劍，千金買一馬。十年磨劍不得試，驅馬歸來牧巖下。憶昔錦衣狐白裘，身挾兩龍萬里遊，爾時意氣輕王侯。吁嗟丈夫有命那可説，紫髯如虬悲白髮。雄心難待馬生角，袖手應憐劒虚拔。君不見，古來窮達變化猶飄雲，南山尚有射虎手，無人知是李將軍。劒與馬，或合或分，結出飛將軍射虎，大有英氣。

俞玉局

字爻心，江南無錫人。諸生。

題《劒南詩稿》

年垂九十恨誰知，腸斷偏安恢復遲。高孝光寧身備歷，滎河温洛見無期。夢中拜手遷都疏，死後關心家祭詩。個是詩壇老方叔，壯猶彈壓幾偏裨。寫放翁忠心，豪氣俱見。若第楊其詩，使爲凡手。○滎、河、温、洛，中原所失地也。對高、孝、光、寧四朝，流走不滯。

石文 字貞石，浙江上虞人。

同丁敬身訪張丈應華有贈

静看林景過茅茨，徑曲村深步屧遲。南北舍分新竹色，兩三客對夕陽時。鄰多野老同耽隱，貧有閨人共課詩。長日閉門殊自得，屢空意味許誰知。敬身嗜古，應華食貧，並有得於屢空意味者。貞石臭味相同，自應莫逆於心，相視而笑。

顧嘉譽 字來章，江南吴縣人。布衣。

雪獅歌

封姨玉戲江天白，萬里瓊瑶厚盈尺。平林鶂鶻偃不飛，大澤虵龍卧難蟄。街頭跳擲嬉兒童，竹帚掃雪衝寒風。爬羅隨手試摶弄，物態一一無雷同。蠻奴心孔偏狡獪，裝出狻猊露奇怪。爪牙忽作之而形，拉虎吞貔宛然在。蹲伏恍遇滄州城，貢獻疑通安息界。頫耏落落張巨口，仰天欲作河東吼。四圍腰鼓聲喧闐，燈火熒煌照左右。入山那可搏戲貍，當路直堪走猘狗。寒威消歇陽氣回，朝來倏忽扶桑開。猙獰跋扈轉瞬耳，流澌消却銀皚皚。君不見，冰山萬丈高崔嵬，壓倒泰岱輕徂徠。一朝失勢竟安在，區區雪獅何有哉？吁嗟乎，區區雪獅何有哉！冰山難恃，其本意也，借雪獅發揮，縱筆所之，不受束縛，山人亦縱横乃爾。

翁格 字去非，江南吴縣人。諸生。

暮春

莫怨春歸早，花餘幾點紅。留將根蒂在，歲歲有東風。安分俟時，意言俱妙。

陸蒼培 字學起，江南長洲人。廪生。

詠懷

燕市相逢處，吟壇與酒壚。雲山萬里別，天地一身孤。元叟聊稱漫，儀曹自號愚。從兹懶求友，耕釣是吾徒。五、六，承一身孤言之，言自此無意求友矣。學起見賞於輦下諸公，故有是云。

聞雁

夢斷空堂家萬里，酒醒秋夜漏三更。他鄉風雨此時急，獨聽南飛雁數聲。

殷再巡

字二南，江南常熟人。○二南受知於趙秋谷，曾爲點定其詩。

漢武帝

雲旗不動射蛟回，宴坐承華月滿臺。花發碧桃方朔過，窓開青鳥阿環來。靈壇夜静光三燭，仙掌風微露一杯。萬里貳師歸絶幕，只盤天馬賦龍媒。

華龍翔

字丕光，江南無錫人。諸生。○予未識丕光，杜雲川太史爲予言，同人賦詩，丕光詩成，衆俱斂手，邑中才人也。後華生漢鐖授予遺稿，尋味之，果如雲川之言。

感遇

戛戛高岡梧，孤榦修以直。疎陰不自庇，蟲蟻争蠹蝕。鏗然遭斧斤，謂是中琴瑟。朱絃徽黄金，綺囊護丹漆。知音世所希，俗耳聰若窒。何似摧爲薪，猶足供鼎食。言知而不知，不如不知也。此作者有激云然。

翠聲閣

雲壑架書巢，庭户滿空翠。空翠本非色，尋聲復何在。淵明無絃琴，音在絃指外。獨坐泯見聞，悠然自來會。古云『空翠難强名』，翠中有聲，只可意會，不可注解。

恭壽先生于黄山深谷得杖一枝，雙莖盤曲，節目輪囷，首尾仍合併爲一極，離奇瑰異之觀，爲作短歌

恭壽之杖一而兩，夏后雙龍落吾掌。恭壽之杖兩而一，駏蛩相合幾忘匹。驪珠百六節可數，追琢丁丁缺鬼斧。八年刊木徧神州，遺却黄山笑神禹。或言軒轅丹竈多遺薪，自注：黄山有黄帝同浮丘公鍊丹處。燼餘裂石蟠靈根。雙椏競茁不相讓，欲劈未劈成輪囷。或言扶桑相糾老東溟，孫枝迸出仍駢頴。九烏長喙日夜啄，節目蚴虬墮殘梗。我來欲把不敢觸，恐是生蛟遭縛束。先生興至時捉之，不藉雲軿駕雙鵠。世途夔峽從崎嶔，扶携直過三山曲。都從一枝雙莖著意，離

奇詰屈，排蕩縱横，極才人之能事。

示仲孫應和 時將北上。

牖下嗟吾老，天涯憶汝單。因人知不易，行路敢辭難。有舌囊宜括，無魚鋏莫彈。饑驅爲客早，惜别恨千端。

劉瞻榕 字于根，江南無錫人。諸生。

春日田家

草廬負高阜，柴扉面清池。村居本安閑，况值春風時。春風果何心，如與丘園私。一夕逢好雨，千頃新緑滋。朝來荷鋤出，對此情自怡。時運無或愆，力田復何疑。倉庚先已覺，飛鳴桑樹枝。春風之私，正言其公，語妙，從杜詩中出。

送須覲予還晉陵

啄粟野田黄口雀，盡日揮之苦難却。翛然老鶴迥出群，連軒矯翼誰能馴。春風樓前梅花白，看花君作西洲客，細雨冥冥梅子肥，鷓鴣聲裏送將歸。何須咎君言別早，客舍雖佳歸更好。一帆明日向東去，正是鄙夫心憶處。起四語興覲子之歸，得六義之一。

馮嗣京

字留士，浙江桐鄉人。貢生，官長興縣學訓導。

上韓慕廬學士

門分洛蜀路多岐，中立如公總不移。進退每關天下事，襟期獨有聖明知。後堂長蓄公田釀，外國争求賀雨詩。莫漫抒辭頌功德，即論風雅亦吾師。一起四語，與匠門先生暗合。時文懿公中立不倚，故詩家以此爲贈言。

宋匡業

字鼎來，江南長洲人。貢生，以子宗元貴，誥贈中憲大夫。○生平謙退謹約，無疾言遽色，遠近稱善人。性愛梅，詠梅詩成帙，兹取其尤高潔者。

庭梅

屋角冷雲破，横空挺一枝。瘦應同鶴立，清似畏人知。寫影惟憑月，傳神不在詩。空山流水外，脉脉寄相思。以清畏人知品梅，極見成語，從前無人道及。

梅花

不染紛華别有神，亂山深處吐清新。曠如魏晋之間士，高比羲皇以上人。獨立風前惟索笑，能超世外自歸真。孤芳合與幽蘭配，補入《離騷》一種春。傳梅之品，宋人蹊徑，一掃而空之。

陸　淹

字菁三，江南長洲人。欽取入都，未授官，卒。

秋懷

葉染深秋變早楓，輕雲如黛月如弓。閒情氍毹非關酒，倦骨支離不耐風。魚悔尾赬思溟北，豕誇頭白笑遼東。分明袖手看殘弈，一角爭差劫未終。

江宏文

字書城，江南嘉定人。欽取入都，放歸，卒。

感懷和周鐵門韻兼呈汝南公

九重宫闕隔雲霓，昔夢曾依浴殿西。青瑣幾人猶索米，玄都千樹莫留題。孤鴻出塞驚衰草，旅燕尋巢識舊棲。遥憶東山橋下路，秋風起處暮煙迷。

單衣短褐話當初，潦倒空悲歲月虚。擊鼓誰云丞相怒，掃門自與舍人疎。陸沉漸覺風波老，生死還依骨肉居。三十三年多夢夢，此生猶在黑甜餘。江君九齡能書擘窠大字，未弱冠，以詩受知重九，命入武英殿纂録。將得官矣，緣放浪，被劾歸，縣尉至揶揄詈辱之。文人之厄，無逾于此。今閲《感懷》二章，抑塞之中，自饒磊落，勿以遇之窮而輕之。

陳葉筠

字廷望，江南崑山人。諸生。○廷望論詩，斷斷唐、宋之分，有近石湖、劍南者，必排斥，時共目爲怪人，陳子樹滋獨推重之。惜中道殂謝，遺稿散佚，采録三章，比之一鱗半爪也。

張睢陽廟

喪亂逢天寶，江淮障一身。死甘爲厲鬼，生豈負人倫。卞壼拳還握，萇弘血尚新。靈旗風捲處，猶似掃黄塵。厲鬼、人倫，即用張中丞語，神完氣足，居然唐音。

湞陽峽

一徑入峽口，盤盤往復回。煙横兩岸合，水劃萬峰開。命託長年手，魂驚亂石堆。前途望不極，何處越王臺。

寄許子遜

不見南來雙鯉魚，風塵落拓感何如。偶過燕市悲歌地，曾上長沙痛哭書。芳草天涯分曉夢，暮雲江樹惜離居。春深何處堪憑弔，爲我携尊酹望諸。

張　琯

字紫維，江南太倉人。

弔鸚鵡

雕籠悲越鳥，飲啄豈無情。本爲多言誤，翻憐一死輕。聰明應再世，文采畢今生。猶記南窗下，春風自喚名。語語是弔。

張嵩齡

字東嶼，江南太倉人。諸生。

流鶯詞

日暮聽流鶯，流鶯啼不住。上苑春來又幾時，深閨夢醒驚何處。初聞彷彿在東墻，又見隨風出緑楊。睍睆枝頭明似剪，綿蠻樹底巧如簧。豪門争擁顔如玉，斗酒黄柑共相逐。宛轉疑吹秦女簫，悠揚勝度吴孃曲。獨有高樓粉黛人，年年夫壻怨飄零。鴛鴦獨宿銀屏冷，倚偏闌干不忍聽。綽態柔情，初唐風調。

南昌秋夜

秋氣頻侵袂，空宵獨掩扉。愁來心易醉，客久夢難歸。燈焰牀頭短，蟲聲户外微。起看烏鵲影，三匝向南飛。比『夢裏還家不當歸』更深一層。

程之鷀

字羽宸，江南歙縣人。著有《練江詩鈔》。◯練江遊踪，幾徧大江南北，及楚、越、東、魯，而登眺不倦，尤在黄山，故發而爲詩，多登臨憑弔之作。同郡曹進士震亭與之倡和，震亭多才，不輕許可，獨折服練江，則練江之詩可知矣。子笙友、管庭寄遺集，乞序，因采而録之。

蘆花被

不並青綾一樣看，秖從江上借秋寒。覆時應共鷗群夢，卷處渾疑雲影殘。中夜月侵如有失，半醒霜凜覺無完。可知雪滿江南路，借與袁安卧更安。三、四正寫，五、六虚寫，結意舊縠中舂出新粒也。

曉過平望

半夜帆開遇好風，平明平望一湖通。人家水氣涵虚白，野樹霜華染淺紅。舵尾魚蝦吴市早，船頭歌唱越吟工。前途煙雨樓邊過，身入空濛罨畫中。五、六恰是過鴛脰湖詩，移易他處不得。

黄山

黄山三十六芙蓉，浴罷湯泉曳短筇。仙樂鳥名疑聞緱嶺鶴，鉢盂峰名欲豢鼎湖龍。迷漫雲氣皆成海，穿穴峰頭半是松。始信到來仍不信，天工理外若爲容。自注：黄山有始信峰，又有『説也不信』扁額。◯予嘗遊黄山，始知此詩布置之穩，始信，猶云到此始知也。不信，猶言天地間無此幻境也。兩層作一層，故妙。

抵金陵

曉風策策柳毶毶，帆影遥天破蔚藍。一片傷心金粉地，落花時節到江南。六朝舊地，已足傷心，況落花時節乎？全在神韻動人。

席鎬

字渭南，江南常熟人。著有《西墅詩鈔》。

表弟吴習之贈閩蘭數種，今蘭盛開，而習之下世已復逾年，追感成詠

幽蘭問何自，云是故人賚。故人今云亡，香草依然在。回憶十年來，周旋見情態。信宿婁江程，不阻水如帶。芳菲表同臭，辱贈展相愛。一從入洛遊，空教懸榻待。子本中林秀，揚揚遠埃壒。俯視世俗文，無譏等自鄶。鑿枘兩相違，誰歟加盻睞。人事既鉏蘭，天意復揃艾。可憐身後事，一一散餘靉。即此是故物，同心如晤對。年年及花期，思君一長嘅。習之不遇而歿，將鉏蘭揃艾點染，倍覺觸物傷感。

除夕感懷亡弟湘北

去年當此夕，步屧過子廬。候門肅以入，列坐情怡愉。是時群從集，燈火熒前除。兒童繞我

戲，捋髭牽衣裾。流光如轉燭，景物與時俱。痛子竟長往，浮雲變須臾。弟兄我七人，强半歸坵墟。存者與子三，何堪返黄壚。在原愛由性，撫時感如初。百年洵難料，一歲行看徂。强壯子已矣，我衰當何如。直白説去，情事最真。

周孝學

字孺仍，江南吴江人。諸生。

登穹窿絶頂，望震澤，同蔣香山作

吴中富名山，穹窿獨稱長。鬱律聳晴空，憑眺快無雨。兹來值秋霽，踈翠攬盈掌。行行躋笠峰，孱顔俯群象。天平遥搢笏，卑猶成覆盎。雲從嶺下飛，飛鳥不能上。西南臨具區，風濤相震盪。煙消螺髻浮，日落新鏡晃。混合天水色，分拆吴越壤。呼吸凌青冥，嘯歌脱塵鞅。何當尋赤松，相與出世網。

書牧齋集後

銅駝榛棘話酸辛，東磵盤旋剩舊身。碑碣大書楊左傳，前朝公論藉斯人。明季年，牧齋爲黨魁楊、左諸公志傳，皆其特筆也，表之，不没其實。

歸老空門結浄因，落花時復餞離人。出魔入佛超然處，欲澣朝衫一斗塵。此言其末路心事，見託佛而逃，悔恨無及也。不加貶斥，婉約可思。

李果

字客山，江南長洲人。布衣。著有《石閭集》。○滄洲陳公羈管京口時，客山投詩造謁，公遂與定交。後大理李公因其謹慎，欲任以鹽筴，力却之。及李公被罪，諸任事者皆罹甿，客山超然，人服其識。詩格蒼老，一洗肥膩。有一、二字未安，屢改不倦。晚年文譽靄鬱，過吴門者争識其面，幾以魯靈光目之。

示兩兒

初冬可讀書，披帷對月影。困窮亦何常，天意默示警。所期在遠大，忘此清夜永。經義纂孟荀，如汲得修綆。摛辭芟繆悠，百家足馳騁。藴輝珠處淵，含英金在礦。世人競目睫，欲語還如哽。但求寡悔尤，焉用名炳炳。

馬援屢聞過，柳玭重行已。吾家舊遺經，先德盛積累。黽勉無異營，頗識剝復理。中歲偶行遊，致汝業漸弛。我無一頃田，經籍足耘耔。義理苟能通，出處有根柢。醫藥與貨殖，困窮亦可倚。吾生少失學，垂老方知悔。展轉力就衰，炳燭思曉起。努力愛景光，汝曹從此始。首勉以窮經，次期以述祖，少年子弟共宜佩服斯言。

王將軍劒歌

神物鑄成干將手，三尺蒼龍半夜吼。七星吐焰燭銀潢，魍魎潛藏白猿走。將軍匹馬來疏勒，手握寒光邊塞黑。贈將海内有心人，風吹一片無情色。半行籀文不可認，血花點點荊卿恨。平生慷慨思報恩，尊前睚眦何須問。

哭沈方舟三首

去冬送汝江上行，今年哭汝隔淮城。念汝寥落走四海，白頭客死難爲情。豈無當路可投足，苦心自許無人告，中夜悲歌恒刺促。

黄河風高波濤惡，雨雪嚴冬古寺泊。來船去馬不敢行，鵞鶬哀叫魚龍躍。鄉國迢遥渺何處，西隔金陵東浙渚，魂招不來奈何許。

平生筆力足拒石，西河藥亭争避席。故老詩成《海嶽篇》，諸陵絶塞吟霜白。卅載同袍魂夢勞，相思落月臨江皋，雁飛何處求其曹。連下三韻，其聲急直，哀挽詩正宜如此。

懷陳處士陽山

老卧天池嶺，寒松骨共蒼。人如陳仲子，詩是孟襄陽。有女尸蘋藻，無兒受縹緗。風流今已矣，忍更過書堂。三語狀其孤介，四語表其清疎。

泛艇木瀆

晨光初泛艇，流水枕清酣。風定晴湖渺，雲生遠岫含。梨花明月寺，芳草牧牛庵。多景靈巗近，乘春取次探。明月寺、牧牛庵，木瀆之佛刹也。加以梨花、芳草，遂成名句。

晚菊

迎冬方吐艷，籬下竟誰看。豈敢傷遲暮，何妨歷歲寒。孤懷原淡泊，獨立未凋殘。遲爾風前落，騷人佐夕餐。可當作者寫懷。

從弟至

奔走憐吾弟，歸來感慨多。風塵遭白眼，冰雪渡黄河。幾作無家客，空爲《擊楫歌》。嗟余亦寥落，相對奈愁何。

失喜還疑夢，燈前認未真。流離二十載，慘澹一孤身。思子心如割，傷親淚滿巾。春秋虚祭掃，風木恨難伸。

關山月

重關峻嶺鬱嵯峨，月色偏臨絶塞多。萬里寒生玄菟郡，三秋光射白狼河。黄榆風急傳吹角，玉帳沙明照枕戈。最是空閨音信斷，中宵愁聽《隴頭歌》。

范文正公祠

石筍排空山骨清，范公祠廟儼崢嶸。獨從天下關憂樂，尚想胸中富甲兵。晚穗迎霜遺斷隴，寒烏啼日傍丹楹。先皇銀榜龍章在，紅樹階前交映明。自注：康熙四十四年，聖祖題『濟時良相』四字，榜其祠，祠前有楓樹三十株。◯『憂樂』『甲兵』，人人意中語，此嘉其安放之工。

韓　騏

字其武，江南吴縣人。貢生。著有《補瓢集》。

趙忠毅公鐵如意歌

妖蟇障日天地閉，代州戍卒性薑桂。手中剛鐵尺二長，得共朱雲劍争利。額圖星斗背弓彎，羅紋細蹙銀花斑。銘詞奇倔篆文古，彷彿鑄鼎昭神姦。百餘年來親手澤，古今義憤通呼吸。想當邊城起舞時，魑魅潛形鬼神泣。千秋正氣座右存，物因人重珎瑶琨。指揮欲落崔魏膽，把玩許招楊左魂。嗚呼明社久已屋，一器森芒奪人目。風前還弔宋遺民，擊將如意西臺哭。後半寫趙忠毅、寫鐵如意，合并不分，結出西臺痛哭，義士忠臣，天然作對。

五人墓

英風颯颯繞迴塘，舊冢纍纍俠骨香。一擊自同椎博浪，百身何異痛三良。頭顱敢爲忠臣惜，販負能增黨籍光。變例春秋墓前碣，先人特筆凛嚴霜。自注：崇禎初，逆案既定，吴人共毁逆祠，即其地葬五人遺骸。先大父年未及冠，以書名吴下，吴因之先生致書曾大父曰：『異事必得異人題碣，乃稱。』大父承命，大書『五人之墓』四字，勒名墓前。噫，閹部大臣屈膝閹寺，稱子稱孫，人道滅矣。《書曰》：人予之也，所以愧天下之不爲人者也。◯博浪一擊，奪祖龍之魄；五人一擊，魏閹不復遣緹騎矣。市人雖微，亦復有功正士，詩中不没其實。

題趙承旨畫蘭

花花葉葉帶春風，自出王孫揮洒工。猶有遺民作心史，也將餘墨寫幽叢。將畫蘭不著土者，反襯人品判然。

高日新 字健明，江南長洲人。諸生。

詠阮步兵

長嘯哭途窮，風流懷阮公。胸真多塊壘，時定少英雄。白眼相看外，黄壚酣飲中。步兵堪吏隱，誰與測冥鴻。時無英雄，非指高皇時，謂魏、晉間無人也。玩上句，胸多塊壘，其意自見。

馬位

字思山，陝西武功人。官刑部員外郎。◯思山，貴公子，喜與寒士接，老蒼遇之，謂如飛鳥依人，人自憐之也。詩品追摹李奉禮，時與神合。年方壯，卒，豈天上又成白玉樓，又須作記耶？

湘中絃

水宫仙子湘江妃，芙蓉裳兮芰荷衣。張翠蓋兮摇雲旗，月光蕩漾煙霏霏。采芳洲之蘅杜，弄明珠於澧浦，老鼉擊鼓群蛟舞。洞庭波兮秋風，若有人兮蒼茫中。九疑山青雲夢緑，千年血淚啼斑竹。

中秋夜

清風掃雲去無迹，碧空高掛銀蟾光。鼎焚雞舌向天拜，虱臣欲乞長生方。彩霞縹緲現金闕，鸞簫鳳吹音琅琅。結璘授我兩丸藥，乃是兔擣千年之玄霜。調以華池漱神漿，金波透入丹田凉。吴剛斧聲聽不見，桂花壓露凝秋香。結意見天路阻修，桂枝難斫，出以隱語，令不遇之士潸然泣下。

鸚鵡

吴音好鳥來隴西，翠衿紅觜架上栖。金屋花深隔嬌女，紗窗如煙傳笑語。銀絛擊脛不得飛，人前飲啄矜毛衣。園中歌舞曉携出，高掛緑楊迷一色。富家買爾巧舌聲，那聞布穀催春畊。人每傷其文采被累，此另換意作結，更高一籌。

程樊

字是若，江南山陽人。安東諸生。○是若抗心希古，矻矻於學。《詠懷》次章，其自寫襟抱也。乃年命不永，托之空言，惜哉！

詠懷

蘭爲王者香，芬馥清風裏。從來巖穴姿，不競繁華美。龜以告猶亡，翟以炫采死。不善保厥初，受患每如此。莘野彼何人，三聘乃一起。如何志士軀，輕用狥知己。此爲荀文若輩言，要離、聶政之流，又不在此數也。大易愼其隨，語當深思。

塵囂多稠濁，雲物俱不靈。所以山水間，往往有餘清。緒風發爽籟，幽谷舒芳英。草木覺生色，泉石俱空明。余懷本貞素，對之神益澄。寧静自致遠，何爲營浮名。

國朝詩別裁集卷三十

長洲沈德潛歸愚纂評　男　種松校字
江陰翁　照霽堂　長洲周　準欽萊同輯

允禧

紫瓊主人，宗室。左宗正，封慎郡王。著有《花間堂詩鈔》。〇王勤政之暇，禮賢下士。畫宗元人，詩宗唐人，品近河間東平，而多能游藝，又閒平所未聞也。

灌花

階砌羅群芳，宛然如藻繢。照日相鮮新，臨風各向背。盱睢忘憂子，淡焉此静對。榮謝寄流轉，采色看迭代。體玆造化心，澤物恐不逮。園丁汲井欄，時時自灌溉。題雖灌花，意在澤及庶物。胸次正大，於觸物處抒寫之。

樵歌

不聞人聲，但聞斧聲。寂寂巖響答，丁丁飛鳥驚。得柴换酒，醉歸踏月。山歌清。友木石，無衰榮。白雲流水自朝暮，萬山漠漠煙光青。起手八字，寫盡空山伐木神理。

月夜臺上聽友人彈琴

高臺夜色深，月下聞清琴。能使座中客，俱生塵外心。石泉瀉寒碧，霜竹折孤音。曲罷長天静，忘言一整襟。只寫琴理，不形容琴聲，與常建《江上琴興》同一清絶。

村夜

旅舍燈猶在，村人語漸稀。山兼寒月静，葉帶暗霜飛。廐馬嚙槽櫪，鄰雞唱翠微。煙霞惹殘夢，幽思滿柴扉。

圓明園召看煙火恭紀

銀漢星橋不動塵，斜飛火鳳入勾陳。一聲雷起地中蟄，萬樹花開天上春。太乙高樓燈似畫，未央前殿月移輪。君王行樂新年盛，先使恩光遍近臣。

雙徑

客去自掩關，林深鳥聲静。徘徊夕陽中，秋煙澹孤影。『秋煙』五字，如出賈長江手。

邦均野寺

僧罷夕陽鐘，客懷正孤絶。山鳥下空林，自啄茅簷雪。五言絶，唐人以古淡勝，此又以清瘦見長。

七夕

銀河脈脉渡雲軿，未擬穿針倚畫屏。獨向閒階風露下，夜深無語拜雙星。

弘曣

字思敬，宗室。官奉恩輔國公。

值宿聞烏夜啼

值宿霜寒夜，蟾光瓦欲流。啞啞聽烏語，歷歷數更籌。已傍龍樓穩，能銷弩矢憂。雞竿應有兆，計日下皇州。《樂府解題》：『聞烏夜啼，明當有赦。』指宋元嘉時事也。末一句本此。

德普

字修菴，宗室，官宗人府左宗正。

中秋無月

誰道秋雲薄，中宵掩桂輪。姮娥開鏡懶，愁殺倚樓人。於無情處寫情，得唐人三昧。

恒仁

字月山，覺羅鎮國公子。○乾隆甲子歲，月山以韻語來學，授以《唐詩正聲》，造詣日進，吐屬皆山水清音，北方之詩人也。丙寅冬，予請假歸里，送至江干。明年還朝，月山已没矣。詩卷零落，存此二章，志其大概。

玉泉禪院

道人種松罷，傍水開禪關。春風吹不到，白雲相與閒。偶尋林外約，引我過前山。倚杖看奇石，徘徊殊未還。孟山人風格。

南西門外即目

澄潭初月影微微，雨過凉生透葛衣。十里亂蟬風兩岸，藕花香送釣船歸。

高述明

字東瞻，奉天人，東軒相國兄。官至凉州總兵。

塞外

雲暗難分騎，沙深欲陷車。炎風初解凍，夏草漸萌芽。義勇心能一，尊嚴令不譁。樓蘭猶未斬，那敢顧身家。

人日塞外馬上口占

馬蹄猶得蹋黄塵，馬上猶吟塞外春。只謂此生常近鬼，豈知今日又逢人。綵花剪細風光舊，沙海雲開氣象新。便擬題詩寄良友，草堂何處轉傷神。寫人日，切定塞外，便能作驚人語。

高　斌

字東軒，奉天人。官至大學士。◯東軒相公研窮《易》理，居己廉静，待人以誠，與之交者，必使之得其意而去，所謂『休休有容』者也。詩多説理而不腐，别於白沙、定山一派。

次韻奉和西林先生

忠信良非易，好學古所難。緬維顔夫子，得善斯拳拳。固守幾於化，深造居乃安。哲人亦已遠，勉矣士希賢。讀書必自期，責己何敢寬。西林有美人，悵望青雲端。

塞爾赫

字曉亭，宗室。官兵部侍郎。◯曉亭遇能詩人，雖樵夫牧豎，必屈己下之，固以詩爲性命者也。辨唐、宋之分，如澠、淄然。身後詩爲夫己氏所編，不免以中駟爲上駟矣，知詩者惜之。有佳句云：『一水明殘照，孤村入暮煙。』『宋朝南渡君稱姪，周室東遷帝是侯。』忘其全篇，附録於此。

荆卿墓

身入虎狼國，心空百二州。壯懷生死外，易水古今流。白日淡將夕，行人去不留。墓傍誰擊筑，寂寞野花秋。有如此筆，方許作荆卿墓詩。

白芍藥

珠簾入夜捲瓊鈎，謝女懷香倚玉樓。風暖月明嬌欲墮，依稀殘夢在揚州。與『無情有恨何人見，月曉風清欲墮時』同一取題之神。

唐弘勳

字仲山，陝西涇陽人。官參議道。

榆林道中

已過皋狼鎮，行行秋色中。曉霜明佩劍，殘月上雕弓。草帶三邊雪，雕盤萬里風。客心似紅日，常傍海雲東。

鮑　鈐

字冠亭，奉天人。官海塘通判。◯冠亭好客，有負之者，重來，待之如初，曰：『我愛其才也。』風趣近吴園茨太守，雖沉溺下僚，藝林重之。

鴈門太守行

不見鴈門高，安知太守驕。鴈門高雁不可度，太守驕新不如故。堂堂復堂堂，漢家重循良。幾人考上上，承恩奏明光。幾人考下下，貶竄之他邦。五馬煌煌二千石，河間姹女同朝夕。徒手相將拜路塵，清寒逼人太守嗔。冠亭兩爲邑宰，受太守斥辱，故有此詩。

范忠貞公祠

自注：公贈太子少保、兵部尚書，嗣君亦由浙閩制府歷陞大司馬。

世握兵符踵舊封。應與睢陽同廟食，堂堂授命盡從容。無一字無來歷，便是好詩。

當年閩海見傳烽，犀兕空多棄甲重。大節並推顔魯國，孤忠直繼段司農。碑題峴首留殘碣，

李　鍇

字鐵君，奉天人。著有《豸青山人集》。◯豸青係勛臣後，當得大官，乃偕其配，隱於盤山，有武攸緒風。既老，歲至京師，然一二日即歸，人罕見其面。詩古奥峭削，自闢門徑。高者胎源杜陵，次亦近孟東野。

江南

江水是弱水，久已沉羽毛。江水是江水，我豈無輕舠。中流雙鴛鴦，唼波影淩亂。鴛鴦且莫飛，我有好鍼綫。繡在合歡被，與汝日相見。古意古音。

當來日大難

駕青驪，駿駮牛。西上皋蘭山，直入崑崙丘。求西王母不可得，歸來還作人間遊。人間偪仄，來日幾何？但見北邙之山，如楊如麻，纍纍坡塚皆誰何？昨日前日，對酒當歌。只末二語，見歡樂之境不可常也。若從歡樂説到喪亡，便直而少味。

項王祠

白虵斷，烏騅窮，海内莫敵隆準公。百二小兒歌沛中，霸氣汨没三户空。眼中成敗勢即判，大王叱咤終英雄。楚雲沉沉壓祠宫，千秋伏臘猶鼓鐘。鼉龍叫嘯寶劒血，草木慘澹雲旗風。乾坤失意丈夫淚，大江日落寒濤東。落句妙於寫景，含却無限蒼茫，即駱賓王《易水》結法。

聞歸雁感賦

畢竟家何處，而云北是歸。高城殘照下，萬里一行飛。風急毋相亂，沙寒定有依。畸人方失序，緣汝淚沾衣。竟似出杜陵人手，所云四十字，字字皆君子也。能事全在起結。

新秋雨中塞曉亭侍郎招飲署齋即席分賦

飛鳥無心惜羽翰，游魚隨處狎波瀾。於人豈敢行藏異，好我何妨禮數寬。頭白親知稀握手，酒深風雨一憑闌。年光向晚貪高會，已醉遼東管幼安。

陳景元

字石閭，奉天人。布衣。○石閭甘老布衣，恥言名利，交與惟李豸青幾輩，不妄交也。雷副憲貫一視學浙中，成《懷五布衣》詩，石閭居一，即石閭可知矣。詩亦清矯不凡。

詠懷

高閣臨清池，明月當天心。萬有坐消歇，可以鳴幽琴。上絃來別鶴，下絃起龍吟。夜靜天地清，指中出正音。不惜操縵苦，持此感人深。『夜静』十字，寫琴理最高。

嚴陵釣臺

釣臺臨絶壁，巒壑抱幽深。一片桐江月，千秋出世心。獨尋高士蹟，忘卻客星沉。予亦懷微尚，徘徊聽瀨音。不著議論，嚴陵之品自見。王貞父作後，應推此篇。

古北雜詩

昔者楊無敵，英名代朔聞。我來北平右，人指令公墳。尚勇兒童拜，酬神酒肉分。邊庭重死節，不祀李將軍。可以教忠。

山夜

登眺忘疲茶，歸來約四更。人依山鬼宿，星代月華明。入寂無昏旦，觀心一死生。野溪流不斷，風定夜聲清。

程嗣立

字風衣，江南安東人。貢生。◯風衣長古歌詩、雜文，惜無稿可覓。蔡子方山處偶見此篇，因采録之。

送邊秀才入成都

卧龍丞相錦江水，躍馬公孫白帝城。往事雲煙多變滅，羨君意氣自縱横。向西形勢參天出，稽古名流愛蜀行。如此丹崖青嶂裏，不妨終日有猿聲。

高岑

字峴亭，河南商丘人。官豐城知縣。◯峴亭爲宋商丘冢宰外孫，故詩有淵源，歸田後學力尤進。

秋日書懷

江城木業已翻飛，深巷蕭蕭獨掩扉。北鴈應知書有淚，西風不管客無衣。他鄉歲月秋難遣，故國親朋日漸稀。坐盡殘陽燈火上，滿天雲影望依依。

暮春送別

飛花萬點撲征衣，南浦依依怨落暉。腸斷離亭煙柳色，留君不住共春歸。送別、送春，於一語中兼到。

姚世鈺

字玉裁，浙江歸安人。諸生。

吴興太守行

唐公多美政，第一數停徵。能令一葉蔭，遮徧湖州城。湖州本水國，旱潦頻相攖。上司入奏報，皇帝蒙嗟矜。救災議留漕，賑廩開常平。奈何春夏交，雨點天瓢傾。二麥悉爛死，原蠶又無成。縣吏夜催租，打門雞狗驚。不食三日矣，失限罪所丁。民實畏官府，民豈甘敲搒。可憐飢饉迫，始覺性命輕。是時三伏熱，觸暑如遭烹。尪羸縣門集，縣官醉方醒。平頭摇羽扇，輕風來清泠。翠瓜切片玉，朱李沉寒冰。巍峨坐堂皇，鞭雷車硠砰。扑抶髮無膚，老耄難逃刑。何來朱書符，傳自太守廳。吏胥俱蹙額，顏狀失猙獰。逝將焚如死，豈意脱然生。退衙遣歸農，閭里歡逢迎。忍飢幸少安，兩月寬作程。鉏禾分辛苦，補敗期秋成。何以報太守，請歌《吴興行》。不願公三公，不願公九卿。願得長借公，流澤苕溪清。百姓樂復樂，受福惟王明。寫縣官之草菅民命，如見其形，如聞其聲。

將至揚州與家人病中别

暮齒千行淚，新年百病身。自然憔悴盡，何待别離頻。藥裹關心勸，衣裝倩手紉。平安早相報，江上有春鱗。

哭女

十歲言詩有性靈，木蘭愛説替耶征。黄泉不是黄河水，聞否耶孃唤女聲。即從《木蘭詩》中生情，觸手生哀，高於微之《哭子》諸作。

貧家生小儉梳妝，竹笥練裳少盛裝。繡得羅襦幾回著，送終猶是嫁衣裳。

傳業方今羨蔡邕，慰情那更比陶公。明知此恨古人少，哭女偏當無子翁。哭女可哀，無子哭女，倍難爲懷矣。句中兼寫兩層。

姚世鈞

字炳衡，浙江歸安人。諸生。

饒州舟次獨酌醉後放歌

東風吹我來饒州，因循又作兩日留。乍晴乍雨天氣換，一杯聊復消牢愁。寓形宇内一瞬耳，雙丸轂轉如浮漚。春來秋去陋鶗蟀，朝生暮死嗤蜉蝣。我今頭顱欻老大，蹉跎壯志無一酬。尋章摘句守矩矱，庾辭謎語工雕搜。有時隨俗恣諧謔，浩歌一歌商聲謳。賈生淚忍但暗下，班超筆在仍空投。芸牕俛首歷幾稔，幽憂之疾無從瘳。鶯花三月辭故國，飄然來作南楚遊。衝風踏浪無不可，三千里路望阻修。蒲帆十幅釣臺轉，輕舠一葉錢塘浮。饒州自古稱上郡，土地則廣人民稠。鄱陽湞洞恰繞郭，瑞芝峭削纔當樓。兹遊信宿敢易視，湖山麈向筆底收。遠涉思入女兒港，近眺擬泛琵琶洲。左挈偏提右不落，狂呼驚動東西舟。遥汀魚跳刀潑剌，垂楊風捲絲颼飀。水天下上黑如漆，嚴城俄報三更籌。醒無人勸醉莫管，兩行銀燭開雙眸。丈夫意氣貴卓犖，安用狹隘趨時流。周身會須羅千騎，當車只合擁八騶。七尺之軀三寸舌，不取相印終封侯。吟成自笑還自泣，金尊重舉澆詩喉。身行萬里從此始，浩蕩莫讓波間鷗。如潮之洶湧，如風之飄忽，抱才如此，而年命不永，何哉！

邵岷

字百峰，江南元和人。諸生。◯百峰少歲作詩汩於異説，總以險怪爲主。後爲劉君東郊女夫，日漸月摩，一歸於正。至三十餘，居然作手矣。能者固不可測，不信然耶！聞其七言律詩最工，而遺稿散軼，歎息彌襟。

長歌留別江漢諸同學

吾爲若楚歌，若爲吾楚舞。劉邦項籍天下雄，一聽楚聲淚如雨。楚聲慷慨聞千載，屈宋風流至今在。山鬼蘿衣舊有情，江妃玉佩長相待。我生足跡偏九州，發軔便爲荆楚遊。沱潛漢沔縱沿泝，灃蘭沅芷供采求。廿年四上晴川閣，過眼江山遂成昨。野客依然水上萍，故人半化雲中鶴。此度淹留時最久，武昌三見青青柳。一時牧伯多禮賢，慚愧人前呼老友。男兒有才供作使，萬丈光芒終已矣。正平文采世無倫，卻被曹瞞視作螘。昨歲鶴書下江左，州司催促馳駿騍。浪遊那有上天梯，罡風吹向塵埃墮。豈無知己荆南公，自注：襄郧副使魯公亮儕。疾呼不管衆耳聾。天門迢遥帝座遠，浮雲況自迷蒼穹。郢中《白雪》和者寡，我胡爲是栖栖者？江上有山笑未休，枝頭杜宇聲將啞。幾番彈鋏歌《歸去》，泥沙易著因風絮。朝來青鳥促朝天，主人難留客不住。去住因人劇可哀，老馬更踏黄金臺。未知郭隗更誰是，登臨且放心顔開。半生踪跡昭丘畔，酒社詩盟滿江漢。别淚應添逝水流，離情忍向當歌斷。斷續歌聲短復長，沙邊朔雁去行行。憑將此日《臨岐曲》，遥繼靈均《哀郢》章。此百峰鴻博被薦，忽遭斥逐，既之江漢，復上金臺，因作此歌也。跌宕悲凉，卷舒無迹。『飄風驟雨驚颯颯，落花飛雪何茫茫。』可以移贈。

趙忠愍公得謚詩

滇南侍御人中傑，氣如虹霓耿不滅。壯猷早著剪萑苻，正色俄看冠朝列。維時明祚丁末造，劫火燒天百川竭。弄兵劇賊覆神州，食肉謀夫營蟻穴。可憐國事無可爲，但見乾坤日流血。閹人夜半開九門，百萬黄巾擁丹闕。君王披髮殉山河，宰執全軀効臣妾。大臣命重小臣輕，勁草何知疾風烈。一呼巷戰千人靡，身首分餘立如鐵。但教心與赤日懸，肯惜身隨天柱折。腐肉馨香何處歸，愍忠寺畔埋冰雪。風雨猶聞嘯國殤，滄桑未許磨殘碣。易名鉅典隆聖代，特采嘉言表奇節。百年幽沕一朝顯，六詔山川增皦潔。丈夫七尺即泰山，取義成仁在勇決，不爾芳名何卓絕。君不見，同時多少偷生人，一念蹉跎成瓦裂。趙侍御，名譔，雲南人。當流賊破京師時，巷戰而殁，藁葬愍忠寺側。章皇帝旌表范景文以下諸忠臣，因無人奏請，偶然遺之。乾隆中，補謚忠愍。

此詩凛凛有生氣，令讀者如見其銜鬚受刃時。

過鹿角岔

横空斷壁疑削成，上有一罅通人行。左旋右折盤空曲，鋒稜峨峨欲來觸。蒼藤古木相結纏，白日不到陰崖前。征馬哀鳴僕夫瘁，果然蜀道如登天。憶昔摇鞭過劒閣，逸氣飛騰小川嶽。那知垂老瘴江遊，萬里羈魂銷鹿角。

送友出塞

離笛作邊聲，憐君萬里行。雪埋光禄塞，雲起赫連城。地入龍沙闊，身將馬革輕。封侯原素志，去矣莫沾纓。

秋戍

寒信回窮漠，懸軍尚朔方。殘旗孤壘月，哀角五更霜。榆葉飄金甲，邊風裂箭瘡。黄花猶未解，七尺委沙場。語語捶鍊而出，捶則聲響，鍊則字遒。

將之成都

萬里魚鳧國，青春別恨長。行行穿鳥道，寸寸斷猿腸。人以風塵賤，詩兼鬢髮蒼。謀生宜道路，從此問蠻荒。

謝淞洲

字滄湄，江南長洲人。布衣。○滄湄畫師元人，得四家意趣，精於鑒古。世宗皇上出内府所藏，命其鑒别，一一不爽，世宗善之。詩學以天趣爲貴，不加鏤琢，猶畫中之元人也。

支公禪院

鳥道洑鳴雷，古寺轉高木。白雲淡無人，清風在修竹。愛此山翠光，欲滴幽人屋。野客聞鶴鳴，山僧報茶熟。願逐支公侶，常傍泉聲宿。

田家雜興

深村犬迎吠，曙色行者稀。歸人自城市，負荷返柴扉。耒耜頗整理，蓑笠亦庶幾。朝來撥春隴，泉脉流微微。菖蒲亦已生，屋角梨花飛。物候有如此，東作慎無違。

曉色起隴畝，荷耜還西林。悠悠清溪水，自識沮溺心。林際半新月，村静聞遠音。何人柴門下，慷慨隆中吟。未知千載事，好風開我襟。忽持一尊酒，蒼然白雲深。五言古三章，俱歸自然，無時下傖氣。

寒夜

含淚别鄉人，翻然作遊子。枕上聽猿啼，家鄉五千里。

吴定璋

字友篁，江南吴縣人。太學生。◯友篁成《七十二峰足徵録》，表章具區文獻，吾黨有心之士也。詩不分唐、宋，以新穎爲歸，時有名論。與翁君琢山，稱東山二家。

漂母祠

乞食亦偶然，一飯何足道。針砭英雄人，爲德不望報。王孫師其意，矜伐旣寧召。我來淮陰里，懷古一憑弔。賢母風渺然，荒祠歎欹倒。惟見淮水清，東風長浩浩。持必報漂母之心望漢高，所以蹈鐘室之禍也。以不望報爲針砭英雄，何等卓識！

見雁

北雁亦無情，叫月自南去。欲將一行書，托汝遥空寄。遠影没横雲，悵望銀河曙。言短韵長。

讀文信國題顔魯公祠詩碑

丞相徵兵汗馬馳，魯公祠下特題詩。不圖一旅勤王地，同此空拳冒刃時。慷慨悲歌存《正氣》，淋灕碧血滿《桓碑》，兩賢心事真千古，落日西風戈欲麾。生枯俱下之筆，信國、魯公，一齊並見。

補衮圖

杏花紅鎖玉樓人，拭拂山龍日正春。願得聖朝無闕事，不煩纖手號鍼神。

黄子雲

字士龍，江南崑山人。布衣。著有《野鴻詩稿》。◯野鴻天賦俊才，少歲詩無一語平庸，無一字輕浮，真堪壓倒元、白。中年後成《詩的》上下卷，龍標、太白、昌黎、東坡，概爲麾斥，以下更不足言。而已詩頹放，前後如出二手矣。兹所録者，皆舊稿中作，予珎重之，又復惋惜之。

舟行望南韶諸山

出關青不斷，天地日偪窄。連峰塞東南，顯晦錯朝夕。峭摩層穹心，窟壓厚坤脉。壁面劈洪荒，獰色向人射。羲陽迴六轡，照見靈斧迹。輪囷長鯨鬣，嵌空老龍脊。血埋霓影紅，蘚蝕銅花碧。女皇補天後，狼藉五色石。哀壑慘光晶，沆漭元雲積。乳竇濺瀑絲，一泓耿幽白。中峰石扇開，直下雷聲剨。枯杉皮復甦，卧柏腹全坼。落日風泠泠，山鬼攝人魄。下土徑絶蹤，邈與人境隔。我行踰千里，丘壑興轉劇。逝將淩紫崖，逍遥鍊金液。此意恐未然，一身有驅迫。扁舟轉瞬過，回首已夙昔。

卧鐘

臺城越西隅，蕭颯秋巖清。金鏞卧不起，𪓟蒄如長鯨。歲久厚地裂，半與泥沙平。下壓黄泉脉，上騰白虎精。虚中廣百圍，出入縱横行。不知何代物，漫滅無其名。碧埋鬼血鮮，紅蝕土花縈。日月光摩盪，風雷力支撑。對之不敢叩，肅肅棲神明。正始久歇絶，甘同秋草并。大寶關天意，顯晦非人争。廟廷奏《簫韶》，世自求其聲。借卧鐘以寫奇才不遇也。沈鬱整肅，得力少陵。

鐘係永樂二年姚廣孝監鑄，一鑄京師，一鑄金陵。詩中云『不知何代物』，未之審視耳。

畫鷹 自注：元阿爾粺繪。

軒軒摩空翮，忽入堂楹内。四壁黯光晶，蕭瑟若野外。委形是何年，畫師阿爾粺。苟非大匠手，筆力何超邁。至今天風入，如聞解鏇帶。金眸左右動，煇爧練光碎。亦知邊秋至，毛骨癢生疥。

燕雀聲啾啾，懼其轉睛快。聳身欲著人，座客悄懷退。猛氣莽崢嶸，颯與雲霄會。恭惟丹山鳥，大聖自仁愛。緜邈煙霧際，不乏梟獍輩。何由厲霜飈，搏擊清草昧。顧眄粉墨姿，陡覺雄心在。斂翮難飛騰，中懷空抑憶。此章如竟出少陵手矣。『至今天風入』以下數言，鋒稜、神氣俱到。

蔣子空水刀歌

金飈颯颯霜天高，高堂白月明秋毫。錦袖掣開寶刀露，蔣侯直立欄前操。此物來自海西國，影落洪波斷鼇極。不知何代降元精，使我白帝生顏色。迴看天地莽崢嶸，晶光所向無留行。五陵俠客久錯莫，牀頭夜吼聲鏗鍧。銅花拂拭蒼鱗碎，將軍戰血餘腥在。鋒鍔摧崩鼓角前，精靈踸踔風雷外。此時起舞月光寒，雪龍掉尾凌空翻。泰山欲倒海水立，二十八宿皆離垣。玉關殺氣連穹昊，安得西走咸陽道。天生神物豈沉淪，歎息風前我將老。梁藥亭《日本刀歌》中云『抽出天上星摇摇』，歎爲奇杰。篇中『此時起舞』以下四語，怪偉生動，正復不讓前人。

山中守歲歌

山扉淒淒煙日暮，瞥眼新年年復故。還欣齒髮未盡凋，頗覺村園亦成趣。粘户重書鬱壘符，插簪高折冬青樹。茆堂灑掃豁心顔，博山一縷沉香煙。厨門之東出新婦，手捧炰膾盈盤餐。大兒隨行主家祭，稚女移燈封井泉。中天空光若電掃，知是鄰家共迎竈。僮呼如願未移時，山妻亦媚西南奥。繞室鑪添松火温，一枝梅破冰瓶笑。黄昏促席飲屠蘇，上座居然屬老夫。我家瓦盆盡陳列，興酣小大相歌呼。遭逢苟非堯舜世，腐儒安得歡妻孥。來朝天子朝元初，誰補《豳風》守歲圖？

度仙霞嶺

鳥道紆迴上，猿聲縹緲聞。峰盤三百級，身入萬重雲。天地閩中險，陰晴嶺半分。出關盡蠻語，端合作參軍。

大洋

不覺舟如葉，隨風入窅冥。潮來天宇白，日照海門青。孤嶼遥相認，危檣覺有靈。中流撫身世，萬里一浮萍。時徐澂齋太史奉命册封琉球，野鴻隨行，故有《大洋》《望海》諸篇。境奇，詩安得不奇？

那壩望海

大塊更無外，鴻濛混兩間。龍行何處雨，蜃現別洲山。一氣涵諸夏，層波走百蠻。茫茫萬餘里，仍向此中還。『一氣涵諸夏』，五字中包括九有。

孟廟

歇馬餘殘照，循墻謁閟宮。冠裳王者並，俎豆聖人同。戰國風趨下，斯文日再中。低徊撫松柏，惆悵仰龜蒙。不粘著《孟子》七篇及《孟荀世家》，却一字不可移易，自是作家手段。

毛氏園觀牡丹

十畝芳菲宅，名花最後看。乍疑春欲醉，可愛露難乾。倚日自矜寵，迴風不受寒。藥闌頻徙倚，吟望夕陽殘。脱去習語，方許作牡丹詩。

題太白樓

文章睥睨世無敵，湖海飄零氣轉遒。六代詩壇餘此席，一江春色獨登樓。爲君天特開青嶂，題壁人今亦白頭。猶有浣花祠屋在，懷鉛直欲錦城遊。全在對偶欹側處見長。題太白樓，卻有自己在也。一結即乃所願則學孔子意。

翁照

字朗夫，江南江陰人。太學生。著有《賜書堂詩文集》。○朗夫小心敬慎，雖僕隸下人，不衣冠不見也。事上接下，以誠以禮。嵇、高二相國先後以鴻博經學薦，皆不遇。與予相約爲耦耕伴侣，結廬有日矣。乃倏焉殂謝，友生爲位以哭，多失聲者。少年詩專工佳句，後漸臻老境。識力俱高，有虞伯生老吏斷獄之目。

詠史

周衰政不綱，征伐强侯擅。霸業復凌夷，私門勢强悍。三桓七穆興，魯衛勢衰懊。六卿專晉權，揚水爲之先。争强互相吞，三晋六國半。俱酒爲家人，倒置履與弁。如何周威烈，封侯遂其願。壞法自天朝，史筆昭獨斷。司馬續《春秋》，豈獨重辭翰。分封三晋，壞法亂紀，自王朝始。此司馬温公《資治通鑑》託始于威烈王二十三年也。俱酒，晋侯子，趙襄子廢爲家人。

秦趙會澠池，相如稱勇智。秦人詐不行，趙亦嚴兵備。瑟缶互相擊，計實同兒戲。何不講戰守，乃以人國試。沛公赴鴻門，累卵危不啻。項莊劍已拔，亞父玦屢示。如厠間道歸，偶值猛虎睡。輕兵躡其後，釜魚那能避。不見楚懷王，留秦死秦地。見詭謀雖倖成，不如議戰守之正也。以楚懷王入武關，客死於秦作證，義尤顯然。

嬴秦失其鹿，群雄互吞齧。沛公能任人，左右有三傑。炎威既爇張，西楚遂灰滅。一朝飛鳥盡，良弓自摧折。功人既囚縶，功狗焉望活。而胡豐沛遊，歌風起激越。韓彭並葅醢，猛士懼流血。誰願守四方，保身自明哲。韓、彭葅醢後，而思猛士守四方，誰願爲韓、彭續耶？漢祖歌風，乃無聊之詞，非有悔心也。命斬樊噲，更在歌風之後。

武皇重經術，發策策賢良。廣川抱碩學，天人語周詳。賈茂董更醇，治道通陰陽。而胡命世材，出俾相驕王。守正端軌則，推誠化披猖。留滯終外藩，稍異投沅湘。曲學阿世人，升之在廟廊。漢業不復興，格心誰周防。葉公空好龍，見龍乃張皇。策賢良，欲得正人輔翼也。而柄用者偏在曲學阿世之公孫，欲望漢業之醇，豈可得乎？

文成五利封，尚主亦不惜。謂世無神仙，佺喬在咫尺。文成五利誅，駢首如羊豕。謂世有神仙，所言皆妄耳。金銀宫闕間，可望不可到。清心守環中，無爲領衆妙。而况至人徒，修短非可校。不朽超形骸，千秋光遠耀。『清心守環中』，老氏要旨。神仙之説，不足惑之也。末見顔子早夭，千秋不死，議論更高一層。

孔光譖王嘉，浸潤致之死。馬融排李固，承順權臣指。兩人擅聲華，素推經術士。忽焉好惡乖，交口肆詆毁。失己違本心，媚人求貴仕。平生讀何書，適佐貪且鄙。一念入奇邪，百世人不齒。願爾顧脩名，慎勿汙青史。心術不正，多讀書無益也。孔光、馬融懸爲鑑戒，後王半山亦以經學誤國，豈經學果誤國耶？

送歸愚沈少宗伯予告歸里

片帆潞河來，相值在沛水。知公予告歸，南雲指故里。敬讀御賜詩，千丈榮光起。載賡洵一德，眷注情無已。遭逢媲虞唐，進退善終始。公歸有程期，我老失準軌。離筵布南池，自注：杜老詠詩處。鳴蟬緑陰裏。無計更挽留，去去波如駛。但願南風狂，維解舟仍艤。憶昔初識公，其歲當壬午。兩地合雲龍，僑札通縞紵。吴門與暨陽，來往互賓主。矻矻商古今，硜硜訂出處。龍躍終升天，雲散難作雨。遥遥兩地分，間隔寒與暑。雲龍今復合，情深逾昔者。叶。齒增易驚愓，道進無違拒。相期同惜陰，晚節師侃禹。

送公歸去來，悠悠返荷屋。作社赴雞豚，約伴同樵牧。弭櫂香水溪，采芝硯山麓。誰識衮冕儔，依然抱黄犢。道充輕禄位，天定歸淳樸。我將還故林，老去愛雲木。三十三山間，結廬卧空谷。公能復來過，江皋路應熟。念舊話前程，草堂夜同宿。無世俗酬應氣，以道相與，礪堅晚節，今人中古道交也。

蓑衣

記得寒江外，曾披上釣舟。煙波雙鬢老，風雨一身秋。戴笠偏相稱，垂竿亦自幽。嚴陵如愛此，應不著羊裘。佳句。《帆影》云：『殘月半痕巫峽曉，夕陽一片洞庭秋。』《與友人尋山》云：『友如作畫須求淡，山似論文不喜平。』皆鮮新可采。

將之北河留别

織就文禽作對飛，一篝燈火久相依。耦耕當日言猶在，佐讀終年計轉非。但使我能抛犢袴，肯教君更泣牛衣。料應不學蘇家婦，金盡歸來也下機。比孺仲夫婦同其清節，兼之風韵，一結表所配之賢。

贈沈侍御椒園

展卷光騰五朵霞，總由忠愛發精華。詩宗杜老能憂國，文泝昌黎屬大家。午夜疎燈焚諫草，春風小驛見常花。自注：白傅有常花驛見楊八題夢兄弟詩，時難兄㮮莊晤鄎平驛中。懸知兄弟聯吟處，添得新詩護碧紗。

梅花塢坐月

靜坐月明中，孤吟破清泠。隔溪老鶴來，踏碎梅花影。選中五言斷句，俱近唐人。

錢源來 字清許，浙江嘉善人。諸生。

少陵草堂

飄泊干戈後，爲堂傍水涯。三巴五畝宅，千古一詩家。無復臨江樹，猶存覆地花。危樓當北斗，想像望京華。即於草堂上表其忠愛，何等自然。

馬曰琯

字秋玉，江南江都人。著有《嶰谷集》。◯維揚，肥膩地也。嶰谷嗜好殊俗，富藏書。有希見者，不惜千金購之。玲瓏山館中，四部略備，與天一閣、傳是樓諸家若相等也。喜賓客，四方有文行者，每加禮焉。結詩文社，《韓江雅集》諸刻可續王新城《紅橋修禊風》。嶰谷没，風流漸消歇矣。過其地者，每想見其爲人。

冬夜宿南莊

空江欲雪雲冥冥，天低月暗吟寒廳。獨雁時聞四窗白，雙眼未合孤燈青。敗蘆叢篠環沙尾，幾樹横斜映清泚。未春先已發幽香，歲晚籬邊見氷蘢。城南小築掩柴荆，裊裊茶煙客思清。夜犬無聲人語寂，枯棊坐隱已三更。短童首觸屏風卧，檐外一聲驚雀墮。蕭騷水閣紙衾單，有夢不愁花底涴。

春江漁父詞同半查作

五湖三泖煙波宅，燕子來時春水碧。蓴絲采罷荇絲牽，隔岸桃花紅欲滴。蓑笠由來是水仙，鸕鷀鸂鶒伴閒眠。青山倒影低昂見，潮落潮生不計年。篷窗沽酒空濛裏，一聲漁笛滄浪起。綸竿收得寂無人，明月煙江照千里。餘韻徐歇，悠然自遠。

過澗上草堂徐昭法先生故居

先生居澗上，先死世相忘。剩有三間屋，而無一瓣香。冰霜堪久耐，薇蕨共誰嘗。留得潺潺水，終年護草堂。玩六語，以夷齊與之，聖世遺民，清風常在。

楊濬

字瞻衡，江南崑山人。諸生。◯瞻衡處困窮，有客欲招之北往，已卜期矣，緣其配病痼，不能往。一二年，夫婦並寒餓死。文人之厄，此爲尤甚。

落葉

秋聲一夜撼林柯，極目江潭悽愴多。北雁已辭邊塞月，西風初起洞庭波。飄零愁結蘭成賦，搖落深悲宋玉歌。忽憶故交征棹遠，翻飛如葉度關河。通體旁襯比擬，揺之曳之，視肥膩者，有生死之别。

韓忠武王墓

古碑崒嵂倚荒丘，宋室存亡仗運籌。十萬敵兵來假道，八千驍騎截中流。爲慙南國輸金辱，聊向西湖縱酒遊。埋骨青山遺恨在，寒風落日戰松楸。是韓忠武京口之戰，不可移入朱仙鎮、順昌、和尚原等處，洵推能手。

李進

字亦吾，江南華亭人。諸生。著有《西枝詩稿》。

暮秋訪何雪芳城東讀畫樓，醉後題壁

城上高樓俯碧波，樓頭小住病維摩。蕭疎紅樹半溪冷，偃蹇青山兩岸多。抱膝目中無管樂，苦心句裏有陰何。與君且酌匏樽酒，明月鈎簾一放歌。五語高具抱負，六語表其詩格，對仗工整。

追悼友萍次立甫韻

門巷蕭條冷若冰，城南一過恨填膺。誄文作自先生婦，遺稿歸於後死朋。自注：余近輯其詩文。絶壑窮巖開面目，唐風宋格辨淄澠。那堪池水都成墨，博得生平硯癖稱。

過春山 字湘雲，江南長洲人。諸生。

過吴竹嶼園居

雨後遥山色如洗，蘿逕無人暝煙起。露滴荷衣生暮寒，抱琴獨宿秋聲裏。爲君一鼓滄浪吟，萬壑千巖流水深。何處夜猿啼不斷，西風蕭颯引離心。

題《石湖煙雨圖》

林風吹雨川光暝，遠岸鸕鷀點秋影。小樓人宿水聲中，一枕溪雲孤夢冷。我本滄洲舊散仙，蘋花零落五湖船。如何對此不歸去，七十二峰空暮煙。兩詩脱盡塵氛，比之白沙寒流，清澈見底。

周永銓

字昇逸，浙江錢塘人，蘇州籍。諸生。著有《東岡詩鈔》。◯昇逸修己自好如處子，然及發言爲詩，逸情雲上，直欲希風開、寶，以仰窺漢京，友生中不易才也。五十餘，不肯見人，惟家方舟與余過之，談諧不倦。予通籍歸里後，并不能一見矣。時或議其爲僻、疑其爲矯，余益重其爲人。

西崦舟夜

疎星綴林端，殘月懸峰缺。環嶺抱迴谿，叢燈遠明滅。身落五湖濱，孤舟夢松雪。

義卒行

有客爲余述杭州某姓卒，代兄戍滇事，余高其義，作《義卒行》以紀之。時康熙五十八年春二月。

慘慘堂前紫荆，飛飛原上脊令。桓山之鳥，欲去而哀鳴，苦哉遠征人，陟山望親還望兄，嗟嗟行役萬古情。一解。彼少年者，色何黯然。娶婦未三月，昨來黄紙到官，行將出戍南滇。歸告阿母，阿母叫天。新婦口噤目眵，倀倀不能前。二解。小弟前致辭，母兄且勿悲。阿母生我二人，兄今有嫂未有兒。何得遠去，存没未可知。弟當代兄役，門户兄自主之。三解。阿母兄嫂，聞言淚下如綆縻。大兄前致謝，此事甚非宜。感君區區懷，我心已再思。熟知此别異苦樂，何乃反累吾弟爲，切切相勸止，但言兄嫂勿復疑。四解。翻然出門去，意氣何慨慷。别我先人墓，辦我行子裝。佩刀三尺餘，挽弓三石强。弓刀及戎服，羅列東西廂。親戚走相送，酌酒歌同裳。五解。晨興拜堂上，骨肉相悲切。臨行囑兄嫂，欲語復嗚咽。但得兄嫂一心，善事阿母常喜悦，萬里羈人慰愁絶。六解。收淚就長道，關山别思量。白日結愁雲，至情感蒼穹。之子識大義，行當早立功。歸報皇帝陛下，無煩遠顧鑾中，揚名史册垂無窮。七解。◯義卒爲兄嫂言，兄答義卒言，義卒復答兄嫂言，叙述如面語，而卒之義勇孝友，一齊俱見，與木蘭替耶事，可以並傳。

鮆溪吟贈歸愚子

鮆溪溪水清且漣，鮆溪水與吴淞連。吴淞片帆挂雲樹，直到鮆溪屋邊住。君家在溪側，我家在江邊。溪光江色兩瀟灑，往往相思乘釣船。自從我卜城東宅，送君翻作朱方客。君去幾開溪畔花，君歸還卧溪邊石。我來訪君溪上行，溪水迎人如有情。門前問字多俊英，堂上論文皆老成。高齋學士定誰屬，被褐先生方自名。只今五十頭未白，閉户著書聲籍籍。生徒自重沈雲禎，時俗那知王彦伯。愧我與子稱莫逆，濩落相看感今昔。空憐早歲誤儒冠，徒爾窮年抱遺册。君不見，鱄鮮門外水繞村，田居蠶室好稱尊。與君一詠《滄浪曲》，世事悠悠何足論。此余五十時贈言也。徘徊曲折，一往情深，佳處全在音節。

關山月

一片關山接塞天，愁看白月迥臨邊。寒侵古戍秦城遠，暈逐連營漢陣圓。少婦樓頭鸞鏡合，將軍帳外玉弓懸。金波盡入征人淚，回照鄉園路十千。

京口聞雁

楚雨迷紅樹，吴霜老白蘋。一聲京口雁，愁殺渡江人。二十字抵人千百言，唐人後稀見此種。

擬唐人邊庭《四時怨》

望斷陽和到雪山，故園花月夢刀鐶。漢家雨露提封外，春色遥應度玉關。翻王之涣『黄河遠上』篇，意何等温厚！

草生邊地夏初回，暑雨刀耕白漠開。愁殺赤亭飛鳥斷，行人何事火山來。

昨夜西風入戍樓，前軍移帳急防秋。陰山獵火龍沙月，同照征夫出塞愁。

萬堡雲迷朔氣凝，雪深馬足失超騰。渾脱駝終歲防飛渡，况復黄河十月冰。見邊防之宜急也。視盧弼原辭四章，幾欲突過。

擣衣曲

一夕涼生秦女機，砧聲不待雁南飛。誰知萬里黄雲戍，已有新霜上鐵衣。總能自出新意。

周　準

字欽萊，浙江錢塘人，長洲籍。諸生。著有《迂村漫稿》。〇迂村以迂自信，亦以迂自安。年二十餘，裹糧攜笻屐游武昌、沔、漢等處，興盡而返，不謁一人。後聞佳山水，必往遊。既老，之京師，一如遊南漢時。昔有人問高僧曰：『京師許多人？』僧曰：『只兩個人，一爲名，一爲利。』迂村超然名利外，是京師有三個人也。與余同輯本朝詩，皆蓋棺論定者。臨終，含笑謂所親曰：『我幸甚，我詩可入《別裁集》中矣。』詩宗法唐代以前，五言古、七言絶尤善。

宿靈隱寺梵香閣曉起眺望

晚從冷泉遊，遂止招提境。入門聞清鐘，孤閣夜方永。傾耳聽泉聲，聲喧意彌静。朝來小雨過，宿霧散高嶺。憑窗見層峰，澗壑殊清迥。不知曉雲過，但覺衣裳冷。清飈動林薄，初日照山影。行當訪韶光，直上松雲頂。『聲喧意彌静』，深於山水者得之，比『蟬噪林逾静』較有味。

賦得古別離送鄭子

勁羽乏群棲，轉蓬靡暫息。伊人貧困士，能無去鄉國。辭鄉阻長川，旅迹殊可憐。昨別俄六載，斯游定幾年。游蹤渺無畔，淮水連河岸。迴瞻雲樹深，忽忽興長歎。雲外指京畿，秋風冷客衣。可堪聞塞雁，正值向南飛。結語淡淡，離情於言外遇之。

發朱砂菴，逕觀音巖，登石人峰

言探黝山奇，早別朱砂石。升厓得險境，指示深悚惕。熟遊尚色變，何况遠來客。凌空四無倚，投趾不容隙。壁削緣藤行，崖傾藉人掖。所憑勇往志，不隨艱苦易。幽巖既已經，危峰自不隔。振衣造其巔，奇勝在咫尺。俯身入煙蘿，欲詣仙人宅。即遊山可悟求道，康樂引其緒，此更顯言。

緣天都峰趾，度雲巢洞，上升仙梯，遂憩文殊院

天都信岧嶤，特立若翠屏。取逕過其趾，俯仰皆奧境。松石俱象形，巖巒類盤綆。將陟目屢

眩，恐墜心更警。行經陰洞中，恍惚陷深井。須臾從井出，冉冉首露頂。睥盼多創遘，不類人世景。境斷緣梯升，氣逼毛骨冷。意堅斯有獲，出險真自幸。向晚憩禪扉，一燈照孤影。寫巢雲洞四語，深入險出，殊足駭人。

壯士行

請爲壯士行，用識壯士情。壯士重恩輕死生。主人臨岐，陳設飲宴。悲歌聲徹，客容盡變。酒闌日落雲天高，遠聞淒風起於曠野，猛虎嘯於林皋。風鳴虎嘯揚鞭走，去去報讎不回首。如見白衣冠祖送時情事。

明妃曲

中原消息斷，胡地風沙寒。經年不逢春，悽惻摧心肝。君王遣妾和戎虜，萬里辭家心獨苦。早知塞外不勝愁，那怪將軍怕邊土。君不見，百戰生降李少卿，羈留絕域一身輕。丈夫失路尚如此，賤妾含悲空復情。備責李少卿，而措詞微婉，得風人之旨。

懷舊

自失鴛湖叟，詩盟三載寒。已知生死斷，猶作別離看。老去悲丘井，情來望逝湍。還聞淮水畔，禪宇託空棺。此懷家方舟作。

行經拂水山莊

扁舟汎汎越南沙，倚杖愁臨澗路斜。孝穆荒齋猶竹石，總持故宅尚鶯花。名高那許遺纓紱，情重難教棄室家。太息百年同逝水，凄凉還爲惜才華。詠此題者不免過於發露，作者婉約出之，不知微言諷諭過於顯斥也，此詩品高下之分。

晨自松陵歸渡太湖即事

迴望垂虹隔杳冥，湖波浩渺快揚舲。半篙日氣霧中白，萬點浪花煙外青。隱隱榜歌來雁汊，淒淒漁笛出雲汀。還憐心切鄉閭近，未暇攜笻訪洞庭。

戍婦吟

淒淒賤妾閉蘭堂，渺渺征人戍朔方。漫擬龍城罷行役，空憐燕閣閱年芳。分弓營畔沙如雪，挂鏡臺前月似霜。絶域荷戈音信杳，幾回清淚濕流黄。似鶯啼燕語報新年之作。

題秦餘女史所畫《楚辭圖》

繞堂煙浪洞庭深，芳杜幽蘭遍水潯。北渚已傳湘女恨，南征更識楚臣心。雲中桂櫂聲疑咽，天際瑶臺影乍沉。寫盡《離騷》無限意，《竹枝》歌罷又猿吟。

江上曲

空江潮落水茫茫，南楚征途萬里長。爲是曾經分手地，不聽離曲亦神傷。

塞下曲

持籌絶域感蹉跎，沙塞年年漫枕戈。翻羡蘇卿歸國早，白頭終向茂陵過。子卿歸於昭帝時，時孝武殂落五年矣。詩意見子卿猶得生還也，用筆甚曲。

蝴蝶詞

萬花谷裏逐芳塵，自愛翩躚粉澤新。多少繁華任留戀，不知秖是夢中身。邯鄲一夢，以二語該之。世人日在夢中，而稍不覺寤，何也？

漢川

漢川城郭枕江隄，黯黯煙波日乍低。我欲停橈訪神女，暮山無際楚雲西。

盛錦

字庭堅，江南吴縣人。諸生。著有《青嶁詩鈔》。◯青嶁詩從大曆下入手，後層累而上，風格漸高。至入蜀詩，得江山之助。沈雄頓挫，直欲上摩王漁洋之壘，以仰窺少陵。蓋漁洋詩以《蜀道集》爲最勝也。遊京師，王公以下多折節下之。不耐冗雜，歸，丙子歲，殁。是歲，周子迂村、朱子木鳶、汪子山樵，相次殁。吴下詩壇，黯然無色矣。予歸田後，時與青嶁商榷，尤深人琴之感云。

履霜操

自注：瀘有撫琴渡，相傳尹伯奇彈《履霜操》處，遂擬是作。

霜皚皚兮瀘之滸，兒弗履兮，畏我父母。叶。兒身載寒兮，兒心載苦。兒心兮父心，兒身兮母身。寒兮苦兮，實傷我親。兒罪兮莫逭，親心兮可轉。俟日出而回光兮，履霜亦暖。與『臣罪當誅，天王聖明』同一悱惻，可以教孝。

十二碚

群峰東奔流，虎牙怒相向。對峙十二碚，羅列鐘鼓狀。顛崖矗層霄，旁竇穿激浪。峽泉落九天，洶洶翻海藏。撑舟出井底，篙師氣先喪。衆工捷如猱，百丈緑壁上。木末縱飛騰，山凹迭升降。一鼓更作氣，千篙力誰讓。造化何神奇，設此待霸王。頗聞白帝子，於此拒漢將。鐵鎖貫浮梁，金戈森衛仗。蕭銑復何人，屯兵倚叠嶂。群雄電掃空，故壘猶在望。平生歷險巇，未若兹遊壯。萬里投蠻荒，一身墮煙瘴。風餐案傾欹，水宿魂震盪。搜奇命轉輕，得句神益旺。詎畏前途修，瞿塘險如象。峽高緯逾百丈，上下不能相顧，故以鼓爲節，杜詩所謂『百丈牽江上瀨船，打鼓發船何處郎』也。經其地者，能親切言之。

空舲峽

出峽復入峽，兩崖插青冥。中流逐狂飈，奔騰萬馬聲。下灘梭一擲，觸石危檣傾。逆挽勞百夫，十步九倒行。力盡聽所止，刺篙就迴汀。愛此民居壯，凌空駕軒楹。宿雲出洞户，古木撑巖屏。驚猿或挂樹，怪鳥時一鳴。捫蘿上絶壁，山風動冠纓。呼童拾錦石，信手扳雜英。興幽忘涉險，觸目多怡情。前途苦逼仄，絶境難久停。過午巖日晦，磊落見數星。厓黑畏突虎，蠻語頻丁寧。移舟近湍激，拍枕聲鏗鍧。骨肉緣久斷，中宵夢亦清。狂吟出險句，那顧鄰舟驚。前後極形其險，中間忽入『拾錦石』『扳雜英』一段，猶杜老《北征》雜入『或紅如丹砂，或黑如點漆』也。骨肉緣斷，而夢亦不接，是遠遊人嘔心語。

過灘

重峽間百灘，一灘度一厄。江渦衆䆗趨，厓口亂石積。大石叠黿鼉，小石攢劍戟。中流若沸川，翻倒蛟龍窟。牽舟逼下流，凛若阻兵革。長篙拄峰腰，遠纜走山脊。鳴金策衆工，鋭進不盈尺。一絲中迸斷，百里供一擲。觸石無完艘，沈淵有驚魄。是時雨初霽，沙石多滑澤。亡命争上厓，匍匐落冠舄。婦孺互扶携，雞犬任狼藉。暫脱魚腹災，波濤亦衽席。轉思斷纜初，四極莫磐石。豈其禹力衰，此境終未闢。吾尤罪巨靈，何惜隻手擘。天宰真夢夢，人事日偪窄。波静有潛鱗，林深多歛翮。寄語營利徒，勿作遠行客。一絲迸斷，百里一擲，前人入蜀詩未曾寫到。『波濤亦衽席』，倒襯出魚腹之險，真十成用力語。

峽夜

嗷嗷猿啼夜，凄凄鶴唳空。斷厓開四壁，深井落孤篷。樹漏塹明月，湍驚無定風。萬重雲水隔，歸夢亦途窮。『深井』五字驚絶。

虎牙灘

楚蜀分争地，雄關扼怒濤。灘聲牛峽轉，山勢虎牙高。巖樹丹青雜，舟檣下上勞。新詩横槊賦，旅興一時豪。

曉發

曉發東安道，輕霜浄馬蹄。亂鴉僧閣外，殘月女墻西。春冷花猶斂，沙平路欲迷。東皋待時雨，取次把鋤犁。曉行如繪，與『雞聲茅店月，人迹板橋霜』可以並傳。

老將

白髮枕戈眠，黄沙帶甲穿。風雲經百戰，筋力盡三邊。舊識飛狐路，高談射虎年。聞笳心未死，尚想勒燕然。詩家老境，可入《極玄集》中。

登白帝城

萬仞墻臨灩滪堆，子陽伯業劃江開。白鹽峰對城頭出，巫峽帆從地底來。雲起化龍迷故井，風生躍馬有高臺。漢家陵闕同灰滅，淚盡寒猿日夕哀。深井落孤篷，從高處入峽也。『巫峽帆從地底來』，從峽升高處也。

白帝城謁昭烈武侯廟

永安宫殿峽江頭，一體君臣祀武侯。天祖式臨傳詔夜，風雲色變出師秋。鳴鑾久絶空山道，籌筆猶懸古驛樓。瞻尚死忠諶死孝，千秋配食重詒謀。頷聯、頸聯分寫君臣，結以君臣之後人言，英氣凛凛。瞻尚死忠，媿死譙周；諶死孝，媿死後主。此種詩，那得不傳？

蜀道寫懷

辭家動作經年别，去國真成萬里遊。淚眼已枯猿嘯夜，鄉書空望雁來秋。蠶叢路險連雲棧，鹿角灘驚上峽舟。心折江陵灌園叟，黄柑千樹比封侯。一起四語，直書胸臆，人力不與。

舟抵瀘州

錦江直下古城壕，地入炎荒近不毛。萬里親朋勞夢寐，十旬餐宿托風濤。征蠻羅甸軍聲遠，諭蜀文園典策高。掃盡瘴煙開郡閣，岷峨天半落揮毫。

任城使院晤翁霽堂有贈

並馬長安憶舊遊，逢君意氣振高秋。酒徒半散荆卿市，詞壘孤懸李白樓。握手星辰摇短劍，離心風雨送扁舟。明年醉我南池上，須典千金紫綺裘。

題杜文貞公南池新祠自注：沈苿園侍御建肖公像，配以許主簿。

浣花遊跡寄南池，洗馬鳴蟬感昔時。遇主名高《三禮賦》，懷人心折《八哀詩》。鑄同賈島應呼佛，繡比平原合買絲。玉貌仰瞻如舊識，憶曾親拜草堂祠。自注：丁巳，余入蜀，至瀼西，曾拜公祠下。

白蓮

玉井分栽到野塘，冰綃翠袖迴生凉。半江殘月欲無影，一岸冷雲何處香。真相尚留開士社，紅衣盡洗美人粧。《水仙操》罷扁舟去，誰與凌波解珮璫。青嶁中年作也。頷聯遠神遠韻，耐人吟咀，所謂『不著一字，盡得風流』者耶！

别兄弟

未斟别酒已傷神，四海終輸同氣親。此去白雲天萬里，望歸無復倚閭人。

别家人

伏雌烹罷勸加餐，秉燭喃喃語夜闌。點檢篋中裘葛具，預知别後寄衣難。作六千里别，不得不預料寄衣之難。詩之動人，全在一真字。

入蜀懷沈湘臯

雙溪對掩古溪邊，婦汲兒舂各可憐。浩浩乾坤兩萍葉，計程我更遠三千。時湘臯客江漢，故云『吏遠三千』。

汪　俊

字顩三，江南長洲人。官醴泉知縣。著有《山樵詩》。◯聖祖第三次南巡，山樵獻詩，命入書局纂修，議叙，得官。然敲扑喧囂，非所長也。醴泉罷歸，久之，幾無立錐地。獨能以詩消遣，苦中得甘。而其詩亦不自愛惜，隨手散去。身後得其草稿九束，大半温柔鄉語。删存五章，皆近元和長慶詩人者。

蘆花

爾本無情者，緣何亦白頭。丹楓同瑟瑟，野水並悠悠。霜冷下宵雁，月明來釣舟。相逢秋雪裏，老我不勝愁。

哭少宗伯春暉姊丈

老去身家不兩存，俄看霜後萎芳蓀。燕巢華屋垂新淚，馬鬣空山感舊恩。豈意十年重一面，卻來千里與招魂。蔦蘿雖附潘楊末，未敢同聲哭寢門。春暉宗伯爲其先人營葬，故有第四語。山樵入京，春暉旋没，故有第六語。

誰知小别竟千年，夢幻韶華逐逝川。我尚拖泥兼帶水，君非成佛定生天。從前似歷華嚴刼，向後休參文字禪。昨自黄公壚下過，一聲鄰笛欲潸然。

袁墓

香雲漠漠雪飄飄，積翠層嵐近可招。猶記玉堂春夜夢，短篷斜繫虎山橋。因遊袁墓，而追憶往昔之夢遊也。修書在武英殿，故不碍云玉堂。

元宵憶家

大地冰輪原普照，故園想亦共清光。別離人度團圞夜，白髮紅顏各斷腸。與『獨眠人起合歡床』同意，眷念家人，不比尋常浮艷。

朱受新

字念祖，江南吴縣人。諸生。著有《木蔦詩稿》。◯詩體以七言絶句爲最難。四句中開闔動盪，語近情遥，不鏤琢，不點染，而言中、言外，神遠韵流，方爲盡善。宋、元人有心奇巧，往往失之。木蔦諸作，頗近唐人，惜無旗亭畫壁，能賞『黄河遠上』者。

詠蟬

抱葉隱深林，乘時嘒嘒吟。如何忘遠舉，飲露已清心。木蔦爲諸生，不應鄉試，抒寫懷抱，已見此詩。

獨處怨

月中自顧娉婷影，鏡裏誰憐憔悴容。永夜製衣金剪冷，秋風萬里度盧龍。

流螢詞

暗飛幾點隔簾櫳，影亂繁星度遠空。莫入班姬金閣裏，恐隨團扇落秋風。與『猶帶朝陽日影來』對看，便知其工。

吴宫詞

夜擁笙歌百尺臺，太湖月落宴還開。君王自愛傾城色，卻忘人從敵國來。眼前語卻無人道破。

春鶯曲

千門春静落紅香，宛轉鶯聲隱緑楊。任爾樓頭啼曉雨，美人夢已到漁陽。亦與『啼時驚妾夢，不得到遼西』對看，善於翻用古人。

明河曲

清秋瀉影畫樓前，一水盈盈耿碧天。若果此中風浪静，女牛何事别經年。

白秋海棠

清秋湛露浥瓊芳，素影風摇玉砌旁。夜静看花人獨立，水晶簾外月如霜。寫花，并寫出看花美人，與尤子在京作，可云笙磬同音矣。

樓　錡

字于湘，浙江錢塘人。

春日歸泊閶門

年年踪跡感漂蓬，冷落柴門煙雨中。燕子歸來迷舊壘，桃花何處笑春風。于湘寓吴中，幾無家矣。自維揚歸，感而賦詩。未幾，病殁。倘所謂憂能傷人者耶？

王大椿

字八千，江南常熟人。諸生。○八千爲畫師石谷曾孫，勵志向學，日夕不倦。將有成矣，中道以瘵疾亡。存詩一章，詩意欲從學見復，望其大叩大鳴也。中正端嚴，體如平原書法。

上陳見復先生

讀書不求名位高，飲酒不盡千鍾醪。得心每在澹與泊，此中至樂誠陶陶。先生閉户穴《墳》

《典》，卅年門徑叢蓬蒿。三公令僕斷夢寐，淡如雲影輕鴻毛。忽傳下詔責郡邑，水南水北紛喧囂。公卿合辭拜手薦，漢廷經術千秋遭。申轅年已憊筋力，蒲輪難涉風塵勞。上陳著述達黼座，至尊下遣官胥鈔。周情孔思審中正，辨別白黑窮釐毫。少司成職重太學，帝命取式風之澆。先生受官不受禄，几席講學仍衡茅。走也仰鑽希萬一，有似蟻垤窺嶕嶢。韓門近在許傴入，欲抉精髓棄粕糟。寸莛鉅杵叩俱應，試聽鏜鏜天半鳴蒲牢。

李　葂

字嘯村，江南懷寧人。諸生。

上巳憶白下

清明恰是握蘭辰，遥卜秦淮景物新。楊柳晚風深巷酒，桃花春水隔簾人。橋邊車過香生路，樓外船歸月滿津。憔悴不堪來舊館，相逢誰爲浣沙塵。秦淮風景，宛然畫出，令人追憶舊遊。

題雅雨師《借書圖》

旋假旋歸未得閒，十行俱下片時間。百城深入便便腹，直抵荆州借不還。巧思。

過廢園

誰家亭院自成春，窗有莓苔案有塵。偏是關心鄰舍犬，隔牆猶吠折花人。以鄰犬之吠人，傳出芳園之廢，如畫家之用烘襯也。

潘廷壎

字雅奏，江南吴江人。諸生。

徐俟齋祠

羊腸嶺畔幽棲處，一水當門瀉作渠。薇蕨西山心自印，藻蘋南澗奠還虚。相忘桑海逃名後，不接賢豪俟命餘。自注：湯文正撫吴日，兩訪之，俟齋避之秦餘山。此日行人罕憑弔，煙雲惟護逸民廬。潘次耕太史受業於俟齋先生，次耕子文虎，文虎子雅奏，學術淵源，蓋有自也。俟齋祠廢，文虎父子重葺之，雅奏没，祠恐復廢，讀其詩，有望於潘氏之興也。

國朝詩別裁集卷三十一

長洲沈德潛歸愚纂評　男　種松校字
江陰翁　照霽堂　長洲周　準欽萊同輯

徐燦

字明深，浙江杭州人。大學士陳之遴室。

送方太夫人西還

舊遊京國久相親，三載同淹紫塞塵。玉佩忽携春色至，蘭燈重映歲華新。多經坎坷增交誼，遂判雲龍斷夙因。料得魚軒回首處，沙場猶有未歸人。此相國被罪，盡室譴謫塞外。羡方太夫人歸，憐己之未能歸也。極愁慘中不失和平氣象，是爲正聲。

方維儀

字仲賢，江南桐城人。大理卿大鎮女，姚孫棨室。夫亡無子，請大歸守志，以苦節聞。

死别離

昔聞生别離，不聞死别離。無論生與死，我獨身當之。北風吹枯桑，日夜爲我悲。上視滄浪天，下無黄口兒。人生不如死，父母泣相持。黄鳥各東西，秋草亦參差。予生何所爲，予死何所爲。白日有如此，我心當自知。

旅夜聞寇

蟋蟀吟秋户，凉風起暮山。衰年逢世亂，故國幾時還。盜賊侵南甸，軍書下北關。生民塗炭盡，積血染刀鐶。少陵風格。

紀映淮 字阿男，江南江寧人。詩人映鍾妹，杜某室，以苦節旌門。

秦淮竹枝詞

棲鴉流水點秋光，愛此蕭疎樹幾行。不與行人綰離別，賦成謝女雪飛香。

王漁洋《秦淮竹枝》有「棲鴉流水空蕭瑟，不見題詩紀阿男」，蓋賞其風神也。紀詠《桃葉渡》中云「波摇秦代月，枝帶晉時春」，亦稱佳句。

錢鳳綸 字雲儀，浙江錢塘人。

哭伯兄

在昔皇天傾，覆卵無完理。兄不即殉身，感奮良有以。摩挲雙匕首，一夕再三起。千鈞重一發，恐復憂天只。荏苒歲月間，隱痛入骨髓。未揕讐人胸，抱疾忽焉死。尸牀目不瞑，不繼非人子。尚有娥親在，李壽汝莫喜。因兄報讐之志未遂而死，己以一身任之。字裏行間，讀去錚錚有聲，使人增孝思、增義氣也。第未知異日報讐與否？

畢著

字韜文，江南歙縣人。崑山王聖開室。◯著父守薊丘，與流賊戰死，屍爲賊擄。衆議請兵復讐，著謂請兵則曠日，賊且知備，即於是夜率精鋭入賊營。賊正飲酒，驚駭，著手刃其渠，衆潰，以兵追之，多自相踐踏死者。與父屍還，葬於金陵，時二十歲女子也。後來吴中爲崑山王聖開室，裹布荆釵，無往時義勇氣矣。白首相莊以没。閱毛太史大可集，載沈列女雲英爲父報讐殺賊事，與相類。豈世亂時，天故生奇女子不一人耶？抑所傳聞異辭耶？◯韜文詩稿向見於家來遠兄處，序中有云：『梨花槍萬人無敵，鐵胎弓五石能關。』又云：『入軍營而殺賊，虎穴深探；奪父尸以還山，龍潭妥葬。』又云：『室中椎髻，何殊鴻仲之妻；隴上携鉏，可並龐公之偶。』時異其人。鈔録五言古、七言絶二章，來遠兄没，畢詩徧索不得矣，存此舊録，聊以見其生平。

紀事

吾父矢報國，戰死於薊丘。父馬爲賊乘，父屍爲賊收。父讐不能報，有愧秦女休。乘賊不及防，夜進千貔貅。殺賊血漉漉，手握讐人頭。賊衆自相殺，屍横滿阬溝。父體輿櫬歸，薄葬荒山陬。相期智勇士，慨焉賦同讐。蛾賊一掃清，國家固金甌。機智、義勇、忠孝，於一詩中見之。

村居

席門閒傍水之涯，夫婿安貧不作家。明日斷炊何暇問，且携鴉觜種梅花。視前詩如出二人。

章有湘

字玉筐，江南華亭人。進士孫中麟室。

曉思

窗外雞初唱，花間露未乾。欲臨明鏡照，猶怯翠眉寒，宿鳥翻林樹，歸鴻振羽翰。不知鄉國信，何日報平安？

錢敬淑 字師令，江南江寧人。談允謙室。

泊浦子口

殘年泊歸櫂，問酒郭西亭。雪圃芹芽白，江醪竹葉青。夕陽新別路，衰草古離情。隔岸寒山色，含悽望舊京。

吴　琪 字蕊仙，江南長洲人。管勛室，後寡居，皈依空門。

送別

雪意滿芳洲，蒼山引去舟。霜風醒客夢，笳月起邊愁。萬里從軍急，孤身倚劍遊。家園落日裏，莫上最高樓。

春晴晚眺

積雨經旬鶴未過，小樓閒眺費吟哦。簾開燕子歸來晚，門掩梨花落處多。新水小橋通蕙畹，亂山古寺入煙蘿。雲開樹杪看浮棹，畫出春帆送緑波。娟秀。

吳綃

字素公，江南長洲人。常熟進士許瑶室。○馮定遠文集中，有『與高陽夫人論古詩樂府源流』，即謂素公也。定遠聽聽持論，少可多否，而推許夫人，則夫人之詩格可知矣。

嘯臺

魏晋已如夢，荒臺今獨存。龍虵正交鬭，鸞鳳自高騫。避俗惟長嘯，逢人常不言。始知真隱意，何必入桃源。入手高朗沉鬱，盛唐風概。

七夕

星光歷歷漢悠悠，悵望雙星獨倚樓。莫謂人間多别恨，便疑天上有離愁。梁清謫去誰相伴，子晉歸來合共遊。惟有月娥應最妬，一輪風露不勝秋。

楊柳枝詞

宫柳初開一抹眉，武昌城下乍逢時。春來樹樹煙條緑，欲認何枝是舊枝。
寒食東風已滿城，小枝纖弱拂啼鶯。東君不惜離人苦，又向前年折處生。

詠古

公子翩翩信絶倫，擬將豪舉却狂秦。不知賓客成何事，枉向樓頭斬美人。信陵之得毛、薛，可云得士。若三千中十九人，皆碌碌也，而斬美人以謝之耶？平原之徒豪舉，即於此見之。

侯懷風

字若英，江南嘉定人。通政諱峒曾女。

感昔

黄河流水響潺潺，當日腥風戰血殷。大地盡抛金鎖甲，長星亂落玉門關。居延蔓草縈枯骨，太液芙蓉失舊顔。成敗百年流電疾，蒼梧遺恨不堪攀。此感思陵失國時事，降將倒戈，虎臣戰没，而君王因之殉社稷矣。忠臣之女，宜有是詩。

吴氏

江南桐城人。◯未詳名字出處，然以女子能組織史事，殊爲難得，於《詩觀》中録之。

詠史

六貴同朝激虎彪，横江勒馬下秦州。銀鎗酒市春雙靨，玉屧蓮臺月半鈎。趙鬼《西京》諳漢賦，阿兄東閣壓通侯。誰知講武旄頭入，芳樂笳聲碧麝秋。蕭衍謂張弘策曰：『六貴同朝，亂將作矣。』東昏孌倖之徒，有趙鬼者，能讀《西京賦》，曰：『柏梁既灾，建章是營。』乃大起芳樂等苑。梅蟲兒，齊主呼爲阿兄。

右南齊

同泰一人歸佛地，壽陽千騎渡江波。盟成自取金甌缺，蔬絶空陳雞子多。五月誰勤君父難，七官先反弟兄戈。江淮廢後襄陽促，秋草臺城放槖駝。臨賀王正德引侯景以千兵渡江。『金甌無缺』，武帝自矜語。圍臺城時，蔬茹皆絶，邵臨王綸上雞子百枚。太清三年五月，武帝殂。武陵王自稱帝，曰：『七官文士，豈能匡濟？』湘東王繹，行七，故云。

右南梁

倪仁吉

浙江義烏人。◯仁吉工寫山水，嘗種方竹於庭，以自况也。有同志者，斫一竿與之。

題《宫意圖》

調入蒼梧斑竹枝，瀟湘渺渺水雲思。聽來記得華清夜，疎雨梧桐獨坐時。

方琬

字宛玉，福建莆田人。諸生林樹聲室。

戊子避亂舟中寄弟

野樹鳴蟬咽未休，蓼花蘋葉晚來秋。干戈滿眼驚殘夢，風雨傷心逐去舟。喪亂相依吾弟在，艱危無奈老親憂。更憐宿草青青塚，寒食新煙望裏愁。

范　姝

字洛仙，江南如皋人。諸生李延公室。

聞蟋蟀有感

秋聲聽不得，況爾發哀吟。遊子他鄉淚，空閨此夜心。已憐裝閣静，還慮塞垣深。蕭瑟西風緊，行看霜雪侵。

此聞蟋蟀而憐遠行也。起十字便已高絶。

熊　湄

字碧滄，江南長洲人。許爛石室。

寄遠

幾回聞雁憶連然，天末遥將錦字傳。萬里飄流羈遠客，十年迢遞阻迴船。浮雲目斷蒼山外，落月魂消洱海邊。何日刀鐶遂初約，免教暗卜擲金錢。

柴静儀

字季嫻，浙江錢塘人。沈漢嘉室。有《凝香室詩鈔》。◯本乎性情之貞，發乎學術之正，韻語時帶箴銘，不可於風雲月露中求也。令子方舟能承母教，已詳二十五卷中。

與家婦朱柔則

深閨白日静，薰香垂羅幬。病起罷膏沐，淡若明河秋。自汝入家門，操作苦不休。蘋藻既鮮潔，牖户還綢繆。丈夫志四方，錢刀非所求。惜哉時未遇，林下聊優游。相對理琴瑟，逸響隨風流。潛龍慎勿用，牝雞乃貽羞。寄言閨中子，柔順其無憂。以禔躬勗子，以淑慎勉婦，閨閣中居然儒者。

子用濟有遠行詩以貽之

吾子廉吏孫，讀書昧生理。三十未成名，徒然還鄉里。外侮旋復來，内憂方未已。忽然遠行役，披衣中夜起。明星光在天，河流正瀰瀰。行雲有返期，遊子靡所止。攬涕下高堂，長途從此始。

野雀從南來，翩翩思擇木。感此主人賢，飛鳴集其屋。才地非獨優，處卑願亦足。矧有嘉樹林，朝昏託栖宿。鷹鸇過莫窺，罻羅無由觸。哀彼《黄鳥》詩，長謡念邦族。詩中比體，勉其因不失親，隨遇自安也。

勗用濟

君不見，侯家夜夜朱筵開，殘杯冷炙誰憐才。長安三上不得意，蓬頭黧面仍歸來。嗚呼世情日千變，駕車食肉人爭羨。讀書彈琴聊自娱，古來哲士能貧賤。立身一敗，萬事瓦裂，皆由不能貧賤之故，貧賤中正可磨鍊人品也，能貧賤，他日即能富貴矣，學者宜三復斯言。

長信宫

玉臺妝罷無人見，傷心空自悲團扇。秋草偏生長信宫，春風只在昭陽殿。殿裏君王酒半醺，嬌歌雅舞争紛紛。三千錦帳飄香麝，十二長裊散綵雲。衆中别有人如玉，新妝艷艷嬌紅燭。不許寒，烏帶月啼，恐驚春燕銜花宿。誰憐長夜夢難成，忽度流鶯似有情。片月高高掛天漢，千秋應照妾心明。

秋分日憶子用濟

遇節思吾子，吟詩對夕曛。燕將明日去，秋向此時分。逆旅空彈鋏，生涯只賣文。歸帆宜早掛，莫待雪紛紛。

送顧啓姬北上

一片桃花水，盈盈送客舟。春來萬楊柳，葉葉是離愁。顧我窮途者，逢君意氣投。煙虹時染翰，風月幾登樓。只合薰香坐，誰堪鼓枻遊。燕臺一回首，雲白古杭州。

王慧

字蘭韞，江南太倉人。學使王長源女，冰庵太守妹，常熟諸生朱方來室。

○蘭韞一門風雅，得所承受，故其詩清疎朗潔，其品最上。王漁洋祇賞其『一縷柳花飛不定，和風搭在繡牀前』，猶以尋常閨閣待之也。

山陰道中三首

出郭忘遠近，十里清陰中。川陸互回没，延緣遂無窮。岡巒去殊勢，竹樹交成叢。安知蒙密處，下有溪流通。石橋路可尋，一轉迷西東。煙空人不見，寂寂山花紅。

行行轉深迴，所得益幽奇。萬壑與千嵓，今來始見之。紛紛紅復碧，相引呈異姿。心目所應接，人各領其私。煙縷出叢薄，山家住茅茨。人世杳然隔，何殊太古時。『人各領其私』，正以私見公，從少陵『欣欣物自私』化出。

溪流繞巉巘，一葦去不息。沙瀨清且淺，水底見竹色。文石無歲年，山根浸歷歷。谷鳥鳴轉幽，溯洄安所極。水花愛明浄，絶境杳難即。可有浣紗人，一笑似相識。

冷泉亭

泉聲檐檻外，林壑杳然深。人世熱何處，我來清到心。松林藏日色，潭底卧峰陰。一自樂天記，山光寒至今。

移居茜里舊宅

新塘一水繞街東，舊是紫桑五畝宫。松菊尚存思祖德，蓬蒿不剪見家風。花深雞犬踈籬外，潮落魚蝦小市中。却愛堂前雙燕子，還尋故壘入簾櫳。

秋夜夢同先慈賦詩，得『天上桃花』之句，覺後因足之

太華峰頭見上真，霞衣綽約是前身。海中若木何嘗夜，天上桃花不計春。瞬息去來原是幻，片時歡笑亦相親。鐘聲已碎昆明刼，好向毘伽問後因。語有仙氣，不因鏤刻而成。

鄰女幼歸儒家，因壻無藉，淪於塞下，聞而有感

曾向鄰居共絳紗，裁雲詠絮鬥芳華。香沾繡帙同分線，春暖妝臺互送花。漫説羅敷原有壻，可憐蔡琰竟無家。於今辮髮垂雙耳，紫塞斜陽泣暮笳。極不堪事，寫來蘊藉，服其筆墨之工。

芝塘候潮因憶亡女

水淺舟膠日半斜，扣舷閒望似天涯。煙深竹塢鳩呼雨，潮落蘆根蟹聚沙。愁緒縈纏同蔓草，年華衰謝感殘花。劇憐弱女常同泊，相對蓬窗數晚鴉。

禹陵

明德彌蒼昊，神功邁大庭。懷襄方盡力，胼胝極勞形。草木開蒙昧，龍虵滌穢腥。鑄金九土貢，誌怪八方經。蒼水先呈簡，防風後至刑。相傳弓劒棄，此地隧泉扃。三古遺祠廟，千秋共薦馨。璧牲前代典，碑版列朝銘。深殿從群后，空山走百靈。舊聞雲罕駐，今見翠華停。心法傳河洛，天章焕日星。殊恩沾後裔，異數出明廷。肅穆瞻新像，登臨泊小舲。城垣辭鏤琢，户牖炯丹青。莫覓

藏書穴，徒看窆石亭。蘿長鼯鼠跡，松老鸛修翎。衆水環襟帶，諸峰列嶂屏。橋山同故事，寂寞對秋坰。一起五韻，包括神禹生平。通體整肅，有少陵《謁先主廟》風格，不意於閨闈中見之。

徐氏

山東新城人。耿侍御鳴世室，都御史庭柏母。

寄子詩

家内平安報爾知，田園歲入有餘資。絲毫不用南中物，好作去聲。清官答聖時。見《王漁洋詩話》中。

張氏

山東德州人。麗水知縣田緒宗室，刑部侍郎雯母，封太恭人。著有《茹茶集》。

示兒

一部《楞嚴》户晝扃，木魚竹杖倚圍屏。老人自覺修齋好，不爲兒曹講佛經。不講佛經，講

《孝經》可也。宜田氏後有令人。

龐　晼　字小宛，江南吴江人。詩人吴蔣室。◯鏘，字聞瑋，嘗以詩扇贈先大夫，係其夫人《瑣窗》斷句，余兒時即喜誦之，今録于此，每一吟咀，猶憶角丱見賓時也。

瑣窗雜事

夫壻長貧老歲華，生憎名字滿天涯。席門却有閒車馬，自拔金釵付酒家。夫壻身分，即從留賓傳出。而己之賢淑，亦從此可見。

春雨春寒過落梅，連宵不禁晚風催。閒園收拾殘花片，供得兒曹醋面來。

范淑鍾 字秀林，江南休寧人。

送夫子之鳩江

征鞍落葉打離披，忍淚臨風餞一巵。夕照漸低人漸遠，斷鴻聲裏立多時。

吴永和 字文璧，江南武進人。董玉蒼室。

虞姬

大王真英雄，姬亦奇女子。惜哉太史公，不紀美人死。虞兮之死，史筆無暇及此，然一經拈出，真見心思。

贈外子玉蒼北上

挾策長安去，誰憐行路難。恐傷遊子意，别淚不輕彈。

丁瑜

字静嫺，浙江長興人。進士臧眉錫室。著有《皆緑軒詩》。

家居

木石風花結四鄰，寂寥門巷久無人。昔年燕子今重到，始信交情爾獨真。

張令儀

字柔嘉，江南桐城人。姚湘門室。著有《蠹窓詩集》。◯此文端公長女也，工古文，不專韵語。端本殖學，比於韋逞母之授經。

西顥

大火既流，凉風薦爽。四時代謝，成功者往。是刈是穫，東作乃登。馨香玉粒，神享其烝。率我婦子，中夜鳴機。凉霜戒晨，勿使無衣。

玄冥

北户乃墐，凝陰沍寒。兩儀混一，雨雪漫漫。何以禦窮，修其旨蓄。草木既胎，蟄蟲咸伏。無視無聽，以還純朴。百爾君子，宜謹嗜慾。於天時爲閉藏，於人心爲守中，得漢人氣息，而又別存理趣。

不寐

天將降陰雨，病骨必先痛。轉輾不能寐，常至霜鐘動。老覺近年增，愁自三生種。萬慮積此時，疾苦非所重。逝者日以久，憂來誰與共。一歲又將除，五窮復難送。翻羨長眠人，不醒鈞天夢。此稱未亡後，詩得白太傅神理。

五畝園舊蓄二鶴，忽殞其一，孤侶哀鳴，都忘飲啄，詩以弔之

西風一夜返芝田，仙蜕儀形尚宛然。舊過蒼苔猶有迹，重來華表是何年。獨臨池畔悲孤影，唳入秋空泣暮煙。何處惹人情最切，嚴霜落葉五更天。弔鶴，實以自弔。五、六語分寫孤侶哀鳴，字字悽惻。

病中口占

珎重餘生刼後身，却憐孤負一分春。殷勤好與東風約，留取餘花待病人。

徐昭華

字昭華，浙江會稽人。諸暨駱加采室。◯昭華爲毛西河太史學詩女弟，詩附毛集中以傳。毛極推揚之，然綽約有餘，未盡離鉛粉之習。

舟泊垂虹橋重繙吴江閨秀詩有感

吴江之水春泱泱，水邊曾蘸青螺香。我尋黛影不得見，對此緑波空斷腸。殘星點點障輕霧，左妹金閨在何處。雉堞連墻有蔽虧，漁舟蕩槳空來去。茭花菰葉滿江浮，畫燭銀缸徹夜遊。曲渚流霞漾金綫，碧天清露灑瓊樓。一時吟詠出花下，百尺天孫錦雲絓。相隔風光知幾春，教人宛轉懷長夜。十幅蒲帆五兩風，長橋猶跨舊城東。美人不在橋邊住，盻作春天一段紅。

送虞英嫂歸諸暨

落盡紅衣蓮子多，相看緑水木蘭過。曉風不解吹愁去，偏送佳人到苧蘿。

孫　淑

字静谷，江南常熟人。諸生許灝室，孝廉進益母。著有《詩集》四卷。◯集中有《達哉行》，作於九十歲時，述孫、許兩家門户之盛衰，一己終身之閱歷，皆樂天安命語也。共五百餘言，一時遠近傳誦。

五日弔古

田文五日生，屈原五日亡。吉凶同此日，理固難推詳。原與國休戚，一死分所當。漁父柮白鼓，詹尹龜宜藏。抱石投湘流，心與日月光。文從狡兔計，高枕樂未央。後合魏秦趙，伐齊何披猖。身死薛隨滅，高户仍不祥。文生雞狗雄，原死荃蘅芳。世人何夢夢，悲屈羨孟嘗。我心獨不然，臨風慨以慷。撫時懷往事，聊進菖蒲觴。正則之死，賢於孟嘗之生，合兩傳校之，其論自定。定論出閨闈中，大難大難！

金　氏

字法筵，江南吴縣人。吴江沈六書室。

偶然作

灼灼庭前花，春風鬥紅紫。隨榮復隨謝，盛衰偶然爾。草木豈無情，誰能一生死。我思更如何，欲種菩提子。

彭氏 河南鄧州人。廣西布政諱而述女，李鴻室。

華山

三峰崒嵂插青冥，高處平捫井鬼星。池上蓮花開日月，磵邊石鼓動雷霆。藥籃何日逢毛女，仙掌於今憶臣靈。願駕鹿軿過霧市，丹爐石榻檢遺經。

周志蕙 字解蘇，浙江錢塘人。諸生陳仲衡室。

柳

歲歲逢春春可憐，争禁三起又三眠。絲絲愁緒隨風亂，濯濯丰姿著雨妍。古渡欲牽遊子棹，離亭留贈旅人鞭。一聲長笛河橋晚，回首蒼茫幾樹煙。

王煒

字功史，江南太倉人。陳緯度室。

鄉思

不禁鄉思倚危樓，山色空濛海氣浮。風雨別來花半老，音書隔絶雁驚秋。林間野鶴呼幽夢，天際浮雲帶遠愁。好寄相思與婁水，門前日日有潮頭。

王瑶湘

字瑶湘，廣東南海人。詩人王隼女，李孝先室。

獨夜

殘燈明滅裏，遥夜夢醒時。起立庭前樹，孤懷明月知。

擬送別

孤舟暮歸去，別路江南樹。煙外有鐘聲，故人在何處。

朱柔則

字道珠，浙江錢塘人。詩人沈用濟室。◯方舟爲紅蘭主人客，道珠遥寄故鄉山水圖，主人作詩，有『應憐夫壻無歸信，翻畫家山遠寄來』之句。方舟旋歸，當時傳爲佳話。

寄遠曲

恨少垂楊柳，殷勤繫玉鞍。夕陽鴉背暖，春雪馬蹄寒。入世逢迎拙，依人去住難。癡兒啼向我，昨夜夢長安。

獵獵風初勁，沉沉雨未闌。因憐兒被薄，轉憶客衣單。栖燕將雛苦，征鴻失侣寒。居家與行路，同是一艱難。

聞説燕臺路，生涯亦可憐。恥彈門下鋏，誰乞廣文錢。久客非長策，歸耕有薄田。一棺痛慈母，急爲卜牛眠。諷遊子以行路之難、彈鋏之恥，猶姑氏季嫺以能貧賤、親正人勗子也。末章望其葬親急歸，遊子不容不歸矣。性情既摯，詩安得不工。

送外之大梁

前時失意悔遊燕，此去中州枉自憐。飄泊君同蘇季苦，操持吾媿孟光賢。計程已隔三千里，念別誰堪四五年。自注：方舟云此行以五年爲期。莫向離亭歌《折柳》，恐催客淚落離筵。

河渚觀梅約顧女春山春山，方舟妾。

相期河渚玩春華，一棹迎風路未賒。樓外有梅三百樹，美人不到不開花。約看花，而云不到不開，望其早到也，不姤可知，詎止工於措語？

方舟盧先姑墓感賦

寢苫枕塊空山裏，却望松楸淚泫然。縱使慈烏能反哺，可能飛得到重泉。

馬士騏 字韞雪，四川晉城人。張應垣室。

齊雲樓

憑欄天際盪心胸，一片雲飛接岱宗。縹緲層檐疑結蜃，等閒高卧笑元龍。自傳家學三千衆，誰數仙居十二重。爲問芙蓉樓上客，何如東海表齊封。

張學典 字古政，山西太原人。

感亡姊舊居

繡網蛛絲鏡滿塵，閒花狼藉不知春。添愁怕見梁間燕，猶是呢喃覓主人。

張凌仙

字學鳥，江南吴縣人。沈某室，以苦節聞。

雜詠

家住青山側，青山斷塵迹。浮世幾興亡，依舊青山色。
明鏡如滿月，朝朝弄妝靚。一自棄塵埃，不照孤鸞影。
夙昔愛鳴琴，流泉指下生。子期今已没，誰聽斷腸聲。

歲暮感懷

燈前課子誦芸編，百事縈心逼歲闌。泉路十年音信斷，空山風雪一家寒。四斷句中，俱有冰霜之色。

顧　英

字若憲，江南長洲人。常山知縣張之項室。◯孺人蕭然四壁，藥房蘿屋間，時聞誦詩讀書聲，遠近稱女學士。

初夏送夫子北上

杜鵑喚春歸，和風吹芳芷。何堪對斯景，把酒送吾子。分手即天涯，惜此須臾晷。别緒如繭絲，柔情似潭水。離懷寄孤鴻，相思託雙鯉。征途勉加餐，努力拾青紫。上慰高堂親，下酬賢伯氏。君行既雅醇，君才復俊美。但保金石心，豪門勿投趾。桃李易凋殘，松柏豈朝萎。行矣勿悲嗟，風雲自此始。『不忮不求，何用不臧』，勉夫以持身處世之正也。保金石心、斷豪門迹，守此兩言，可云有所不爲矣。此種詩猶存《雄雉》遺意。

周淑媛

字又洲，江南泰州人。

元日哭先大人

一夜思親淚，天明又復收。恐傷慈母意，暗向枕邊流。

仁孝之言，自在流出。

張蘩

字采于，江南長洲人。吴士安室。

戲爲外子撥悶

失意休教苦自煎，爲君把卷論前賢。兒頑應笑同王霸，婢鈍何須學鄭玄。滌器當壚情更洽，操舂舉案志猶堅。久藏賴有牀頭醖，莫負梧桐月正圓。

「奴愛才如蕭潁士，婢知書似鄭康成」，向推劍南佳句，得其意而翻用之，以高隱重，不以才藻鳴也。家風敦朴，於兹可見。

沈樹榮 字素嘉，江南吴江人。葉舒潁室。

送别

落葉楓林兩岸秋，曾於南浦動離愁。祇今一片江頭月，不照歸舟照去舟。

瑯琊女子 浙江桐鄉人。

和汪鈍翁姑蘇楊柳枝詞

柳條風静雨初收，更罷羅衣嬾上樓。花下欲將新月拜，一鉤却到緑梢頭。

葉　榜　江南崑山人。許心扆室。

孤雁

一聲淒切度河梁，不訴離群也斷腸。寂歷寒沙眠鎩羽，空明霜月照分行。無心避患銜蘆荻，肯戀餘生逐稻粱〔一〕。聞道邊庭尚征戍，孤鳴幸勿到遼陽。

侯承恩　江南嘉定人。

丁酉三月，葬親吴郡貞山之麓，淚餘賦此

買得吴山土一堆，思親日夕寸腸催。粗安窀窆封新鬣，可卜神明穩夜臺。滿目松杉滋涕淚，

〔一〕稻，原作『稻』，據文義改。

無情猿鳥亦悲哀。祖先丘隴遥相望，累葉忠魂總不灰。

薛瓊

字素儀，江南長洲人。山人李崧繼室。

寒食

一樣鶯花二月天，餳簫聲裏興蕭然。三旬九食吾家事，不獨今朝是禁煙。想見清士家風。

張氏

湖北潛江人。

絶句

病廢機絲老廢蠶，牙籤緗帙興猶酖。唐詩漢賦都收捲，日向明窗誦《二南》。棄辭藻而重脩齊，閨中端本之學。

倪瑞璿

江南宿遷人。徐起泰繼室。○柔順供職，婦德也。獨能發潛闡幽，誅姦斥佞，巾幗中易有其人耶。每一披讀，悚然起敬。

過凌城廟謁古戴二公忠義塚

古諱達可，戴諱國柱，同以忠勇見知於可法史公。自注：時史公總督漕運，巡撫淮揚。懷宗十四年，流寇袁時中寇睢，古時駐宿，邀戴往擊，戰於凌城廟，衆寡不敵，俱死焉。史公隨遣使致祭，命於所瘞地，刻石立忠義塚。嗚呼，二公真烈丈夫哉！丁酉秋，予同母氏往過，拜其墓，深惜其事之未傳於史也，因爲詩，以俟輶軒之採。

秋風鳴高空，亂峰下斜照。老樹枝交天，蒼黄覆古廟。入門捫殘碑，太息拜遺貌。憶昔明運衰，群盗起聚嘯。勦撫兩失策，蠭蠆變虎豹。所過無堅城，蒼生任凌暴，二公真人豪，忠貞出天造。金鐵冶成心，冰霜厲寒操。賊鋒一朝來，矢石躬親冒。官小誓捐軀，力薄那自料。慷慨互争先，從容共談笑。燃炮擊賊人，天地爲震悼。賊用魘魅法，自注：命裸婦人拜炮反震。蟻聚蜂屯到。衆寡勢不當，頭斷臂猶掉。成仁併取義，日月争光燿。碧血灑平蕪，賊馬不敢蹈。至今曠野中，白日常見燒。如何八十年，薦紳少憑弔。姓氏已稀傳，父老猶相告，蘭臺事纂脩，幽微須闡耀。誰爲秉筆人，搜求不遺奧。『勦撫兩失策』二語，斷盡熊文燦、楊嗣昌諸人之罪。古、戴二公，《明史》失載，此詩可補闕略。

四弟懇予易其名字，予取文王世子語，爲更名曰克昕，字徵子，因詩以勗

人生重賢豪，不在名字美。難以易相方，自注：唐進士黄居難，爲詩慕白樂天，故名居難，字樂地。赤將白自比。自注：李赤，自比李白。豈遂足追配，效顰空復爾。四弟性明慧，翩翩致可喜。世業下相城，生來故家子。先人早棄世，淪落來居此。家毁不謀歸，僑寓貧如洗。畫荻復和丸，提携賴母氏。就傅勤誦讀，弱冠終軍齒。挺然才氣雄，籍甚聲華起。爾字與爾名，呼之有年矣。忽然厭舊稱，十呼嬾一唯。向我索更之，我特不敢諉。文取《世子》篇，義載《大戴禮》。宋郊變宋庠，飲香從此始。名氏新改初，譬若居新徙。努力事葺修，棟梁庶不圮。莫若江南橘，踰淮化爲枳。酌雅稟經，顧名思義，詩不徒作。

戲贈山人李老自注：山人有足疾，爲余舅氏灌園。

李山人，年已翁，可憐白髮顔猶紅。矮茆屋，是爾宫。青藜杖，是爾童。煙霞滿懷丘壑卧，夜呼骨痛朝呼餓。戚施舉步行逡巡，天意厚汝汝莫嗔。汝不見，孫臏成名無一足，苻堅快意得半人。

樊大舅客金陵，有詩弔方正學先生墓，予次其韻

金川門入北平軍，叔父周公逐嗣君。碧血一區埋十族，青山千古護孤墳。祠依忠烈緣同志，自注：聞先生祠與景公祠相接。蘚蝕碑銘認舊文。樵牧那知青史事，經過也復弔斜曛。弔正學詩所見夥矣，詞嚴義正，氣足神完，無出斯篇之右。

閲《明史·馬士英傳》自注：阮大鋮附。

王師問罪近江濆，宰相中書醉未聞。復社怨深謀汲汲，揚州表到血紛紛。金墉舊險崇朝棄，

郿塢多藏一炬焚。賣國仍將身自賣，姦雄兩字惜稱君。貴陽、懷寧二賊臣，秪修復社之怨，報魏閹之讎。王師南下，閣部告急，掩耳不聞。視賈似道之不救樊城，尤爲人頭畜鳴也。究之殺身亡家，遺臭終古，末路安可問哉！「姦雄」二字，曹孟德輩足以當之，予以姦而不予以雄，具有卓識。

金陵懷古

石頭天險壯層城，虎踞龍蟠舊有名。峙鼎三分吴大帝，渡江五馬晋東京。高臺鳳去荒煙滿，廢苑螢飛茂草生。往事不堪頻想像，夕陽西下看潮平。

憶母

河廣難杭莫我過，未知安否近如何。暗中時滴思親淚，只恐思兒淚更多。因憶母而轉出母之憶女，其情倍深。

袁九嫕

字君淑，江南通州人。

秋日樓居

高樓一騁望，秋林何冥冥。金飈颯然來，拂拂吹軒楹。嚴霜凋蕙草，竹根莎雞鳴。落日淒以黄，照此朱槿榮。房櫳鬱窈窕，芳樹紛葱菁。低枝觸錦瑟，泠然激清聲。境寂意自愜，慮淡心寡營。因悟静者遠，而多遺世情。

林以寧

字亞清，浙江錢塘人。錢石臣室。

憶父禹都

曉登百尺樓，遥望中條山。天際有白雲，日夕自往還。去來何寥邈，引領難追攀。誰云生女好，少長違親顏。豈不眷庭闈，安能事問闗。問寢久疎闊，視膳良以艱。回步循南陔，躑躅涕汍瀾。

陳　珮

字懷玉，江南天長人。江賓谷室。

瘦菊爲小婢作

瘦菊依階砌，簷深承露難。莫言根蒂弱，翻足奈秋寒。

哭程夫人

忽駕青鸞返碧虚，瓊花吹折痛何如。修文應是才人盡，徵到姮娥舊侍書。天上修文，幾成套語，一用點化，頓覺鮮妍。

蔡琬

字季玉，遼陽人。綏遠將軍毓榮女，高文良公其倬繼室，誥封一品夫人。著有《蘊真軒小草》。◯夫人無書不讀，諳於政治，文良奏疏移檄等項，每與商酌定稿，閨中良友也。詩集無可覓，於選本中録取四章，皆擲地有聲者。

辰龍關

一徑登危獨惘然，重關寂寂鎖寒煙。遺民老剩頭間雪，戰地秋閒郭外田。聞道萬人隨匹馬，曾經六月墮飛鳶。殘碑灑盡諸軍淚，苔蝕塵封四十年。

關鎖嶺

山從絶域勢遥分，天限西南自昔聞。烽静戍樓狐上屋，風喧古木鶴驚群。横盤石磴危通馬，深鎖雄關冷護雲。叱馭昇平猶覺險，揮戈誰憶舊將軍。

江西坡

西嶺千重簇劒鋩，曾麾萬騎薦羊腸。鬼燈明滅團青血，野塚荒凉嘯白楊。夢斷層霄空漠漠，事隨流水去茫茫。只今剩有殘兵卒，指點空山説戰場。

九峰寺

蘿壁松門一徑深，題名猶記舊鋪金。苔生塵鼎無香火，經蝕僧厨有蠹蟫。赤手屠鯨千載事，白頭歸佛一生心。征南部曲今誰是，剩有枯禪守故林。綏遠將軍平吴逆後，隨獲譴咎，歸空門以終。四章皆懷滇南征戰地，悲歌感慨，其原出於少陵《諸將詠懷古蹟》等篇。

方　京

字彩林，廣南番禺人。進士諱殿元女，廣文金綖室，子祖静貴，誥封恭人。

○恭人承家教，古詩宗漢、魏，近體宗盛唐，故所著無宋、元氣味。

薤上露

薤上露，日出晞。朝槿花，日暮萎。微物轉瞬間，人生諒如斯。彭祖帝堯民，亦復同所歸。服食求神仙，仙成竟何時。守道以待終，令名庶可垂。《薤露》原詞只言人命奄忽，以挽王公貴人，此陳求仙之謬，而以守道令名爲不朽，粹然儒者之言。

送孟調大姪南還

相對疑夢寐，言别百愁生。孤飛易爲感，使我心魂驚。聚散人生常，此别難爲情。爾我本一樹，相期共枯榮。爾今折枝條，芽肄何時萌。沾潤我本懷，老髦願難行。爾今返吴中，閉門守硜硜。勉哉崇令德，努力以揚名。取法不在遠，祖父有遺型。周親我老矣，垂涕重丁寧。古意、古音，勗之以正。

示長媳楊珊珊

十年爲婦《蓼莪》餘，疏水家風樂自如。宛似舉場勤苦士，粧成惟對古人書。姑近儒者，婦近書生，閨中樂事，備於一家矣。

孔傳蓮

浙江桐鄉人。贈翰林院編脩宜川丞馮錦繼室。

寄夫子宜川

斯立只哦松，君今意氣雄。官爲七品佐，身落萬山中。羽檄馳荒徼，徵求感大東。莫嫌勞瘁劇，黽勉救疲癃。此通家生侍御馮浩母也。於羽書旁午財粟殫亡之日，望夫子盡瘁救時，是何等胸次！

吴雯華

字雲素，江南吴江人。貢生葉舒璐室。

秋日村居

自愛投閒縱所之，江村林壑漫棲遲。本無喜愠抽身早，須信英雄種菜宜。逸興躭於黄菊候，幽情訴與白鷗知。緑楊影裏三間屋，羡殺漁人理釣絲。

沈蕙玉

字畹亭，江南吴江人。貢生倪弁江室。著有《聊一軒詩存》。○讀四箴，可補班氏《女誡》。惜年命不永，而弁江績學，旋亦淪亡。評閱時，爲欷歔者久之。

自箴

天生蒸民，有覺其性。陰陽肇判，含元達順。琴瑟載咏，蘋蘩攸司。夙夜用敬，猶懼或虧。無曰深閨，莫余云覿。淑慝在躬，指視暗室。維椒與蘭，植於中田。我思君子，淑慎塞淵。此以慎獨自箴。

先民有言，言不出閫。牝雞之晨，厥家用損。節以應佩，琴以和神。詞苟或費，寧默而存。勿尚爾舌，寸心是弛。既悔而追，不脛千里。嗟嗟愚盲，慎其德音。鸚鵡多言，秪名文禽。此以謹言自箴。

紵纊在笥，焕乎有爛。凄其以風，滋我永歎。維織與紝，爲坊厥心。舍業而嬉，淫慝相尋。

野有絡緯，振迅其翼。爾安用婾，微羽所疾。雖有孔翠，不如春蠶。之子纂組，不如布縑。此以勤勞自箴。

冀妻如賓，孟光舉案。夫豈矯情，婾惰斯遠。啼眉折腰，邦國之妖。彼昏罔知，反以用驕。幽閒貞静，曰配君子。載色載笑，若佐之史。敬而能和，穆如清風。修身準此，維以令終。此以和敬自箴。

同聲歌

少小屬閨闥，感君意纏綿。聘以明月珠，迎以黄金轎。結褵自今夕，誓好永百年。采蘭涉秋水，薦藻奉華筵。合歡裁作被，朱絲操作絃。雖無蘭蕙姿，向日呈芳妍。一身皆君有，寸心私自憐。何用答嘉惠，持以充豆籩。在天莫爲雲，雨落難上天。在地莫爲影，日暮愁棄捐。婉孌保素志，跬步稱比肩。於同聲中寫同心，有和順，無狎昵，所謂『有道妻子皆得佚樂』，於弁江夫婦見之。

楊珊珊

字珮聲，浙江山陰人。布衣楊賓女，觀察金祖静室。

鄉思樓

旅寓金閶五十秋，親年多半老依劉。嗟予未識鄉關路，廿載空登鄉思樓。淺淺語，自有遠神。

姚世鑑

字金心，浙江歸安人。王豫室。

春感

東風庭院林鶯語，斜日簾櫳海燕飛。九十春光今已半，行人到此也應歸。

卧病

卧病逾時歲又新，衡門兩版絶囂塵。垂簾怕放東風入，春到貧家不當春。

姚益敬

字元吉，浙江歸安人。董暨室。

力疾作書寄外因題紙尾

尺素題初罷，輕羅淚未乾。離愁不堪寄，聊復報平安。

周淑履

山東萊陽人。高蔭栐室。◯婦爲相國曾孫女。幼工詩，于歸後，夫婦如師友。然蔭栐早歿，家盡落，，母家亦落，貧無依，藉織紝以生。教三子讀書成名下士，遠近以女師尊之。

述懷

軋軋機杼聲，漠漠空天雪。操作入中宵，十指皆皴裂。積絲匹難成，不忍中道絶。著此縞素裳，怡然矢同穴。『積絲』十字，爲學如是，立節亦如是。孤兒髫齔年，欲令就外傅。大者陶性情，次亦理章句。寧云致通顯，不敢隕故步。爾父有殘書，慰母在寒素。

冬日送別表妹

蕭蕭風雪逼人寒，欲整行裝忍淚看。珍重送君無別語，高堂代我問平安。

吳　巽 字道嫻，浙江嘉興人。鄭聯室。

冬日村居，讀靖節先生『日月依辰至』句，遂演成一律

日月依辰至，村居歲欲殘。補衣朝旭暖，織素夜燈寒。節分於陵苦，貧偕孺仲安。囊空忘羞

澀，不用一錢看。

奉懷兩大人自注：幼弟已亡。

復抱西河痛，遥知淚不乾。可憐雙白髮，誰與勸加餐。

癸丑秋，陳妾得舉一子，時壻年四旬矣，誌喜

窮薄還憑世澤存，朝來弧矢喜懸門。翻嗟姑舅先朝露，未得生前一弄孫。誌喜中轉復增悲，微特不妬，彌見孝思，此婦德之純者。

聞雁

一字横排筝柱來，聲聲似撥楚絃哀。願爲羽翼偕飛去，縱遇高峰誓不回。

緑牡丹和韻

平臺冉冉黛初匀，不逐鄰園鬬麗春。金谷荒凉成往事，風前猶想墜樓人。商丘宋公任江左屏藩時，《詠緑牡丹》二律，和者幾於盈千，然皆刻畫景狀，餘韻無存也。此妙在不即不離。

錢紉惠

江南吴縣人。太史諱中諧女，武平令許廷鑅室。○竹素以詩鳴吴中，今之魯靈光也。厥配亦高風格，趨步唐音。

新安江行

乘潮渡漁浦，沓嶂夾江濆。下瞰緑波影，能令纖芥分。筏移疑入鏡，碓落自春雲。聽盡潺湲水，灘高易夕曛。佳句。

度梨關

迢遞踰梨嶺，肩輿勝駑驂。雄關限閩越，幽境極東南。地暖常多雨，雲開忽作嵐。鄉閭望不極，聊復上𡾊龕。

毛秀惠

字山輝，江南太倉人。諸生王愫室。○存素娱情畫理，不慕榮禄，閨中人亦同素心。讀其詩，想見其幽居之樂。

戽水謡

緑楊深沉塘水淺，轣轆車聲滿疆畎。倒挽河流上隴飛，渴烏銜尾迴環轉。今夏旱久農心勞，西風刮地黄塵高。原田迸裂龜兆坼，引水灌之如沃焦。男婦足繭更流血，鞭牛日夜牛蹄脱。田中黄秧料難活，村村盡呼力已竭。其聲促，恰稱此題，讀《雲漢》詩可悟。

漁父圖

竹竿裊裊微風裏，失魚不憂得不喜。收綸放艇出蘆藭，白鷺横空忽飛起。江皋落日江水清，水清無復見魚行。仙源有路渺何處，雲水蒼茫無限情。

錢塘懷古

京洛煙塵棄不收，西湖臺閣作金甌。流連秋色還春色，歌詠杭州勝汴州。自顧苟安增幣帛，誰抒孤憤報仇讐。棲霞嶺畔將軍墓，只有南枝記舊丘。宋高苟安，父讐不報，《戊午讜議序》極言之，閨闈中亦見及此。

乙卯秋外赴金陵省試，不售，詩以慰之

新粧競埽學輕盈，俗艷由來易目成。誰識天寒倚脩竹，亭亭日暮最孤清。

寒女頻年織錦機，深閨寂寂掩重扉。却憐鳩鳥爲媒者，空向秋風理嫁衣。

重陽風雨滯幽齋，失意人難作遣懷。籬菊已花還覓醉，便須沽酒拔金釵。慰夫不遇，喜無嗟

殺之音。

許飛雲

字天衣，江南吴縣人。諸生王又溟室。

新月

遠望雲山暮靄浮，初生纖魄挂南樓。樹頭宿鳥驚弓影，水面遊魚怯鈎鈎。淡淡畫眉微有恨，深深學拜便含愁。廣寒風動銀河淺，羅襪新裁夜出遊。此方虚谷所謂著題體也。中二聯寫景寫情，新字於末句借點，布置極工。

許孟昭

字景班，江南元和人。許廷鑅女。

寒夜曲

金剪生寒夜漏長，玉人纖手嬾縫裳。素娥偏耐秋光冷，來照鴛鴦瓦上霜。有義山絶句神味。

許楚畹

江南元和人。許廷鑅孫女。

寒夜曲

沉沉夜永漏聲添，倚户蕭條對彩蟾。青女不知幽院冷，還吹霜氣入重檐。

陳奇芳

字蘭佩，江南吴縣人。舉人時敷五室。

秋風

乍覺商飈動，園林色漸非。井梧吹欲墮，梁燕送將歸。延爽開羅幕，迎凉捲紵衣。漢宫藏扇者，安命掩金扉。

梅影

東風吹夢入煙村，月地雲階印淺痕。竹外橫斜空色相，水邊隱約認香魂。一枝欲寄人難折，三匝無依雀自喧。顧我清癯憐共瘦，瑣窗徙倚向黃昏。妙在字字是影。

周巽

字順吉，浙江山陰人。仁和諸生沈心室。著有《須曼閣小藁》。

秋夜聞笛

今夕是何夕，忽聽蒼龍吟。成連之海上，千載有遺音。窺牖月如水，隔墻風滿林。漏深吹忽斷，不盡故鄉心。通體高格，明人中近徐昌谷。

題海昌女史李是庵《水墨牡丹》

元輿賦裏識芳姿，玉篆牌懸第幾枝。想見深閨多逸韻，含毫不用買胭脂。

汪　瑶

字雲上，江南新安人。朱昂室。

寒山

自注：趙凡夫棲隱處。

飛雨過群嶺，籃輿陟翠微。幽徑入松際，輕風吹人衣。高士有遺跡，想見疏鑿時。老屋就深樹，寒泉瀉平池。墓梅雙虬龍，屈鐵盤高枝。緬懷碩人軸，偕隱賦樂飢。已辭梁棟材，自遠太廟犧。一門擅文藻，淵雅良可師。自注：凡夫及子靈均工古篆，配陸卿子工詩，子婦文俶工寫花鳥。予亦慕高隱，願采商山芝。鹿門期可逐，懷古生遐思。弔偕隱人。而已亦願偕隱，志趣可知。

吴若華

浙江嘉興人。藩司吴嗣爵女，屈恬波室。◯若華制藝極工，小題鏤刻近隆、萬人。王漁洋稱士女商畹人能工制舉文，此其替人矣。

新磨古鏡

古鏡朦朧減舊清，一朝磨洗倍晶瑩。雲開夜月秋毫見，雨過菱花色相明。閱世興亡疑有眼，辨人好醜揔無聲。玉臺粧罷時時拂，莫使浮塵又暗生。五語寫古字巧，六語喻君子知人，不自矜其名也。對偶較勝。

留别淮陰道署

三載依依玉鏡前，舊梳粧處最相憐。不知今後紅窗裏，又是何人點翠鈿。

秋風

滿耳蕭騷夢不成，殘雲涼月夜凄清。等閒吹落長林葉，雜入千家擣練聲。

宋凌雲

字逸仙，江南長洲人。李博室。◯昔銓部宋南園先生嘗向余言：『孫女弱齡即喜誦吾子詩，粧臺側，時手一編也。』今將四十年，其言如昨，而逸仙已歸泉壤矣。俯仰三世，可勝慨然。

偶成

天外魚書絶，征人豈念家。可憐小兒女，夜夜看燈花。

憶父

吴樹燕雲斷尺書，迢迢兩地恨何如。夢魂不憚長安遠，幾度乘風問起居。

欲歸未得悵空囊，兒女相思淚數行。苦憶寢門雙白髩，朝朝扶杖倚閭望。

許權 字宜娭，江西江州人。進士崔謨室。

夢天

招我以神仙之窟，鳳麟之墟。乘我以青鸞之輦，赤龍之車。手摩日與月，浩蕩經天衢。回首人世真渺茫，齊州九點煙青蒼，我欲乘風任翱翔。忽聞空中飄鼓吹，綽約佳人御雲氣。似曾相識碧落間，共赴瑶池爲仙吏。瑶池日敞宴初開，星娥月姊雙雙來。相携千年乍熟蟠桃實，勸飲百巡不醉流霞杯。頓覺心清體骨輕，夢回漏箭報三更。煙霞已散空庭寂，静聽梧桐淅瀝聲。題同長吉，而詩格却仿青蓮，夢意於末路點明，隨即换境作結，令讀者不能測識。

七夕

七月七之夕，家家望女牛。神仙不可見，凉風何颼飀。我疑天孫之巧轉近拙，東西隔斷難飛越。一年一度一分離，千古銀河響幽咽。不須乞巧向天孫，若賜巧來愁欲絶。君不見，東家力田婦，耕饁常相隨。旦暮共苦樂，白首不分離。又不見西鄰有才女，夫壻上玉堂。終年不相見，悵望悲河梁。玉露無聲夜清悄，盤中盼斷蛛絲遶。不知巧思落誰家，只恐巧多人易老。寄語人間癡女兒，寧爲其拙毋爲巧。

尹瓊華

字秉貞，江南吴縣人。卞培基室。◯秉貞淑慎，敦孝行，年二十三殁。培基以有子，不再娶，重婦德也。

題姜貞女畫

自注：綸周女，名桂，字芳華。

空閨工六法，取勢入微茫。野渡漲秋水，遠山明夕陽。古心無麗藻，淡墨有冰霜。不點雙飛鳥，圖中斷頡頏。三、四語，正寫畫，餘俱從守貞著筆，不同泛泛。

韓韞玉

江南長洲人。宗伯文懿公幼女，西寧知縣顧渭熊室。◯前輩韓東籬太史述幼妹少讀群書，兼工詞翰，年三十時，著述已富，病殁前，盡取焚之，不欲以文采見也。渭熊從書帙中檢得十餘首，比於吉光片羽云。

詠鶴

丹頂玄裳白羽輕，芝田舊日得仙名。生來雲水原天性，望裏蓬壺是去程。代遠每過千歲壽，露寒常向九皋鳴。不隨衛國乘軒隊，穩卧松巔夢太清。

楊克恭

字德基，江南揚州人。少傅敏莊公孫女，德清徐志巖室，封宜人。

讀《唐書·李白傳》

汾陽微日無人識，獨有青蓮賞最真。再造唐家緣救免，可知卓見出詩人。太白識郭汾陽於行伍中，爲脱其罪。後白陷永王璘事，汾陽欲解職以贖其罪，《新唐書》載之，蘇子瞻言之，後人翻駁謂無其事者，吹毛索瘢，殊可不必。

金　順

字德人，江南吴縣人。中書汪曾裕室。夫亡，以節孝稱。

題管夫人畫竹

墨妙由來數仲姬，閨房静對寫風枝。王孫若解凌霜節，合署鷗波老畫師。題仲姬畫，却從竹上諷諭王孫，用意微婉。

汪　璀

字傕弟，浙江烏程人。諸生徐以坤室。

從茗返德清

秋思入寒砧，帆飛度遠林。溪分前路合，桑密晚煙深。白髮慈闈夢，青年昧旦心。孤城遥在望，鳥外見雲岑。

懷舍弟都中

上苑棲枝後，春風又一年。雁行悲斷續，雲路戒騰騫。母老憑余侍，門衰仗汝賢。家庭爲政好，早放潞河船。昔人問前輩居官之法，曰：『玉階露滑，須緩緩行。』即戒騰騫意也。得自閨閣中，尤難。

袁　機

字素文，浙江仁和人。太史子才之妹，幼許字如皋高氏子，後高以子有惡疾，願離婚。素文曰：『女從一者也，疾，我侍之，死，我守之。』卒適高。高躁戾佻蕩，傾奩具爲狎邪費。不足，扑抶外，至以火燒灼之。姑救之，毆母折齒。既欲鬻妻以償博者。不得已，始歸母家。長齋素衣，孝養母氏。高氏子死，哭泣盡哀，血淚盡。越一年，亦死。女子中苦行，無逾此也。檢篋笥，得手編《列女傳》三卷，詩一卷。

有鳳

有鳳荒山老，桐花不復春。死還憐弱女，生已作陳人。鐙影三更夢，曇花頃刻身。何如蜩與鷽，鳴噪得天真。

聞雁

秋深霜氣重，孤雁最先鳴。響入空閨静，心憐永夜清。自從成隻影，同是感離情。誰許並高節，寒林有女貞。應自歸母家後作。自憐隻影，静正守貞，言外絶無怨尤，可以哀其志矣。

國朝詩别裁集卷三十二

長洲沈德潛歸愚纂評　男　種松校字
江陰翁　照霽堂　長洲周　準欽萊同輯

戒　顯

字悔堂，太倉人。以下僧詩。◯玩《登黄鶴樓詩》，應是遺民而爲僧者。無詩稿，於卷軸中得之。

登黄鶴樓

誰知地老天荒後，猶得重登黄鶴樓。浮世已隨塵刼换，空江仍入大荒流。楚王宫殿銅駝卧，唐代仙真鐵笛秋。極目蒼茫渺何處，一瓢高挂亂雲頭。起有撼山岳、吞雲夢之概，具此胸次手筆，不管『崔顥題詩在上頭』也。通體俱振得起。

止嵒

字豁堂，浙江仁和人。著有《同凡草》。〇豁堂，徐姓，名繼恩。國變後爲僧，嘗云：『人非金石，立見消亡，不若逃形全真，自遊方外。』詩二卷，王新城尚書目爲湯惠休、帛道猷之流。

田家

田家無他望，所望在平畦。但恐終歲力，不得遂其私。何哉造物者，亦得厚我施。夜來微雨過，使我菜麥滋。登丘一以眺，秀色遠參差。此時桃與李，豈乏好容姿。顧予朴野性，獨與此相宜。及時務耕作，那敢貪天時。近陶公性情，不在面貌。

戲酬友人惠日鑄茶

幾日春遊偏若耶，入城布衲滿煙霞。正愁仙福難消受，又喫人間御貢茶。

月下由御教場下投浄慈宿朗公房

御教場中月直時，下山全不道歸遲。三松影落半湖水，一路沿鐘到浄慈。

南　潛

字月巖，浙江烏程人。◯月巖，董姓，説名。本貢生，中歲出家吴之靈巖寺。詩思路、手筆俱不凡，然多偏敧，欠完善，兹録其近情者。

招魂曲

夢魂夜逐青桐葉，飛落秋園作蝴蝶。一星鬼火入筵青，法王院牓招魂帖。靈旛剪紗錢剪紙，月黑松摇古鬢鬣。高僧咒開枉死城，精靈隱隱啼秋怯。嘯聲認得故人魂，猶帶生前舊豪俠。鬼氣近昌谷。

宫人入道和唐人

聽斷昭陽鼓吹聲，道家衣向御前更。已抛團扇三秋怨，卻勝琵琶萬里行。留錦秪謀裝秘笈，買絲還擬繡飛瓊。天家異日齋香使，白髮宫奴記舊名。和平之音。

聽雨

梧桐滴瀝客心驚，秋雨能吹白髮生。孤館燈昏惟對影，麗譙鼓澀不知更。前宵松月疑塵夢，明日泥塗聽屐聲。尋著漏痕當屋角，夜深百匝繞書行。

實訒

字可南，江南吴縣人。◯詩從黄子若木處鈔得，無稿本也。氣清語削，滌盡塵俗，見我吴前此大有詩僧。

石公山

湖上山忽起，突兀孤雲中。洪濤日相擊，飛雪灑晴空。懸崖疑欲墮，怪異由天工。雨晴蒼翠濕，水落根玲瓏。時有好事者，閒來窮鴻濛。

蝦蟆嶺

君不見，蝦蟆嶺，崔嵬橫截日無影。特立太湖煙水中，飛鳥何曾至絕頂。崩崖挂倒樹，日久生莓苔。飛瀑灑石壁，磴道鳴殷雷。百步幾盤曲，去矣如復回。蝦蟆嶺，何年開，日見行人天上來。

傷范東生

苕水清，湖水渾，東西相望愁人魂。君今長別故山去，春光寂寂梅花村。湛園月下池光冷，冷浸芙蓉夜正永。於今何處問《風》《騷》，空向草堂弔清影。

江樓望月

江村猶不夜，月已到高樓。碧瓦光相射，虛檐影自流。山山皆在水，樹樹盡成秋。天迥空無著，西風一釣舟。起與『殘夜水明樓』同妙，『山山皆在水』，寫得殘夜山水出。

爛溪訪周公美不值

晚風吹亂葦，簌簌鳴荒疇。山月白如曉，溪雲凉似秋。蟬聲在高樹，水氣生空舟。問主不相見，門前閒片鷗。

夜同凝父宿元朗齋頭有懷秋潭

簾外絲絲雨，因風亦易晴。孤燈照清話，一鉢了浮生。野鳥不依樹，閒雲偶入城。懸知溪上意，流水是經聲。生新之句，時近賈長江。

答董然明

木落水容淡，寥寥獨鳥還。小樓明月上，照見隔溪山。貽我句何逸，想君心倍閒。前期倘不棄，掃石梅花間。所選八首中，五首寫月，得月之神，并傳月下人性情。前身豈謝希逸耶？

月夜過元弘山房

忽動幽人思，昏黄過草堂。江明初月上，地白已凝霜。相見更何事，歲寒心不忘。石牀終夕語，松隙又晨光。

顯　謨

字言成，江南吴縣人。

山房同端白遲蘭公不至

林中掩荆扉，白日忽已暝。松風陰壑生，淅瀝寒秋聽。相對澹忘言，詩成禪侶定。期子不我來，寂寂孤雲逕。

東陸長卿

爲别亦何易，山山盡是秋。曾期過一夜，不見到孤舟。風勁葉離樹，月寒人在樓。所思湖水闊，清夢得同遊。

海　遐 字介旭，江南宜興人。

送友之吴門

東風吹柳拭煙輕，折贈柔條空復情。一望吴山千萬叠，知君只在此中行。

同揆

字輪菴，江南吴縣人。著有《寒溪詩》。◯輪菴，文中翰啓美之子，文肅公猶子也。滄桑後逃于禪。所爲詩，皆人倫日用、盛衰興廢之感，墨名儒行，斯人有焉。

《鼎湖篇》贈尹紫芝内翰

丁丑、戊寅間，先公受知於烈皇帝，遵旨，改撰《琴譜》，宣定五音正聲，被諸郊祀。上自製《五建皇極》《百僚師師》諸曲，命先公付尹紫芝内翰，飜譜鈎剔。時司其事者，内監琴張、張奉命出宫嬪褚貞娥等，禮内翰爲師，指授琴學，頒賜紫花御書、酒果、縑葛之屬，極一時寵遇。迨闖賊肆逆，烈皇帝殉社稷，諸善琴者，偕投内池。内翰恐御製新譜失傳，忍死抱琴而逃。南歸，謁先公於香草垞，言亡國時事甚悉。從此三十九年，不復聞音耗矣。癸亥秋，余在寒溪，内翰忽來相見，如夢寐，意欲薙染，事余學佛。余傷之，爲賦《鼎湖篇》以贈。

鼎湖龍去秋溟溟，驚風吹雨秋山青。白頭中翰淚凝霰，叫霜斷雁棲寒汀。烈皇御宇十七載，身在深宫心四海。一朝地老與天荒，城郭依稀人事改。當年删定《南薰曲》，内殿填詞徵召促。

琴張好學直乾清，先公屢賜金蓮燭。雅樂推君獨擅場，望春樓下拜君王。高山一奏天顔喜，奉勅新翻舊典章。昭儀傳諭何諄切，予賚先頒女兒葛。上林避暑撫絲桐，温語貞娥遵秘訣。流泉石上坐相邀，薇省風清玉珮摇。神武門前輕執戟，永和宫裏薄吹簫。如意初殤淚沾臆，自注：皇五子悼靈王。那堪又報河南失。鈿蟬零落葬田妃，池水蒼茫尚凝碧。寒食花飛不見春，冬青塚樹斫爲薪。煤山一片凄凉月，猶照疆場血化燐。世間萬境須臾夢，老臣剩有西臺慟。四十年來寄食艱，何人再聽《高山弄》。鑑湖南去雲門外，古寺松篁景晻靄。維舟無意忽相逢，恍惚夢魂同晤對。夕陽影裏話前朝，天壽諸陵王氣消。留得閒身師白足，滿頭白髮影飄蕭。吴梅村祭酒詩道勝朝亡國事，凄凄切切，可被管絃，令讀者愀然傷懷。此篇竟似出梅村手。梅村道本身事，輪菴道先人事，其感一也。神來尤在後半。

過五經嶺

絶壑松杉合，懸巖冒雨登。雲中人種麥，天際我攀藤。路盡峰能轉，巢危石欲崩。寒煙滿蘿屋，應有未歸僧。阻風登采石磯云：『去帆疑峽走，捲浪駭江飛。』亦能作奇語。

雪霽後曉行過龍舒

衝寒初放棹，侵曉度溪灣。殘月霜中角，長江雪後山。鐸清知塔近，波定識鷗閒。載筆頻年夢，瀟湘一衲還。

吴翼生歸自塞上話舊

七載風霜雪滿韉，曾騎欵段獨行邊。之官恰值初裁俸，作吏惟知不愛錢。薄宦暫歸仍是客，殘僧久别已忘年。地爐芋火深宵共，破院相依有夙緣。清空如話。吴洪雅之清味自見。吴後爲冢宰。

大　燈

字同岑，浙江秀水人。〇以下五僧詩皆得自選本中。

遊毛公壇

千古仙壇在，丹書孰更聞。藤蘿春覆雪，洞壑晚連雲。藥竈花間出，人家谷口分。何時移草閣，向此卧斜曛。

秋夜宿八峰山房

黄花籬下亂蛩鳴，古寺秋高嶺月明。夜半石牀清睡去，不知枕上落泉聲。

大　瓠

字笻在，江南宣城人。

滸墅留贈周玉鳧儀部

瓢笠飄然特訊君，連朝風雨惜離群。青楊花覆山橋路，白石溪連竹屋雲。卻怪鵰鶚嘲鳳德，敢將騕褭應龍文。荒凉一逕空延佇，回首江關已夕曛。時儀部罷官家居，故有五、六語。

函可 字祖心，廣東南海人。

丁亥春，將歸羅浮，留别黄仙裳

春盡雨聲裏，揚帆趂曉晴。路經三笑寺，歸向五羊城。末世石交重，餘生瓦鉢輕。悲凉無限意，江月爲誰明。

本源 字兀菴，浙江湖州人。

過王皜菴舊居却寄郡城

菰城摩詰在，久不住嵓阿。白日攜筇到，青山送客多。林空一片月，澗落萬重波。知我無如子，秋深幾度過。

大寧

字石潮，浙江錢塘人。

寄胡柏菴

時有渡江夢，孤懷歷歲深。澹雲歸鳥意，春樹野人心。岸艸青連屋，山花紅滿林。好知千古事，明日幾回尋。

成鷲

字跡删，廣東番禺人。著有《咸陟堂詩集》。〇上人姓方氏，本名諸生，九谷先生弟也。中年削髮，不解其故，然既爲僧，所著述皆古歌詩、雜文，無語録偈頌等項，本朝僧人鮮出其右者。擬之於古，其惟儷秘演之儔歟？

祝髮呈本師

男兒愛身及膚髮，平生一毛不敢拔。蹉跎四十一回春，負此遺骸等株橛。蒙師爲我操慧刀，頭上不與留纖毫。一朝四大輕鴻毛，昔日縫掖今方袍。縫掖翁，方袍子，本來面目應相似。鏡中見影不見形，莫道昨非今乃是。請辭大衆入山去，山月松風供穩睡。『莫道昨非今乃是』，見爲儒未必非，爲僧未必是也。知其未必是而爲之，此何故耶？

屈翁山歸自金陵，予將入瀧水，賦贈

君不見，至人有身無四大，乘風穩踞溟鵬背。下覽九州如塊，朝發越裳莫燕代。君不見，至人善行不任足，馳驅直入蝸牛角。縱横游説蠻與觸，三軍解甲輿脱輻。斯人人耳無大奇，致虚守静如伏雌。中間真宰微乎微，神出鬼没不可知。去年盡室吴江去，江邊欲與鴟夷住。高堂有母生喜懼，自刺扁舟出煙霧。歸來重理漉酒巾，黄花彩服參差新。炙雞秉燭招比鄰，黑貂貫過墻頭春。興來起舞醉無力，舉觴偏告座中客。此身有母難許國，自作散儒深可惜。深可惜，未忍聞，長歌短曲聊和君。明朝我向瀧西隱，世事悠悠勿復云。角韻叶。〇鬱鬱律律，欲滅欲没，如相馬者，應索之牝牡驪黄之外。

羅浮采藥歌

朱明老仙能辟穀，日飯胡麻茹黄獨。輕身直上鐵橋行，踏破飛雲雲在足。四百峰頭種紫芝，千尋澗底菖蒲緑。藥名藥品皆離奇，《神農本艸》那得知。相逢一一爲予説，予心半信還半疑。老仙大笑導予去，指點深山最深處。隨取隨有卻隨無，殺人活人不知數。傾筐不盈盈更歸，歸時忘卻來時路。縹緲欲仙。

秋鐘

寂寞秋原寺，霜鐘韵最幽。數聲生殿角，一夜白人頭。皛皛月當枕，蕭蕭風滿樓。何能此時節，還起景陽愁。

鏡

愛爾本無我，虚明識故人。滯形還偶影，顧笑復憐顰。虚室自生白，太虚誰寫真。所嗟承弁髦，一見一回新。惟太空，所以無物不照。寫鏡寫心，是一是二。

問天

我有千古恨，高高將聽卑。亦知曾補後，不似未分時。得氣清何少，流光照或私。可能空闊外，容我管中窺。既補後天，雜以人矣。所以清中有濁，公中有私也。補靈均未問意。

問影

不辨誰賓主，何因有往還。憐君時一顧，笑我未能閒。世態膠難合，前塵跡可删。終當事韜晦，相待掩重關。

登大科峰頂

愛山登陟不辭勞，直上嶔岑振敝袍。老去始知行脚穩，年來惟恐置身高。青天有路隨孤鶴，滄海無根仗六鰲。閑倚西峰發清嘯，下方誰識是吾曹。出世人何必作此語耶？

讀宋史偶筆

從來吾道本虛公，離蜀何因有異同。端禮門前書姓氏，原來都在黨人中。洛、蜀同異，總在黨籍碑中。一以見相争之多事，一以見程、蘇之均不礙爲君子也。此種詩，可當史論。

大成　字竺菴，湖南醴陵人。

山居

一株兩株老松青，松下結個小茅亭。三日五日來一次，肩荷楖栗手持經。讀經讀到山月出，聽松聽罷天落星。適然抛卷松間卧，夢與松根乞茯苓。有生趣，另備一格。

海岳　字中州，江南鎮江人。

訪友不值

尋君復不見，寂寞出林間。落葉溪邊路，浮雲海外山。午煙桑柘隱，秋色户庭閒。愛爾幽棲好，歸來亦閉關。

天定 字雙溪，湖北武昌人。

涵師峨嵋遊歸因贈

峨嵋西去似登天，見説親行到頂邊。古木千年都化石，衲衣六月總裝棉。陰風晝灑巖端雪，急雨宵聞洞口泉。袖得圖歸誇示我，芒鞋踏破意忻然。奇語却是真境。故人黄尊古住峨嵋半載，爲予言之。

大健 字蒲菴，江南和州人。

登鍾山

鍾山常在望，惆悵有誰登。躡履過靈谷，披雲拜孝陵。荒途迷亂草，深澗咽寒冰。香火餘宫監，悲涼向野僧。

僧殘

字石溪，湖南湘潭人。

古意

瘞琴峨嵋巔，知音何寥寥。埋骨易水旁，俠士魂難招。物性不可違，豈必漆與膠。嘗恨士不遇，白首空蕭騷。齊己能作雄壯語，如『拔劒繞殘尊，歌終便出門』是也，此更過之。

超遠

字心壁，雲南人。〇心壁出家西江之廬山，商丘宋公巡撫西江，與酬接唱和。後移節江蘇，心壁復來吴中，又有唱和詩，時人以東坡得佛印比之。

竹湛

數家煙樹裏，竹湛最佳名。茅屋經秋補，山田隔歲畊。殘陽歸牧笛，零露咽蟲聲。更遇村翁說，生平未入城。

鐵鏁橋

萬山誰劃斷，一水界東西。地曠風逾急，天低雲易迷。半空横鐵索，千尺跨虹霓。我欲橋邊宿，江猿休夜啼。

曉 音

字碓菴。□□□□□。著有《高雲堂詩集》。○碓菴主華山方丈，聖祖御製有《欲遊華山未往》七絶，碓庵和至百首進呈，大約以多爲貴者。兹秖録清真一章，重性情也。

過東寺晤天逸兄，别來已二十六年，白頭相對，慨然有作

吴天楚地兩茫茫，尺素難憑雁寄將。隔絶五千餘道路，俄經二十六星霜。祇疑相對還成夢，敢定重逢在此方。顧我青年悲失恃，羡君白髮奉高堂。自注：兄有母年逾九十。

性　休

字尺木，前朝宗室後，未詳省縣。

漁父圖

東西南北任遨遊，萬里長江一葉舟。夢裏不知身是客，醒來大地忽新秋。從《漁洋詩話》采入。

德　元

字訥園，江南長洲人。著有《來鶴菴詩》。

玄墓看梅

謝卻蘭橈信杖藜，千峰盤磴入花畦，晴雲度影迷三逕，暗水流香冷一溪。僧寺多藏深樹裏，人家半在夕陽西。登臨更上朝元閣，滿壁苔痕没舊題。

石墻茆屋老梅叢，仄徑危崖處處通。半嶺人煙香雪裏，下方雞犬白雲中。溪邊楊柳萌新緑，谷口櫻桃綴小紅。還擬放舟明月夜，虎山橋北太湖東。

通岸 字智海，廣東人。

采石謁李祠題峨嵋亭

江南雨過群峰青，沙邊蘭槳時一停。青蓮居士不可見，千秋空有峨嵋亭。峨嵋山月還依舊，昔年曾照盃中酒。爲問騎鯨飛上天，不知更落人間否。

古奘 字願來，廣東人。

山行

出門無定所，一路喬松陰。流水道人意，青山太古心。偶然乘興往，不覺入雲深。獨立發長嘯，蕭蕭風滿林。

智　朴

字拙菴，江南徐州人。◯拙菴主蘇州之盤山，作山志，與新城、商丘諸公往還，其詩不多見。

盤山

蒼松亂插連雲石，石上苔痕虎行跡。拄杖來從飛鳥邊，下視蒼茫遠煙碧。

宗　渭

字紺池，江南華亭人。◯紺池少學詩於宋荔裳觀察，中年後遊西堂尤侍講之門，得所傳授，嘗謂門弟子曰：『詩貴有禪理，勿入禪語。《弘秀集》雖唐人詩，實詩中野狐禪也。』即其議論，可以覘其品格。

橫塘夜泊

偶爲看山出，孤舟向暝停。野梅涵水白，漁火逗煙青。寒嶼融殘雪，春潭浴亂星。何人吹鐵笛，清響破空冥。『春潭』五字，每於夜泊時遇之。

懷余廣霞處士

才氣真飛將，東南壁壘分。長鑱皋廡月，短褐孝陵雲。金盡還交客，詩成最讓君。深秋煙水闊，何處倚斜曛。

次韻酬九來

風急樹蕭蕭，思君夢易銷。鳥啼黄葉寺，僧語夕陽橋。得句霜鐘度，安禪佛火燒。十年詩律苦，珍重貯山瓢。

錢塘觀潮

落日海門下，錢塘潮正來。半江堆響雪，兩岸起驚雷。傾刻銀山合，奔騰白馬迴。夫差遺恨處，終乏霸王才。

織簾先生書齋晚望時顧伊人屬和

隱幾澹無慮，日斜偶啓關。鳥聲寒過竹，樹色静疑山。世藉六經重，天留一老閒。落霞江岸遠，如爲暎蒼顔。

浦城下水

隔宵戒語過清晨，細雨枯篷出劍津。舟子下灘常鬬水，估人遇險只呼神。空門無我休言命，逝者如斯任此身。兩岸鳥啼行不得，偏山紅染杜鵑新。

重過海印菴

三年重向虎谿遊，石路依然碧水流。鳥背斜陽微帶雨，寺門衰柳漸迎秋。弟兄誼重難爲别，師友情深竟莫酬。歎息此身閒未得，天涯明日又孤舟。鳥背一層，斜陽在鳥背一層，微帶雨又一層，七字中寫出三層，渾然無迹。

中秋同鹿洲圮授天行紫英業師坐月

銀河瀲灎碧雲鮮，徙倚柴門月正圓。影瀉蒼松清帶露，光摇秋水澹無煙。鐘殘自愛添衣坐，香燼何妨後客眠。皎潔一年惟此夜，莫教容易負嬋娟。

早起

宿雨散凉色，竹林煙未醒。流鶯三四語，啼破半窓青。

願　光　字心月。

送陳少菴之楚謁所知

粤國千山外，言揚楚水舲。送君出江口，黄葉滿津亭。樹色寒雲夢，秋聲落洞庭。故人一相見，吟眺九疑青。

溥　畹

字蘭谷，廣西人。

劍閣

險絶惟雙劍，迢遥一線通。水分巴字峽，山接漢王宫。梯石來天上，穿雲入地中。無知憐李特，漫欲守蠶叢。

五、六極形其險，結意見竊據必敗，猶少陵叙公孫述割據後云『恐此復偶然，臨風嘿惆悵』也。

虎丘訪賣花老人

緩携榔栗訪山家，一路斜陽五色霞。不是閒園是花國，可留餘地種桑麻。

此正論也。勿謂方外人作殺風景語。

元龍

字牧堂，江南華亭人。○牧堂，興化李氏，祖父遷華亭，名家子也。聖祖南巡，獻詩，命賦『山色有無中』，稱旨，賜紫。初成詩取捷，晚歲自悔，苦吟。存詩寥寥，故所收從略。

秋胡行

養蠶勝養兒，養蠶猶吐絲。養兒防親老，而乃離庭闈。君憐采桑婦，不念桑榆人。桑榆景苦短，桑婦時悲辛。還君相贈金，請君斷諸妄。君意在桑間，妾情非濮上。攀條謝郎君，倚門人久望。顔延年此題詩，詳叙《列女傳》，叙畢而止，秋胡之不孝自見。此渾括大意，明責其不能養親，而秋胡之不孝彌見。顔詩妙在詳，此詩又妙在簡。

乞食

林間纔定起，洗鉢出門行。童子亦知善，設齋非愛名。説經酬飯價，回施合凡情。果腹便歸去，寒山萬木平。

楚琛 字青壁，江南松江人。

西湖感舊

支筇兩過采蘭辰，十錦塘邊已暮春。飄絮霑爲苔面雪，落紅踏作馬蹄塵。當年白社鷲誰在，此日青山似故人。遥望南屏峰頂路，緑蘿庵畔絶無鄰。

大寧 字石湖，江南桐城人。

雜韻

峰頂屋三間，松邊石一片。早晚雲飛來，只有樵夫見。

元璟

字借山，浙江平湖人。○借山以詩受聖祖知，居京師久，後放歸。丙午歲，與予遇於天宫佛寺，名流咸在。時炎月，借山裸裎，指予曰：『此即長洲沈生耶？』既出詩藁相質，爲點出敗闕幾處，輒心服。别時，整衣送半里外，知非一例傲岸者也。惠天牧學士不輕許人，向人每稱借山，即詩品可知矣。

題屈翁山詩集

三閭有苗裔，流落海南濱。奇服紉香草，狂歌託美人。杜鵑心事苦，斑竹淚痕新。欲與重華語，青辭何處陳。

三忠祠

自注：陸秀夫、張世傑、文天祥。

播越無全業，艱危不顧身。厓山傾一旅，柴市接三仁。棋到殘難算，金從鍊後真。崇祠妥海角，歲歲薦香蘋。

一覽樓

未放九峰舟，先登一覽樓。天清鶴孤唳，地盡海東流。佛土由來淨，神仙不易求。松風和梵籟，滌蕩客中愁。

十月朔入會稽山平陽寺，參寒泉老人

雙眼平生隘八垓，江東法社半蒿萊。波光清泛耶溪曲，山色奇争委宛開。鐘自萬松陰裏出，人隨一雁影邊來。須知水乳相投合，鎚石磨甎挽不回。

蛟門

十丈帆張五兩風，笑談間已出蛟宫。兩拳石束波争立，一隙門開天忽東。雲壓鼇頭蓬島黑，日翻魚眼柁樓紅。平生夷險經曾慣，要吐胸襟浩蕩中。與東坡《泛海》詩同一襟懷，乃偏出自學佛人，知不以禪寂自縛者也。

答徐文虎

偉長詩骨玉森森，顧我城南秖樹林。入夢幾人飛白鳳，登臺終古弔黄金。塵中歲月愁將老，霞外心期話自深。若得把茅靈谷近，瘦梅花底共清吟。

斥堠

五里與十里，一雙復一隻。送盡往來人，轉似無情客。

盧溝橋

日色纔分萬衆囂，黄塵漠漠馬蹄驕。題詩笑問桑乾水，曾有閑人過此橋。十四字中，寫盡往來名利之客，不啻當頭棒喝。

馬家山

山脚山腰盡白雲，晴香蒸處晝氤氳。天公領略詩人意，不遣花開到十分。花取半開，詩意亦取不盡，此作者有得之言。

過楊鐵崖故里

玉削群峰抱一村，甘泉如乳出雲根。負薪伐木扶犁叟，多是楊家十葉孫。此詩漁洋采入《詩話》。

大　汕

字石濂，浙江嘉興人。

訪梅谷和尚不值宿南澗寺有懷

入門不見鼓瑶琴，冷落蒼蘿滿地陰。古樹寒雲孤客夢，空潭明月故人心。猨飛絶壁窺孫確，鶴立高枝憶道林。一夜泉聲來枕上，不知何處更追尋。

九日前一夕泊韶州逢陸麗京

十年重泛曲江舟，客路逢君感舊遊。壯志不因談劒得，餘生當爲著書留。天涯細雨黃花夕，野岸疎燈白露秋。明發孤帆仍遠別，南天凄絶旅鴻愁。

吴江訪顧茂倫不值因寄

松陵寂寂草芊芊，雲掩茆堂一逕偏。隔岸桃花開野渡，到門春水纜魚船。黃冠應避秦時客，白眼空懷晉代賢。久立還思問童子，笛聲吹散五湖煙。讀頷聯，令人神往三高祠畔。

睿

字目存，江南吴縣人。◯目存工畫，山水、花卉、人物，俱師法古人，南宗、北宗兼善。當路薦入京師，旋以疾告歸，方外中淡於榮利者。無詩稿，兹從畫卷中采入。

題《簪花圖》

莫摘穠香壓髻鴉，懶將時勢鬭鉛華。他年得入維摩室，不許簪花許散花。圖寫張憶孃簪花，卷中題咏幾及百人，獨此首甚超。

然修

字桐皋，江南長洲人。◯桐皋詩筆清倩，蔡大將軍延之京口，欲其漸次主講席也。年三十餘殁，故詩稿不傳。録其勒石《金山》一首。

金山

蒼茫落日下藤蘿，身在荆關畫裏過。飛去斷雲雙白鳥，浴殘寒浪一青螺。蘄王有廟踈煙冷，郭璞無墳亂石多。千古寂寥俱莫問，且聽江月送漁歌。

岑霽

字樾亭，江南長洲人。著有《栢堂詩》。○上人將母栢堂，盡子道，喜讀儒書，敦友生誼，蓋隱於禪者也。詩品清澈無塵，遠近名流争欲識其面。樾亭殁，吴中無詩僧矣。

貫華閣晚眺

輕颸起長林，踈鐘應嵓谷。一逕度修篁，高閣散遠目。江平颿去遲，樹暗雲歸速。春江淡容與，寒花正芬馥。物情愛和煦，人意躭幽獨。悠然酌山泉，夕陽下喬木。

柏堂對月和周昇逸

柏堂今夜月，雲物不能侵。對此碧空浄，聞君《白雪》吟。入簾明鶴髪，繞樹見禽心。坐覺清言久，踈鐘報隔林。

韜光寺

磴道盤紆上化城，松篁影裏亂泉鳴。徑堆黄葉行偏滑，鐘過白雲聲更清。帶雨秋潮歸海静，盤空山勢到江平。道人尚有燒丹處，認得當年舊鼎鐺。自注：有吕仙鍊丹處。

西山道中

扶擕笻竹上空亭，夾路長松不斷青。千尺澗泉飛洞壑，百盤螺髻入高冥。人行亂葉雲迷屐，雁下寒蘆雪滿汀。空谷誰能繼遺逸，《移文》應辱草堂靈。詩思清人骨。

自龍泉關過嶺宿白雲寺

萬丈雄關到始諳，空中斗插五浮嵐。白雲僧下山頭寺，黑雨龍飛石上潭。冰雪百層寒代北，波光一線認江南。閒身隨處堪投宿，直上諸天是蔚藍。

尋澗上先生故居

先民隱迹付寒煙，策杖相過一愴然。谷鳥飛鳴竹林外，山花開落草堂前。鑿壞而遯名難晦，采蕨爲糧世共賢。一曲山泉上沙出，何人溉灌種瓜田。是逸民，是遺老，伯夷、邵平，一身兼之，詩品清絶。

露筋祠

沙草凄迷煙樹昏，荒祠寂寞託貞魂。靈旗高捲秋風晚，惟有清淮照墓門。賦此題者多粘膩近腐，王漁洋以寫景别行一路，爲避俗也。作者同一寫景，而意言之外，仍表其幽貞，故自耐人尋味。

蘋花

翠葉金花雜杜蘅，湘湖千里最知名。秋風颯颯過南浦，鄉思無端一夕生。

德亮

字雪牀，江南長洲人。○此吾友樹滋陳上舍弟也。出家後，豪氣未除，能面斥人過，人以正理責之，亦拜而受。詩不多作，出語必欲勝人。

龍泉關

絶域龍泉限，横關鳥道開。塞雲昏客路，虎氣伏山隈。風土猶三晋，人煙自五臺。當年頻設險，因憶出群材。沉雄，無蔬筍氣。

孤花

一點出塵緑，春情仍自深。香微憐土薄，開晚少人尋。雨漬猶堪賞，風吹略不禁。翛然苔石畔，誰爲表孤心。極寫『孤』字，形神俱有。

佛暘 字旭曇，江南江都人。

月夜過雷塘道中

誰唱吴歌古渡頭，一聲清怨過迷樓。凄凉滿地蘆花月，撩亂連天鴻雁秋。寒樹著霜猶是綺，廢塘理玉尚名鈎。道人不爲繁華感，午夜行吟别有愁。

德暉 字潛谷，江南吴縣人。

探梅

老戀繩牀懶出村，偶携笻杖破苔痕。到來晴雪迷巖谷，卧入寒雲冷夢魂。目既成餘唯有笑，心當醉處欲忘言。一瓢此際真堪挂，擬剪茅茨覆蓽門。王漁洋以蒼雪僧『十日花開湖上路，半春家在雪中山』句采入《詩話》中，潛谷『卧入寒雲冷夢魂』，名雋正復不讓。五、六尤覺脱盡窠臼。

超　源

字蓮峰，浙江錢塘人。◯蓮峰見知於世宗皇上，召入内廷，勑主吴中抬賢禪寺，一時尊宿也。而其詩揣摩王、孟，舉釋典玄妙融化出之，殊有空山冰雪氣象。

題畫

溪口有亭，巘邊有屋。不見人歸，空留雲宿。向度滕公嶺，有句云『石屋不見人，惟留白雲住』，不意蓮峰先得我心。

夢故友程風衣

春雨何淅淅，春雲更沉沉。程君已隔世，宵夢來相尋。自言身朽心不朽，象外風月皆吾友。從前膠擾海天空，祇是泉臺無美酒。斜陽煙柳門前溪，欲別不別重牽衣。寄語淮陰小兒女，我今野鶴同翻飛。

友人枉過開化寺

青眼多情客，携朋問暮秋。人同山共瘦，時與水俱流。黄葉迷村路，清風滿寺樓。荒凉郊外景，肯向錦囊收。

題畫

春浦風生柳岸斜，好山何處著人家。白雲遮斷橋西路，不許漁郎問落花。『漁郎問落花』，韻事也。今云『不許問』，尤見其韻。

妙復

字天鈞，江南無錫人。有《石林吟藳》。○天鈞與榮道士洞泉、杜太史雲川結詩社，稱九龍三逸。

兩鶴

昔年兩白鶴，巢我青松林。夜寒時警露，喿丯流清音。一鶴戀故栖，孑焉守雲岑。一鶴忽遐舉，天路探幽深。神山境恍惚，浩浩誰能尋。驚飇吹未息，素羽愁難任。故林遥待汝，貞此巖阿心。作《招隱》詩讀。

訪山中禪友

曉愛山氣清，晚愛山煙蒼。日夕常在山，遂與山相忘。相忘忽相憶，憶我山中客。松扉輕叩聲，或恐驚棲翼。

律　然

字素風，江南常熟人。著有《息影齋詩》。〇素風於詩友三五人外，不慕貴遊，不儲鉢資，坐石經室幾六十年。人品高，故詩亦不落禪門偈頌體也。柏太史藴高許以『穆如清風，静若止水』，人共信之。

落梅

和風和雨點苔紋，漠漠殘香静裏聞。林下積來全似雪，嶺頭飛去半爲雲。不須横管吹江郭，最惜空枝冷夕曛。回首孤山山下路，霜禽粉蝶任紛紛。

西齋小葺初成，西澗、露湑兩先生見過贈詩，次韻

緇廬不厭如蝸小，喜是軒窓兩面開。種竹葉沾新雨露，移松根帶舊莓苔。偏多白髮携筇過，儘放青山入座來。點檢階除忙未了，幽花野草按時栽。佳句。

悼鶴次蔣迪甫太史韻

病久胎禽剩瘦形，朝來羽化竟冥冥。孤情望斷林間影，禿筆書殘石上銘。苔徑忽空新印跡，松巢忍見舊遺翎。高人從此添離索，哀怨還如失一丁。語語是悼。

元祚

字木文，湖廣雲夢人。西洞庭山寺住持。著有《鶴舟詩草》。

從安節宓草昆仲乞寫《鶴舟圖》

我家住近黃鶴樓，門對青青鸚鵡洲。一朝巢破防傾卵，獨鶴扁舟任遠遊。飄零奄忽三十載，幾見桑田變滄海。細柳新蒲失舊觀，唯有青山常不改。去年覽古鳳凰臺，臺上白雲難掃開。鳳皇黃鶴遥相望，彼此茫茫招不來。浮生一夢真草草，秋月春花人易老。早知飄瓦本無情，何事從前愁不了。水田茆屋莫愁村，别有遺風古道存。採薇烹蕨從先志，頭白相逢兩弟昆。生性煙霞入骨髓，人爵之榮糠粃耳。胸中同有造化鑪，寫出真山與真水。夙世辭人兼畫師，何須粉本求成規。意在筆先纔落筆，坌湧元氣何淋漓。我生愛畫世無對，逢人索畫如索債。憑君合寫《鶴舟圖》，渺渺胎仙水雲外。胸中堆阜，盡露紙墨，不得以枯禪目之。

獨樹堂散懷

得失吾何有，榮枯事盡删。神常遊物外，名恐落人間。流水一聲磬，夕陽數點山。閒身倚枯樹，佇看鳥飛還。

一編寫情性，只可自家看。

寄高澹游

棕竹新添杖，扶來步步安。渾如得老友，從此共盤桓。天地孤身在，冰霜白髮寒。

賣盡青山説買山，高年正好學偷閒。洞庭儘有梅花屋，何不携家住此間。澹游工六法，故有起句。

明　印

字九方，江南常熟人。吴中怡賢寺住持。

秋日過王岡齡山齋次韵賦答

良辰赴幽期，名園散清步。黄菊未辭秋，霜鴻正横曙。逍遥玩泉石，參差數藥樹。主人出卷軸，精力所凝注。六法韻俱流，五字神或助。把翫媿不如，愛極翻成妬。『我見猶憐，何况老奴』，妒極翻成愛也。此對面言之，一係佳人，一係釋子，不禁粲然。

陟級已梯空，登兹江畔樓。取適那在高，聊足恣冥搜。虚簷仰晴穹，疎檻臨平疇。西山送遥青，風前上簾鈎。趣以淡爲賞，情以忘轉投。寒城送暝鐘，一笑還淹留。

尤 埰

字玉田，江南長洲人。著有《擔雲集》。以下道流。○玉田以道術擅名，後主康親王邸，與諸大老唱酬，煙霞之氣漸少矣。兹取《蕪城》一章，係未之日下時所作。

蕪城懷古

零落楊花帝業消，龍舟東下泛春潮。長隄帆影三千女，明月簫聲廿四橋。金井寒泉無綆汲，玉鈎香土有魂招。遊人莫笑江都夢，贏得風流勝六朝。